Es gibt gute Krimis und es gibt schlechte Krimis, zu welcher Sorte der hier gehört, wissen wir nicht, aber die Hauptsache ist, er hat Spaß gemacht.

Johanna Tauber

1.

Was für manche das Ende bedeutet - ist für andere erst der Anfang

„Puppi, Puppi, Puppi, wo bist'n? Geh Puppi, ... jetzt sei halt a'mal ruhig! Was soll'n denn die Leut' denk'n?"
   Frau Cecilia Oberbauer war eine beeindruckende Erscheinung. Trotz ihrer etwas untersetzten und dicklichen Figur würde wohl kaum jemand es wagen, sie als „pummelig" zu bezeichnen. Sie war mit ihren etwa 80 Jahren noch sehr vital und lebensfroh und außerdem ihrer Ansicht nach immer im Recht. Ihr Mann war vor etwa 20 Jahren verstorben – woran wusste jedoch keiner mehr so genau. Auch, wenn hin und wieder gemunkelt wurde, dass sie ihn auf dem Gewissen habe. Doch ob das wahr war, konnte ihr niemand beweisen. Von ihrer Witwenpension lebte sie sehr stattlich. Frau Oberbauer wohnte nämlich in einer Eigentumswohnung und besaß sehr teure Kleidung, so zum Beispiel den neuen Pelzmantel, an dem ihr Pudel gerade zu zerren versuchte. Wie sie immer wieder gern erwähnte, war dieser Mantel aus echtem Kaninchenfell, die Tiere hatte angeblich ein Bekannter extra für sie geschossen. Er sei ein Unikat, das nur sie besäße.
   Sie kam gerade vom Frisör und ihre frisch toupierte Lockenpracht saß perfekt unter ihrem braunen Filzhut, auf dem eine Pfauenfeder beim Gehen mitwippte. Darüber schien sich der kleine Pudel gerade sehr zu amüsieren, denn er sprang mit großer Freude kläffend und schwanzwedelnd um sie herum.
   „Geh Puppi, ... was hast'n? Sei net so aufg'regt, nur weil ma heut' wieder zum Wilfried gehen. Obwohl, gut ausschau'n tut er ja, da hast schon recht." Bei diesen

Worten strich sie sich über ihre Lockenpracht, die unter dem Hut hervorstand und seufzte. Ihr „Puppi" holte sie jedoch wieder in das Hier und Jetzt zurück, indem er zu knurren anfing und ganz aufgeregt einen Laubhaufen durchwühlte. „Geh Puppi! Man frisst nix, was am Boden liegt! Jetzt schäm dich aber! Puppi ... an was zerrst' denn so? Puppi, was ist denn das ..., aber das ist ja ..., aber Puppi ...!" Der neugierige Hund hatte es bereits geschafft, einen Teil seines Fundes von Blättern zu befreien, und dieser Teil, den er ans Tageslicht befördert hatte, ließ sein Frauchen weiß werden und in Ohnmacht fallen.

Als Nick Hofburger im Park eintraf, wurde die bereits wieder sehr fidele alte Dame gerade vom Notarzt versorgt, der, wenn man Frau Oberbauers Genörgle Glauben schenken durfte, über nur dürftiges Fachwissen verfügte und sich obendrein eine bequemere Krankentrage zulegen sollte. Hofburger musste unwillkürlich grinsen. Er kniff die Augen zusammen, als er, von der Sonne geblendet, zu seinen Kollegen hinüberging. Er bereitete sich schon seelisch auf eine Standpauke vor, weil er eine viertel Stunde zu spät kam. Er hatte noch einen kleinen, aber lebensnotwendigen Zwischenstopp beim *Spar* in der Landstraße machen müssen. Dann war er auch noch mit der Suche nach einem freien Fahrradständer, an dem er sein Rad absperren konnte, aufgehalten worden. Mit dem Rad zu fahren war zwar gut für die Umwelt und für die Figur, aber ob es tatsächlich besser für die Nerven war, wie viele behaupteten, wagte er stark zu bezweifeln. Nick nahm einen großen Bissen von seiner frisch gekauften und noch warmen Leberkäs-Semmel. Dann zog er sich lässig seine Lederjacke aus, mit der ihm beim Radfahren zu warm geworden war, und ging mit großen Schritten in Richtung seiner Kollegen.

Nick Hofburger galt zwar aufgrund seiner Jugend und seines unbestreitbar guten Aussehens als Schlawiner, hatte jedoch im Laufe seiner bisherigen Dienstjahre genügend Erfahrung und Wissen gesammelt, um auch die schwierigsten Fälle zu lösen. So wusste er zum Beispiel, dass Zeugen wie diese ältere Dame zwar niemals absichtlich eine Falschaussage tätigen würden, jedoch gerne manchmal sehr weit ausholen, um das Geschehene zu beschreiben. Dabei taten sie aber an sich wichtige Details als unwichtig ab und ließen sie beim Bericht weg. Außerdem wusste Hofburger, dass er die Dame möglichst bald befragen musste, um sicher zu gehen, dass sie die wichtigen Informationen nicht schnell wieder vergaß, oder so stark übertrieb, dass er sich die Tatsachen selbst zusammenreimen musste.

Zuvor steuerte er aber noch auf seine Kollegen zu und biss erneut von seiner Semmel ab.

„Hallo Nick!" Emily Lauer, die einzige weibliche Polizistin, die hier anwesend war, bemerkte ihn. Sie kam aus einer Gruppe von Männern, die weiter entfernt unter einem Baum stand, auf ihn zu.

„Servus Emily! Ich bin gerade gekommen. Hast du schon herausgefunden, ... oder besser ...", Nick unterbrach sich selber, „... erzähl mir einfach, was passiert ist."

Seine Kollegin antwortete, ohne zu zögern: „Ja, sicher doch. Es ist unfassbar, ich kann es noch immer nicht glauben. Hast du es schon gehört? Meine kleine Schwester, nein nicht kleine, ich meine jüngere, bekommt ein Baby. Maaah ... ich freu' mich schon so! Und stell dir vor, wer Taufpatin wird? – Ja richtig! Ich werd' Patin. Und ich hab mir gedacht ..."

Nick wusste mittlerweile genau, dass seine Kollegin über etwas komplett anderes redete und dass er sie schleunigst unterbrechen sollte, bevor sie noch weiter ausholen konnte. „Ja, schön und gut. Aber eigentlich will ich wissen, was *hier* passiert ist." Er setzte ein entschuldigendes Gesicht auf. Emily sah ihn mit beleidigten Augen an.

„Ja, tu' ich ja eh gleich ... aber gut, wenn'st du das unbedingt hören willst. Ist zwar nicht so interessant wie meine Story, aber bitte. Man muss halt Prioritäten setzen und manche wissen halt nicht, was wichtiger ist." Sie machte eine kunstvolle, theatralische Pause und ignorierte Nick, der die Augen verdrehte. „Also gefunden hat die Leiche die alte Frau beim Notarzt, oder besser gesagt ihr Hund. Danach ist sie uns keine große Hilfe mehr gewesen, weil sie umgefallen ist. Gefunden ist sie dann von dem Mann worden, der unter dem Baum da drüben steht." Sie zeigte auf einen Mann in Jogginganzug, der gerade sehr intensiv auf sein Handy eintippte. Er sah aus wie Anfang dreißig und erweckte den Anschein, als könnte er sein Mobiltelefon trotzdem nicht bedienen. Emily setzte fort: „Unser Joggingmann hat daraufhin uns und den Notarzt gerufen."

Nick betrachtete den Mann sehr genau: „Weiß schon wer etwas über den Fund?"

„Nein, du ... da hab' ich keine Ahnung, da musst' mit dem Schnipsler reden, der da drüben steht. Ich schau' mich einmal um und red' mit den anderen, ob die was entdeckt haben." Seine Kollegin drehte sich weg und ging in Richtung der Gruppe, die noch immer unter dem Baum stand. Mit „Schnipsler" hatte Emily Dr. Helmut Pritsch gemeint, der von Beruf Pathologe war.

Seine Kollegin vertrug sich nicht mit dem Herrn Doktor. Wieso wusste keiner, doch Nick vermutete schon länger, dass sie eine gemeinsame Vergangenheit hatten. Hofburger hatte sich schon zu sehr an das Geschimpfe gewöhnt, als dass er sich noch über die dadurch verloren gegangene Zeit und eine sehr ungenaue Informationsweitergabe aufregen würde.

Während er seinen letzten Bissen von seiner inzwischen kalt gewordenen Leberkäs-Semmel hinunterschluckte, wandte er sich dem Pathologen zu. Dieser beäugte gerade den Fund.

„Servus, Helmut. Wie sieht's aus?"

„Hallo, Nick! Ein Mann Mitte 50, vermute ich. Er liegt wahrscheinlich schon seit mindesten 16 Stunden hier, weil er genauso durchnässt ist wie das Laub um ihn herum."

Hofburger betrachtete die Leiche. Er schätzte den Mann ebenfalls auf Mitte 50. – Er hatte graumeliertes Haar, einige tief ausgeprägte Sorgenfalten auf der Stirn und einen leichten Bierbauch. Er trug Jeans, eines dieser knitterfreien Sporthemden und eine schwarze Softshelljacke. Den Eindruck eines durchschnittlichen Mannes störten nur die Blutspuren an seinen Haaren und die weit aufgerissenen Augen.

„Spuren gibt es fast keine, weil es in der Nacht heftig geschüttet hat. Ich glaub', so um drei Uhr in der Früh hat es aufgehört zu regnen. Aber wegen genauerer Informationen musst du noch ein bisschen warten. Die vorhandenen Spuren muss die SpuSi auswerten, aber ich vermute, dass die nicht sehr brauchbar sein werden. Todesursache war wahrscheinlich diese Wunde am Hinterkopf, aber Genaueres kann ich dir erst sagen, wenn ich ihn geöffnet habe." Der Doktor zeigte mit einem Stab auf die zertrümmerte Stelle am Kopf des Opfers.

Während Nick den Ausführungen des Pathologen lauschte, bemerkte er eine junge Frau, Anfang oder Mitte 30, auf sich zukommen. Sie hatte rot gefärbte, lockige Haare, die sie zu einem schiefen Knoten zusammen gebunden hatte. Zu dem unvermeidbaren weißen Overall (der so typisch für die Mitarbeiter der Spurensicherung war) trug sie grün gemusterte *Converse* und darunter bunt geringelte Socken, die von dem zu kurz geratenen Anzug nicht überdeckt wurden. Hofburger bemühte sich noch, seine Verwunderung über diesen Aufzug nicht zu zeigen, als sie ihn auch schon ansprach: „Hallo, Chef! – Ist doch richtig so, oder? Ich bin die Cindy … Cindy Wengen. Der Chef, also … erm … der andere Chef … nicht Sie, Chef, ich mein' den Herrn Reifers, der hat nicht kommen können wegen einer Autopanne oder so. Und … deshalb soll ich ihn vertreten … und ja … ich bin ein bisserl nervös und wenn ich nervös bin, red' ich leider immer ein bisserl zu viel, also … ich glaub', ich fang' auch schon wieder damit an, also eigentlich hab' ich mir ja vorgenommen, dass ich sie nicht so zuquatsche …" Nick sah sie abwartend an und versuchte sich ein Grinsen zu verkneifen. „Ach ja, richtig … erm … also, das was ich Ihnen eigentlich sagen wollt', is' … ja … erm … das mit den Spuren könnte schwierig werden." Nick musterte sein Gegenüber etwas genauer. Doch bevor er sich etwas denken konnte, redete sie auch schon weiter: „Wir haben zwar schon etliche Fußspuren gefunden, aber die Wahrscheinlichkeit, dass die von wem ganz anderen stammen, ist verdammt hoch. Der Gatsch, … erm … t'schuldigung, ich mein' der Schlamm hier ist noch sehr weich und jeder, der hier durchgeht, hinterlässt seine Spuren. Und wenn er schon vor dem Regen hergekommen ist, können wir das mit den DNA-Spuren vergessen, weil die nämlich dann schon weggespült sind. Man findet zwar Zigaretten, Dosen, Flaschen, Kondome und Spritzen, wenn man genauer nachsieht, in jedem Eck des Parks, aber das wird uns in dem Fall nicht viel nützen, glaub' ich. Sonst haben wir hier nichts gefunden, auch keine Papiere oder irgendetwas in der Art, wodurch wir etwas über den Toten herausfinden könnten. Das Einzige, was er bei sich gehabt hat, war ein Reinigungsbescheid. Der Doc ... t'schuldigung ... ich mein' der Herr Doktor Pritsch sagt, dass er mit einem stumpfen Gegenstand erschlagen worden ist, aber hier gibt es absolut nichts Stumpfes außer den Mistkübel. Ach ja, das hätte ich fast vergessen! Erm ... ja, ... wir haben im Brunnen ein zertrümmertes Handy gefunden, das werd' ich mir nachher noch genauer anschauen, vielleicht hat es ja was mit unserem Fall hier zu tun. Aber ich glaub'... erm ... eher nicht, dass diesem Schrotthaufen, ... erm ... t'schuldigung, Mobiltelefon noch irgendetwas zu entlocken ist. Sonst fällt mir im Moment nichts mehr ein. Woll'n Sie noch was wissen?"

Hofburger war fasziniert, wie viel auf einmal in so einer rasenden Geschwindigkeit aus einem so kleinen Mund herauskommen konnte. Perplex starrte er sie für einen Sekundenbruchteil an, bis er begriff, dass die Frage an ihn gerichtet war, und beeilte sich, ihr zu antworten: „Ach so, ja ... nein, im Moment fällt mir nichts weiter ein, danke. Aber melden Sie sich bitte wieder, wenn Sie noch etwas herausfinden."

Sie grinste ihn zufrieden an und verschwand wieder, so schnell, wie sie gekommen war. Er blickte ihr nach und fühlte sich an die Frau aus der einen Supermarktwerbung erinnert, die ständig in jeder Werbepause auf und ab lief. Sofort bekam er wieder Hunger und trauerte seiner bereits gegessenen Semmel nach.

Er straffte trotzdem die Schultern, atmete tief durch und ging dem unvermeidbaren Gespräch mit der Zeugin entgegen, die ihm bereits giftig und neugierig zugleich entgegenblickte.

„Grüß Gott, mein Name ist Chefinspektor Hofburger. Sie sind Frau Oberbauer?" Nick hielt ihr sowohl seinen Dienstausweis, als auch seine Hand zum Gruß entgegen, wobei er aber darauf achtete, ihrem Hund nicht zu nahe zu kommen. Ein Hundehaar in seiner Nähe und es würde um ihn geschehen sein. Sie nickte willig, aber leicht abwertend und schüttelte ihm gnädig die Hand. Der Chefinspektor nahm diesen Blick zwar wahr, ignorierte ihn aber und fragte unbeirrt weiter: „Frau Oberbauer, Sie haben die Leiche gefunden. Können Sie mir erzählen, was Sie zu dieser Zeit im Park gemacht haben?"

„Ist es jetzt auch schon verboten, mit einem Hund spazieren zu gehen? Das wäre ja eine ... eine Frechheit wäre das!" Sie bemerkte Nicks Blick. „Aber ja. Sie sind ja von meiner Aussage abhängig! ... Also, heute in der Früh war mein Puppi äußerst gereizt. Eigentlich habe ich mir ja einen längeren Schlaf als gewöhnlich verdient, weil ich ja gestern noch mit meinen Damen unterwegs war. Aber der Puppi ..."

Nick wusste, dass diese Geschichte ewig dauern würde. Innerlich bereitete er sich bereits auf einen sehr langen Monolog vor, während er sein Gegenüber unauffällig musterte. Die ältere Dame war zwar schon jenseits ihrer besten Jahre, aber deutlich bemüht, diesen Umstand zu verbergen. Unter ihrer etwas zu dick aufgetragenen Schminke (sie hatte auch etwas Lippenstift an einem Schneidezahn) sah sie aus, als wäre sie mehrfach geliftet worden. Das konnte aber auch an ihrer strengen und gestrafften Mimik liegen. Außerdem stach dem Hauptkommissar ins Auge, dass sie sehr teuer beringt war.

„... und dann war es ja auch schon Zeit, dass ich mich vom Frisör auf den Weg machte ..."

Nick vermutete, dass es sich bei den vielen in Gold gefassten Steinen um Bernstein handelte, es konnte aber auch etwas anderes sein. So genau kannte er sich da nicht aus.

„Verzeihen Sie, meine Dame", unterbrach Hofburger sie schließlich, weil er vermutete, dass sie nun gedanklich endlich auf dem Weg zum Stadtpark war. Er sah seine Chance zu erfahren, weshalb sie nun wirklich im Park unterwegs gewesen war. Nick konnte sich nämlich nicht erklären, wieso sie sich derart herausgeputzt hatte, nur um ihren Hund auszuführen. „Wohin, wenn ich fragen darf, waren Sie denn unterwegs?" Offenbar hatte er diese Frage aber nicht feinfühlig genug gestellt, denn Frau Oberbauer regte sich sofort wieder maßlos über sein nicht vorhandenes Vertrauen in sie auf.

„Ich darf Sie wohl sehr bitten!", entrüstete sie sich. „Was hat denn das mit dem Toten da drüben zu tun? Ich verbiete mir diese Frage! Ich bin eine brave Bürgerin der Stadt Krems. Ich habe mir in meinem ganzen Leben noch nie etwas zu Schulden kommen lassen und was ist der Dank dafür? - Ich werde hier verdächtigt, ein Kapitalverbrechen begangen zu haben! Das ist ja …"

Um zu verhindern, dass ihre Aufregung sich ins Uferlose steigerte, unterbrach Hofburger sie mit beschwichtigenden Worten: „Aber nein, aber nein. Ich habe Sie nicht verdächtigt, meine Dame. Es handelt sich nur um die üblichen Fragen, zu denen ich verpflichtet bin. … Also würden Sie bitte die Güte haben, diese Fragen zu beantworten?" Er hoffte, dass sie ihm seine Ungeduld nicht anhörte.

„Ach so … naja, …" Frau Oberbauer überlegte kurz, wirkte aber etwas beschwichtigt: „Wenn das so ist … also ich war mit meinem Puppi hier unterwegs zu dem Herrn Wilfried."

Als sie den abwartenden Blick des Hauptkommissars bemerkte, fügte sie noch unwillig hinzu: „Schweizer …

Dr. Wilfried Schweizer, ein sehr charmanter Herr, den ich beim Bingospielen kennen gelernt habe."

Nick machte sich eifrig Notizen. Als er damit fertig war, blickte er von seinem Block auf und wollte von ihr wissen, wie sie nun die Leiche gefunden hatte.

„Also das war so ... der Puppi hat plötzlich ganz wild zu bellen angefangen. Er hat so stark an der Leine gezogen - Richtung Laubhaufen ..."

„Wann war das, wenn ich fragen darf?"

„Um zirka 10 Minuten nach vier, weil es war vier, wie ich durchs Steinertor gegangen bin. ... So, wo war ich? Wieso müssen Sie mich auch immer unterbrechen? ... Ach ja, richtig! Ich wollte den Puppi ja abhalten, weil wir's eh schon so eilig gehabt haben ... apropos Herr Wilfried! ... Ich muss ganz schnell zu ihm, um ihm das zu erzählen. Er wird mir nie glauben!"

Die alte Dame wollte schon von der Krankentrage aufspringen, doch Hofburger hielt sie zurück. „Wenn Sie mir bitte noch Ihren vollständigen Namen und Ihre Anschrift geben könnten?" Als er ihren Blick bemerkte, fügte er noch schnell hinzu: „Natürlich nur für den Fall, dass wir noch ein paar Fragen an Sie haben, damit wir wissen, wo wir Sie erreichen können."

„Ach ja ... natürlich ... also der Name wäre Cecilia Maria Oberbauer, geborene Schuller." Sie diktierte die Adresse dem Beamten in Uniform, den Nick zu diesem Zweck herbeigerufen hatte. Er selbst notierte sich nur, dass sie am Hohen Markt wohnte.

Der Hauptkommissar verabschiedete sich von der Dame, die ihm giftig hinterher sah, und ging zu dem zweiten Zeugen hinüber, der die Rettung gerufen hatte.

„Guten Tag, Chefinspektor Hofburger. Wer sind Sie, wenn ich fragen darf?"

Der andere blickte verstört von seinem Handy auf die Dienstmarke, die ihm Nick unter die Nase hielt.

„Martin Altwirt."

„Und Sie haben die Dame ohnmächtig aufgefunden? Oder haben Sie auch bemerkt, wie sich dieser Zusammenbruch ereignet hat?"

„Nein."

„Haben Sie die Rettung sofort alarmiert?"

„Ja."

„Wann war das?"

„Viertel fünf." Langsam wurde Nick etwas gereizt. Diesem Mann würde er wohl jede Information einzeln aus der Nase ziehen müssen. „Woher wissen Sie die Uhrzeit so genau?"

„Hab' auf die Uhr geseh'n."

Hofburger wusste, dass er mit einem derart gesprächigen Zeugen im Moment nicht weiterkommen würde. Er verabschiedete sich, nachdem sein Kollege die Adresse aufgenommen hatte.

Im Vorbeigehen nickte er seiner Kollegin zu. Er konnte hier nichts mehr erfahren und deshalb machte er sich auf den Weg ins Büro. Bevor er das Schloss von seinem Fahrrad aufschloss, zog er noch einmal seinen Notizblock hervor, auf dem er sich wichtige Notizen gemacht hatte.

Fr., 30.11.2012
 ???   stirbt/abgeliefert
~3:00h: Regenende
16:10h: Fr. Oberbauer entdeckt Leiche
16:15h: Hr. Altwirt ruft Rettung
~16:20h: Kollegen/Rettung
16:40h: Ich komme
(merken: Die Leberkässemmeln sind
 immer noch die besten, aber
nächstes Mal 2 nehmen!!)

Fr. Cecilia Oberbauer: neugierig, reich,
                  anstrengend;
                     Hoher Markt
Dr. Wilfried Schweizer: ?
Hr. Martin Altwirt: nervös, hektisch,
        technisch nicht versiert;
           Mautern

2.

Fakten – Taten – Rätselraten

Im Büro angekommen, traf Nick Hofburger seine Kollegin schon an. Diese hatte ihn offensichtlich mit dem Auto überholt. Nick war etwas verdutzt, weil er mit ihrer Gegenwart nicht gerechnet hatte. Emily saß schon an ihrem Schreibtisch, eine riesige Tasse Kaffee in ihrer Hand. Auch sie wusste, dass dieser Tag noch länger andauern würde. Nick zog sich seine Jacke aus und nahm sich ebenfalls Kaffee.

Er war noch immer außer Atem und dachte gerade, dass er angesichts seiner schlechten Kondition wohl wieder öfter Fahrrad fahren sollte. In diesem Moment meinte Emily spöttisch: „Na, da hat sich einer aber angestrengt!"

Daraufhin machte Nick einen Gesichtsausdruck, der Emily sofort verstummen ließ. Sie interpretierte seine Grimasse richtig und wechselte geschickt das Thema. Emily begann, ihm die Fakten zu erzählen, die sie herausgefunden hatte, doch die meisten waren für Nick nicht neu.

„Ich habe mit den Kollegen von der Spurensicherung den gesamten Park und die Umgebung durchforstet. Aber viel haben wir nicht gefunden, außer dieses Handy ..., aber ich glaub', das hat dir die Kleine von der SpuSi eh schon erzählt?" Nick schaute sie verdutzt an. Emily fügte als Antwort auf seine stumme Frage erklärend hinzu: „Ja, die Vertretung. Cindy heißt sie, glaub' ich!" Erst jetzt dämmerte es bei Nick und er dachte wieder an die eigenartige Begegnung im Park. Emily fuhr fort: „Jedenfalls sollte von denen im Laufe der nächsten Stunde der Bericht per Fax kommen und der erste Bericht von der Obduktion sollte auch bald eintreffen."

Hofburger nickte und präsentierte die Ergebnisse seiner zwei Zeugenbefragungen. Währenddessen schrieben sie gemeinsam alle Fakten auf einem Board auf. Das machten sie bei jedem Fall so, da man mit dieser Methode leichter die Übersicht behalten konnte. Auf diese Art kam man immer wieder auf neue Strategien und hatte sozusagen alle Zeugen, Verdächtigen, deren Alibis und die Motive auf einen Blick zusammengefasst. Das Beste an so einem Board war, dass man jederzeit Fakten hinzufügen, beziehungsweise wegstreichen konnte.

Nach einer Stunde, die sie damit verbracht hatten, sich gegenseitig auf den neuesten Stand zu bringen, wurden die zwei Hauptkommissare aus ihrem Gespräch gerissen, als das Faxgerät eine Nachricht ausdruckte. Aufgeschreckt und neugierig zugleich blickten beide zu dem Gerät am Fensterbrett, als hätten sie so etwas noch nie gesehen. Erst nach ein paar Sekunden reagierte Emily und ging zu dem Fax hinüber. Es war eine Nachricht von der Spurensicherung.

„Ah ... von der SpuSi ... wie erwartet: Es gibt keine brauchbaren Spuren. Der Regen hat alle weggespült. Die einzigen Spuren stammen von einem Hund, von dem wir annehmen können, dass es das kleine Viech von der Frau Oberbauer ist. Fußspuren gibt es übrigens auch nur zwei verschiedene direkt am Tatort und die sind vermutlich von der Frau Oberbauer und ihrem Retter, dem Herrn ..."

„Altwirt", ergänzte Nick.

„Ach, ja ... Altwirt.", wiederholte Emily.

„Haben die eigentlich irgendetwas über das zertrümmerte Handy herausfinden können?", wollte Nick noch wissen.

Emily sah erneut auf den Zettel und murmelte: „Nein, ... ich glaub', die haben noch nichts identifizieren können.

Der Bericht über das Handy folgt morgen im Laufe des Tages. Zusammen mit allem, was sie über den Besitzer herausfinden konnten. ... Was ist eigentlich unser nächster Schritt, nachdem wir den Obduktionsbericht bekommen haben?"

„Ich würde vorschlagen, dass wir zu der Putzerei gehen, von der unser Toter so ein Markerl einstecken gehabt hat. Dort hoff' ich, dass wir herausfinden, wer unser Toter ist. Wir haben nämlich noch keinen Hinweis, um wen es sich handelt, weil auch noch keine Vermisstenanzeige aufgegeben worden ist." Emily wollte gerade etwas sagen, als das altersschwache Faxgerät wieder sehr komische Geräusche von sich gab und ruckelnd und hustend ein weiteres Fax ausspuckte. Diesmal war Nick schneller. Er nahm das Fax in die Hand und überflog es. Hin und wieder runzelte er verständnislos die Stirn, weil er von diesem ›Fachchinesisch‹ nur etwa die Hälfte verstand.

Nach ein paar schweigsamen Minuten hob er den Kopf und murmelte etwas von ›Fachidioten‹. Emily hatte ihn die ganze Zeit gespannt beobachtet und musterte ihn jetzt neugierig.

„Ohhh. ... Mmhhmm. ... Erschlagen. ... Was? ... Aso, Regen ... jaja, hab ich mir gedacht." Nick machte sich murmelnd ein paar Notizen in seinen Block. „Erschlagen. ... Sicher auch kein schöner Tod ... aber vermutlich immer noch besser als zu ertrinken. ... War da nicht einmal so ein Artikel darüber in dem einen Magazin?"

Emily wurde langsam ungeduldig. „Nick, red' deutlich!"

Er sah sie überrascht an, als hätte er inzwischen vergessen, dass sie auch noch da war. Aber dann fasste er sich wieder und begann, ihr den Bericht in Kurzfassung und weniger unverständlich wiederzugeben: „Also, unser Toter wurde mit einem stumpfen Gegenstand am Hinterkopf erschlagen. Daran ist er mit hoher Wahrscheinlichkeit auch gestorben. Das war irgendwann zwischen 23 Uhr und Mitternacht, meint der Doc. Das hier ist aber nur eine Art Zwischenbericht. Ob unsere Leiche auch innere Verletzungen hat, erfahr'n wir in den nächsten zwei Tagen ... und auch noch eine genauere Info. Der Pritsch macht nämlich jetzt Feierabend. Recht hat er. Ist eh schon kurz nach 6 Uhr."

Emily murmelte etwas, das sich anhörte, wie >unverlässlich< und >Faulpelz<, aber Nick war sich nicht ganz sicher, ob er richtig gehört hatte.

Emily riss sich wieder zusammen und meinte sarkastisch zu Nick: „So, nach diesem informationsreichen Bericht von dir können wir uns ja jetzt auf den Weg zur Putzerei machen."

Nick stöhnte. „Wenn der Doc nichts mehr tut, tu' ich heute auch nichts mehr. Außerdem haben die in der Putzerei sicher auch schon geschlossen, also bis morgen. Morgen um acht beim Glühweinstand. Okay?" Emily nickte und packte ihre Sachen ebenfalls zusammen. Beim Hinausgehen warf sie noch einen letzten Blick auf das Board.

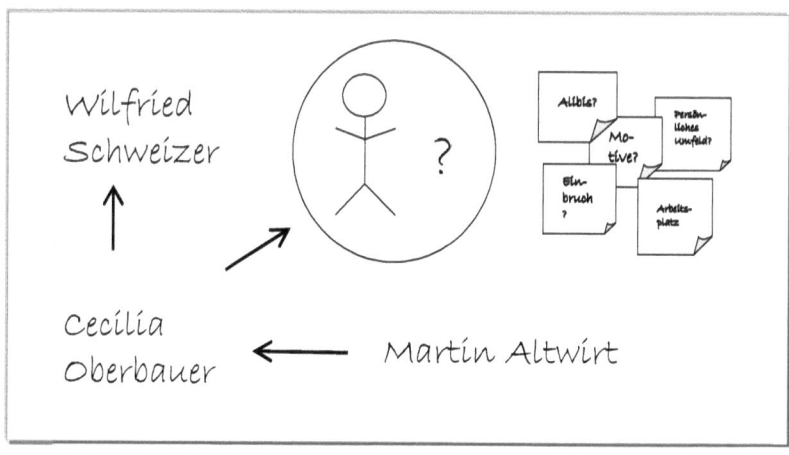

3.

„Geputzte" Information

Am nächsten Tag trafen sich Nick und Emily wie verabredet beim Glühweinstand. Sie wussten nicht genau, wo die Putzerei ihr Geschäft hatte, sie wussten bloß, dass sie irgendwo in der Fußgängerzone lag. So marschierten die beiden Ermittler mit dem Bon in der Hand durch die Einkaufsstraße der Stadt. Schon fast am Ende angekommen, bemerkte Emily das Geschäft. Es war klein und ziemlich versteckt. Nick öffnete die Tür und ließ Emily zuerst das Geschäft betreten, so wie es sich für einen Gentleman gehörte. Emily, die diese Seite von ihrem Kollegen nicht kannte, war zwar irritiert, ließ sich jedoch nichts anmerken und betrat die Filiale.

Im Geschäft stand eine Frau hinter dem Tresen, schätzungsweise Mitte 40. Sie war etwas pummelig und kleidete sich im typischen Hausfrauenstil. – Mit einer braunen Hose, für deren genauen Farbton Nick nur ein eher vulgärer Begriff einfiel, einem T-Shirt von undefinierbarer Farbe – irgendetwas zwischen blau, grau und lila – und einer Schürze mit Rüschen, die wohl noch nicht einmal in den 50ern modern gewesen sein dürfte.

Nick ging zum Tresen, während sich Emily im Geschäft ein bisschen umsah, und sagte: „Grüß Gott! Mein Name ist Chefinspektor Hofburger und das ist meine Kollegin Frau Revierinspektor Lauer." Er hielt ihr mit einer Hand seine Dienstmarke vor die Nase, während er mit der anderen Hand Richtung Emily zeigte, die eine begrüßende Geste machte. „Wir hätten an Sie ein paar Fragen, Frau …?"

Die etwas erstaunte Frau antwortete: „Hofer. ... Ist etwas mit meinem Hansi? Hat er schon wieder etwas ang'stellt?"

Nick beruhigte sie, nachdem er sich den Namen notiert hatte: „Nein, nein, es handelt sich um einen Kunden von Ihnen. Kennen Sie diesen Mann?" Er zeigte ihr ein Foto des Toten.

Frau Hofer nahm das Bild in die Hand und studierte es eifrig, bevor sie mit einem klaren und bestimmten „Nein." antwortete. Darauf zeigte Hofburger ihr den Bon der Putzerei und bat sie, ihm die Daten herauszusuchen. Frau Hofer nahm den Bon und ging damit in den Nebenraum.

Nach einer gefühlten Ewigkeit kam sie mit einem Blatt in der Hand wieder zurück und meinte: „Der Mann heißt Johannes Kreuzberger. Er hat bei uns am 23. November einen Anzug abgegeben, der sehr üble Flecken gehabt hat." Nach längerem Zögern fügte sie noch hinzu: „An diesem Tag war nicht ich im Geschäft, sondern meine Kollegin."

Während Nick hinausging und im Büro anrief, um die Adresse des Toten zu erfragen, fragte Emily nach: „Frau Hofer, ist Ihre Kollegin jetzt auch da?"

„Nein, sie ist im Urlaub, mit ihrer Familie", entgegnete die Frau.

„Können Sie mir bitte ihren Namen verraten, beziehungsweise wann sie wieder kommt?", bat Emily.

Die Frau entgegnete, dass ihre Kollegin Claudia Burgenauer heiße und übernächste Woche wieder zu arbeiten anfange.

„Könnten Sie Ihrer Kollegin unsere Visitenkarte weitergeben, wenn sie zurück ist? Und melden Sie sich, wenn Ihnen noch etwas Wichtiges einfällt." Sie überreichte ihr noch ihre Karte, bevor sie sich ebenfalls verabschiedete und das Geschäft verließ. Als Emily zu Nick stieß, läutete dessen Handy und seine Kollegen teilten ihm die Adresse des Toten mit.

> Sa. 1.12:
> Leiche: Johannes Kreuzberger,
> wohnt auf der Schießstatt
> Putzerei: Fr. Hofer,
>   Claudia Burgenauer (im
>   Urlaub)

4.

Der unvermeidbare Besuch

Als Nick und Emily den Berg inmitten der Altstadt bezwangen, fiel ihnen sofort ein Haus ins Auge. Es war ein moderner Bau mit viel Glas und Beton. Kurz gesagt, ein Haus, das in diese Gegend einfach nicht hineinpasste. Schließlich stellte sich heraus, dass es zur gesuchten Adresse gehörte. Es war hellgrün gestrichen und hatte eine sehr moderne Milchglastüre mit einem überdimensionalen silbernen Klingelknopf aus Chrom, auf den Emily jetzt drückte.

Etliche Minuten tat sich gar nichts, bis eine Frau Mitte 40 die Tür öffnete. Sie hatte langes braunes Haar und einen sehr freundlichen, aber bedrückten Gesichtsausdruck.

Emily zückte ihre Dienstmarke: „Guten Tag ... Frau Kreuzberger? Mein Name ist Lauer und das hier ist mein Kollege Hofburger. Kriminalpolizei. Dürften wir Sie kurz sprechen?" Die Frau sah erschrocken aus, nickte kurz und trat einen Schritt zur Seite, um die beiden einzulassen. Sie betraten das Vorzimmer und folgten der Frau in die Küche, wo sie ihnen einen Sessel anbot.

„Sind Sie Frau Kreuzberger?", wollte Nick wissen.

Die Frau nickte und sagte zögernd: „Martina Kreuzberger. Darf ich wissen, wieso Sie nun hier sind? Ist etwas passiert?"

Nick räusperte sich. Er fühlte sich sichtlich unwohl, denn er hatte es noch nie leiden können, einem Angehörigen die schlechte Nachricht zu überbringen. Das war ein Teil seines Berufes, den er in der Pension bestimmt nicht vermissen würde.

„Frau Kreuzberger, Ihr Mann ... Es tut mir sehr leid, Ihnen sagen zu müssen, dass Ihr Mann vorletzte Nacht verstorben ist. Mein Beileid." Frau Kreuzberger schaute überrascht, schockiert und erschrocken zugleich aus.

Nach ein paar Minuten fragte sie zögernd: „Aber ... aber wie ... und wo? WARUM?" Emily meinte mit gefestigter Stimme: „Ihr Mann wurde Donnerstagnacht im Stadtpark erschlagen. Von wem und wieso wissen wir zurzeit nicht, aber ich kann Ihnen versichern, dass wir unser Bestes geben werden, diesen Fall schnellstens aufzulösen."

Frau Kreuzberger schaute noch schockierter: „Erschlagen? Aber was ist mit den Kindern? ... und was ist mit mir?" Ihr traten Tränen in die Augen, die kurz darauf schon wie ein Strom über ihre Wangen flossen. Genau das hassten Nick und Emily an solchen Situationen.

Dann fragte aber Nick zögernd: „Sie haben Kinder?"

Frau Kreuzberger blickte mit ihren verweinten Augen zu Nick und nickte: „Ja, drei. Florian, Christine und Jonas."

Später an diesem Tag fand Emily noch heraus, dass die drei Kinder sehr unterschiedlich alt waren. Florian, der Älteste war 20 Jahre alt, Christine 18 und Jonas 7 Jahre.

Nick äußerte sein Mitgefühl und fragte Frau Kreuzberger: „Können wir Ihnen noch ein paar Fragen stellen?"

Die Frau nickte und schniefte dabei laut.

Emily begann: „Wann haben Sie Ihren Mann denn das letzte Mal gesehen?"

„Vorgestern, also Donnerstagabend. Er wollte noch eine Runde spazieren gehen, so wie jeden Tag. Johannes ...", sie schniefte auf, „... ist so gegen 19 Uhr fortgegangen."

Nick fiel ihr ins Wort: „Haben Sie ihn denn nicht vermisst?"

„Nein, eigentlich nicht. Es kommt öfters vor, dass er ... nach seiner Runde ... im Wirtshaus hängen bleibt. In der Früh verlässt er das Haus, bevor ich aufwache. Außerdem übernachtete er in letzter Zeit öfters im Büro, weil er momentan sehr viel zu tun hat ... erm ... hatte. Ich habe mir gedacht, er hätte nur vergessen, mich anzurufen." Die Frau schniefte so stark, dass Emily ihr ein Taschentuch anbot.

Nick fand diese Erklärung nachvollziehbar und setzte die Fragerei fort: „Hatte Ihr Mann Feinde, oder können Sie sich irgendjemanden vorstellen, der seinen Tod wollte?"

„Aber nein, er war ein sehr fröhlicher und ausgeglichener Mensch. Bis auf jemanden, gegen den er einmal in einem Prozess gewonnen hat, kann ich mir niemanden vorstellen. Er ist nämlich Anwalt in einer sehr erfolgreichen Kanzlei, die ihm gehört. ... So haben wir uns auch kennengelernt, vor 22 Jahren, als er mich verklagen wollte. Weil ich mit dem Auto gegen seinen Zaun gefahren bin."

Abermals flossen dicke Tränen über ihr Gesicht.

Emily ließ ihr etwas Zeit, sich zu beruhigen, bevor sie die nächste Frage stellte: „Wo waren Sie am Donnerstag zwischen 23 Uhr und Mitternacht?"

Frau Kreuzberger lief rot an.

Emily entschuldigte sich für ihre direkte Frage, bat aber trotzdem um eine Antwort. Darauf meint die junge Witwe verheult: „Mein kleiner Jonas hat einen furchtbaren Albtraum gehabt, er hat geweint und wollt' getröstet werden."

Nach dieser geschnieften Antwort sagte Emily geschickt und mit viel Gefühl: „Frau Kreuzberger, wir wollen Sie nicht länger mit qualvollen Fragen nerven, da wir vollkommen verstehen können, dass Sie in so einem schweren Moment alleine sein wollen." Emily machte eine mitfühlende Pause und gab der Witwe ihre Visitenkarte. „Falls Ihnen noch etwas einfällt, das uns helfen könnte bei unseren Ermittlungen, dann rufen Sie uns bitte an. Auf Wiedersehen!"

Emily wollte gerade durch die Tür gehen, als Frau Kreuzberger sie aufhielt: „Frau Inspektor? Ich weiß nicht, ob es Ihnen weiterhelfen könnte oder ob es überhaupt relevant ist ..." Die verweinte Witwe unterbrach ihren Hinweis. Emily drehte sich wieder zu ihr um und sah sie erwartungsvoll an. „Ich weiß wirklich nicht, ob es Sie interessiert ... wahrscheinlich gibt es eh keinen Zusammenhang mit dem Mo...Tod meines Mannes." Frau Kreuzberger versuchte die Tränen, die bei den Wörtern Tod und Mord entstanden, zu verdrängen. Sie wusste, beziehungsweise man sah ihr an, dass sie nicht mehr weiterreden konnte, ohne in Tränen auszubrechen. Sie sah Emily sehr verzweifelt und auch verwirrt an.

Auf einmal sammelte sie all ihre Kräfte und schoss mit dem Satz heraus: „Gestern Vormittag ist bei uns eingebrochen worden."

Die Witwe verlor die Fassung, da sie beim Aussprechen dieses Satzes genauso wie die beiden Ermittler begriff, dass es einen Zusammenhang zwischen den zwei Ereignissen geben musste.

Nick mischte sich nun, nachdem er diesen Satz gehört hatte, ein: „Können Sie uns sagen, wann und ob etwas gestohlen wurde?"

„Es muss am Vormittag gewesen sein, weil sonst immer irgendwer von der Familie zu Hause war." Sie war sichtlich bemüht, deutlich zu sprechen, dennoch wurden einige Silben in unterdrückten Schluchzern erstickt. „Aber wir haben das eh schon bei der Polizei gemeldet und Ihre Kollegen waren auch schon hier."

Nick notierte sich eifrig die wichtigsten Stichworte.

„Ist etwas gestohlen worden?"

„Uns ist nichts aufgefallen, aber wir sind noch dabei, das Chaos zu beseitigen, weil die ja das gesamte Haus verwüstet haben."

Emily nickte: „Okay, Frau Kreuzberger, falls Ihnen noch etwas einfällt, oder wenn Sie etwas vermissen, dann bitte kontaktieren Sie uns sofort. Auf Wiedersehen."

Nach diesem Gespräch mit der überraschenden Wende, teilten sie sich auf.

Emily sollte die Kanzlei des Toten aufsuchen und Nick machte sich auf den Weg zum Wirtshaus, dessen Namen er beim Hinausgehen noch schnell erfragt hatte.

Auf dem Weg zückte er seinen Notizblock.

> Sa., 1.12:
> Ehefrau: Martina Kreuzberger
>   Alibi: tröstete Kind
> Kinder: Florian (20)
>   Christine (18)
>   Jonas (7)
> Beruf des Toten: Anwalt
> „Kanzlei Kreuzberger"
> ->EINBRUCH!

5.

**Ob Recht oder Unrecht, ein Mörder kann überall sein.
- Kanzlei Kreuzberger**

Es hatte zu schneien begonnen. Emily stellte ihren Mantelkragen auf und ging schneller. Sie hatte schon einmal von Freunden gehört, die etwas mit der Kanzlei des Verstorbenen zu tun gehabt hatten, wo sie diese finden konnte und ging nun durch die Landstraße in Richtung der Schillerstraße. Unterwegs besuchte sie noch schnell die nächste Bäckerei, um sich einen vegetarischen Pizzafleck zu besorgen. Es war schon kurz nach Mittag und sie hatte nicht gefrühstückt, was ihr ihr knurrender Magen jetzt übel nahm.

Nachdem sie ihren Fleck gegessen hatte, sorgte sie mit einem Kaugummi für einen frischeren Atem und setzte ihren Weg fort.

In der Kanzlei, die glücklicherweise trotz des Samstags geöffnet hatte, angekommen, wurde sie von der Sekretärin empfangen. Es war eine wasserstoffblonde Schönheit, die sie von der anderen Seite des Schreibtisches anlächelte. Emily war keineswegs eine von den Frauen, die jede andere weibliche Person im Raum sofort um ihr Aussehen beneidete. Sie war selbst sehr hübsch mit ihren schwarz-braunen Locken und einer recht guten Figur. Aber diese etwa 20-Jährige, die ihr da entgegenlächelte, war eine Beleidigung für jedes weibliche Ego.

Der zweite Gedanke, der Emily kam, als sie auf die junge Frau zuging, war der, dass die Sekretärin genau dem typischen Blondinenklischee entsprach. Sie sah bei näherer Betrachtung nicht sonderlich klug aus und Emily hatte sofort den Verdacht, dass sie mit mindestens einem männlichen Mitarbeiter der Kanzlei eine Beziehung haben musste, die über die berufliche weit hinaus ging.

Der Neid verflüchtigte sich wieder.

Sie trat an den Schreibtisch, lächelte und schluckte ihren Kaugummi hinunter.

„Guten Tag, Lauer mein Name." Sie zückte ihre Dienstmarke. „Ich würde Ihnen gerne ein paar Fragen über Herrn Johannes Kreuzberger stellen, wenn Sie kurz Zeit hätten. Sie sind angestellt bei ihm?"

Die junge Frau nickte. „Ja, ich arbeite seit zirka einem Jahr hier. Ich bin die Jacqueline Sackeder. Die Sekretärin. Was ist denn passiert?"

„Herr Kreuzberger ist vorletzte Nacht ermordet worden."

Frau Sackeder sah sie aus großen Augen an, sagte jedoch nichts.

Emily fuhr fort: „Ist Ihnen an ihm in letzter Zeit etwas Besonderes aufgefallen? War er irgendwie nervös? Ist er unpünktlich zur Arbeit gekommen? Wieso ist es Ihnen eigentlich nicht aufgefallen, dass er gestern und heute gar nicht erschienen ist?"

Die Sekretärin wirkte für einen Moment überfordert und Emily fühlte sich in ihrem Vorurteil bestätigt. Aber dann fasste sich ihr Gegenüber wieder und antwortete chronologisch: „Nein, mir ist nichts aufgefallen, auch nicht, dass er irgendwie nervös gewesen wäre. ... Natürlich, er war ein bisserl schlecht drauf, weil das Geschäft in letzter Zeit nicht so gut rennt ... die Wirtschaftskrise. Offenbar gehen die Leute lieber ins Gefängnis, als sich einen *guten* Anwalt zu leisten." Sie kicherte über ihren, nach Emilys Meinung nicht sonderlich guten Witz.

„Der Herr Doktor wollte gestern einen Klienten aufsuchen und da hab' ich mir schon gedacht, dass das den ganzen Tag dauern wird. Und heute ist Samstag, da nimmt er sich öfters einen freien Tag. Der kann das ja machen ... als Chef meine ich."

„Vielen Dank," unterbrach Emily sie schnell, bevor sie sich über ihre Arbeitszeiten aufregen konnte. „Wie viele andere Mitarbeiter gibt es außer Ihnen noch in der Kanzlei?"

„Also ... das wären der Herr Maurer, der Herr Reichelts und der Herr Fuchswinkler ... also drei."

„Wo kann ich die finden?"

„Der Herr Reichelts macht gerade Mittagspause, aber die anderen beiden müssten im Haus sein. Das Büro vom Herrn Fuchswinkler ist den Gang entlang, die zweite Tür links, und das Büro vom Herrn Maurer ist dann die nächste Tür."

Emily bedankte sich und ging, um den Anwälten einen Besuch abzustatten. Sie war noch nicht ganz bei der Tür des ersten Büros angekommen, als sie zwei männliche Stimmen hörte, die sich recht heftig unterhielten. Was gesprochen wurde, konnte sie nicht verstehen, aber es hörte sich an, als wäre hinter der Tür ein Streit im Gange.

Emily klopfte und trat ein. Das Letzte, das sie von der Auseinandersetzung noch hören konnte, war ein gezischtes >Das wird dir noch leidtun<. Dann verstummten die Männer und sahen sie überrascht an. Emily konnte nicht ausmachen, wer diese letzten Worte gesagt hatte. Beide sahen gleichermaßen wütend aus. Dann fasste sich jedoch einer der beiden – der größere – und kam mit ausgestreckter Hand und aufgesetztem Lächeln auf sie zu.

„Guten Tag. Doktor Elias Maurer. Suchen Sie jemanden?"

Emily erwiderte den Gruß, während sie den Anwalt musterte. Er war ein breitschultriger Riese im Anzug, mit Krawatte und blank polierter Glatze.

Sie zückte erneut ihre Dienstmarke und stellte sich den beiden vor. Jetzt kam auch der andere – ein schmächtiger Typ mit Seitenscheitel und Schnurbärtchen – neugierig näher und stellte sich als Roland Fuchswinkler vor.

Emily blieb aber keine Zeit, ihn genauer zu mustern, weil der Erste wieder das Wort an sie richtete – mit hochgezogener Augenbraue und einem belustigten Zucken um die Mundwinkel: „Jetzt schickt die Polizei also auch schon emanzipierte Vorzimmerpflanzerl? Da kann sich's höchstens um irgendwas Unwichtiges handeln." Emily schnappte verblüfft nach Luft und stieg sofort darauf ein: „Darf ich Sie daran erinnern, dass wir uns im 21. Jahrhundert und in Zeiten der Gleichberechtigung befinden? Außerdem hat man *Sie* ja offensichtlich auch Jus studieren lassen."

„Vorsicht, Vorsicht, meine Dame! Sie bewegen sich auf ganz dünnem Eis! Üble Nachrede ist strafbar."

„Danke, gleichfalls! Beamtenbeleidigung auch!" Emily fixierte ihn giftig. Sie hatte es noch nie ausstehen können, wenn sie jemand nicht ernst nahm, nur weil sie eine Frau war. Das hatte sie auch an diesem Leichenschänder, Doktor Pritsch, nie ausstehen können. Um sich abzulenken, stellte sie dieselben Fragen, die sie zuvor schon an die Sekretärin gerichtet hatte.

Herr Maurer antwortete in etwa dasselbe wie Frau Sackeder, nur mit spöttischem Unterton. Herr Fuchswinkler bestätigte seine Aussage mit einer nasalen Fistelstimme und Emily kam der Verdacht, dass er heute wohl alles bestätigen würde, was sein riesiger Kollege sagte.

Abschließend hatte Emily noch eine letzte Frage: „Wo waren Sie beide vorgestern zwischen 23 Uhr und Mitternacht, wenn ich fragen darf?" Bei den letzten Worten warf sie Herrn Maurer einen Blick zu, der ihm verdeutlichen sollte, dass es ihr egal war, ob sie durfte oder nicht.

Dieser antwortete auch sofort mit sarkastischem Unterton: „Ich war mit meinem Hund unterwegs, was Ihnen dieser bestimmt gerne bestätigen wird."

Emily überging diesen Kommentar. „Wo waren Sie unterwegs?"

„An der Donau entlang."

„Sind Sie auch am Park vorbeigekommen?"

„Nein."

„Sind Sie immer mitten in der Nacht mit dem Hund unterwegs?"

„Ich wüsste nicht, was Sie mein Nachtleben anginge." Er lächelte unfreundlich.

Emily beschloss, ihn zu ignorieren, damit ihre Selbstbeherrschung nicht sofort wieder weg war, und wandte sich stattdessen an seinen Kollegen: „Und wo waren Sie zu der fraglichen Zeit?"

„Ich war zuhause ... im Bett ... alleine." Er strich sich mit einer Hand über die Haare und lächelte schmierig.

Emily verabschiedete sich mit einem Nicken. Das nächste Mal würde sie Nick schicken. Der hatte bessere Nerven und war außerdem ein Mann, was es ihm ebenfalls erleichtern würde, mit den Anwälten zu reden.

Bevor sie ging, erkundigte sie sich noch bei der Sekretärin, wo diese zur Tatzeit gewesen war. Sie nannte ihr eine Diskothek in der Altstadt. „Außerdem war mein Freund dabei ... Alexander Stölzer."

Emily bedankte und verabschiedete sich mit einem Nicken und wollte gerade zur Tür hinausgehen, als sie mit einem Mann zusammenstieß, der soeben hereinkommen wollte.

Emily entfuhr ein verblüffter Aufschrei und sie murmelte noch eine Entschuldigung, als ihr Gegenüber die Aktentasche, die er in der Hand hielt, sinken ließ und ihr mit einem freundlichen Lächeln die Hand hinstreckte.

„Kann ich Ihnen irgendwie behilflich sein?" Er bückte sich und hob den Notizblock auf, den sie vor Schreck fallengelassen hatte. Mit einem weiteren Lächeln und einem fragenden Blick reichte er ihn ihr.

Sie fasste sich wieder und räusperte sich. „Hallo … danke." Sie grinste. „Vielleicht könnten Sie mir wirklich helfen." Sie zückte ein letztes Mal an diesem Tag ihren Dienstausweis. „Emily Lauer, Morddezernat. Sind Sie vielleicht der Herr Reichelts?" Der Gefragte lächelte nun nicht mehr so breit, sondern sah sie stattdessen verwirrt an. „Ja … Lukas Reichelts. Was ist denn passiert? Möchten Sie mich nicht in mein Büro begleiten? Dort ist es bequemer als hier am Gang."

Emily nickte und folgte ihm an der Sekretärin vorbei in ein Büro am anderen Ende des Ganges. Hatte ihm die Sekretärin gerade verschwörerisch zugelächelt oder hatte Emily jetzt schon Wahnvorstellungen? Sie wischte den Gedanken beiseite und betrat ein helles Büro mit vielen Topfpflanzen, zwei riesigen Einbauschränken mit jeder Menge Aktenordnern und einem ebenfalls sehr großen Schreibtisch. Trotz seiner Größe war der Schreibtisch übersät mit allerlei Papierkram und man musste lange suchen, um ein leeres Stück Schreibtisch zu finden. Vor dem Tisch standen zwei Besucherstühle, auf die Herr Reichelts jetzt wies, während er selbst sich in einen ledernen Schreibtischsessel gegenüber fallen ließ.

„Also … was ist jetzt passiert?" Er strich sich neugierig eine widerspenstige Haarsträhne aus der Stirn, um sie besser sehen zu können.

„Ihr Vorgesetzter, der Herr Doktor Kreuzberger ist vorletzte Nacht ermordet worden." Sie beobachtete neugierig, wie er die Nachricht aufnahm. Auf seinem Gesicht spiegelten sich mehrere Gefühle: Überraschung, Verwirrung, Wut … und etwas, das aussah wie … Erleichterung? Letztendlich entschied er sich für eine gefasste Mimik.

„Sie sehen nicht so aus, als würde Ihnen der Tod Ihres Chefs viel ausmachen", stellte Emily fest.

Ihr Gegenüber zuckte mit den Schultern und sah durch seine langen Wimpern hindurch tief in ihre Augen. „Ich wüsste nicht, wieso ich eine so scharfsinnige und charmante Polizistin wie Sie anlügen sollte." Er lächelte entschuldigend. „Um ehrlich zu sein, konnte ich ihn nie besonders gut leiden. Ich meine ... er war halt der Chef und das wusste er auch. Es musste immer alles nach seiner Pfeife tanzen. Wenn er zum Beispiel einen Fall unbedingt haben wollte, mussten wir zurücktreten und umgekehrt hat er die uninteressanten Fälle immer uns angedreht." Er seufzte. „Also ... geht es Ihnen mit Ihrem Chef so viel anders? Können Sie mich nicht ein kleines bisschen verstehen? ... Dass ich auf ihn wütend war, meine ich? ... Auch wenn es immer heißt, dass man über Tote nur Gutes sagen soll."

Emily dachte nach. Offiziell war Nick ihr direkter Vorgesetzter, weil er einen höheren Dienstrang hatte. Doch wenn sie jetzt so darüber nachdachte, stellte sie fest, dass er diese Karte nur in den seltensten Fällen ausspielte. Gut, er wusste immer, was als Nächstes zu tun war, und gab meistens die Richtung vor. Aber Emily hatte bisher nichts dagegen gehabt, weil er erstens die längere Erfahrung hatte und ihr zweitens nur selten die besonders unangenehmen Aufgaben zuschanzte, was sie ihm hoch anrechnete. Andererseits hatte sie schon aus ihrem Bekanntenkreis von mehreren unfreundlichen Vorgesetzten gehört und konnte Herrn Reichelts durchaus verstehen.

„Können Sie sich jemanden vorstellen, den er so sehr aufgeregt hat, dass derjenige ihn umbringen würde?"

„Abgesehen von mir meinen Sie?" Er zwinkerte ihr zu und grinste. Sie grinste zurück. Aber dann wurde er wieder ernst und schien etwas abzuwägen. Sein Gesicht verdüsterte sich. Dann räusperte er sich: „Jetzt im Ernst: Ich ... Ich wüsste da schon eine Begebenheit, die mir seltsam vorgekommen ist, aber ... um ehrlich zu sein, möchte ich das nicht hier besprechen, wenn Sie wissen, was ich meine." Er sah Emily vertrauensvoll an und hob wieder die Stimme, nachdem er zuletzt sehr leise gesprochen hatte: „Das wäre dann alles, was ich Ihnen dazu sagen kann."

Wieder leiser fügte er hinzu: „Ich kenne da ein sehr nettes Café in der Altstadt. Möchten Sie mich begleiten?"

Emily verstand sofort und nickte. Laut sagte sie: „Vielen Dank, Herr Reichelts. Sollte mir noch eine Frage einfallen, weiß ich ja, wo ich Sie finden kann."

Sie stand auf und verließ das Büro sowie die gesamte Anwaltskanzlei, nachdem sie der Sekretärin noch einmal zugenickt hatte.

Während sich die Tür hinter ihr schloss, hörte sie den Anwalt noch sagen: „Jacqueline, falls jemand nach mir fragt, ich bin in einem Klientengespräch. – Kann spät werden."

In dem Café angekommen nahmen sie an einem Tisch im hintersten Eck des Lokals Platz. Es waren nicht sehr viele Gäste da und so hatten sie freie Platzwahl.

Die Kellnerin kam und Reichelts bestellte sich einen Espresso und Emily einen Cappuccino.

Emily zückte ihren Notizblock und sah ihn abwartend an. „Also, was ist jetzt vorgefallen?"

Er räusperte sich. „Also, ich will hier niemanden verleumden oder wegen übler Nachrede angezeigt werden, aber ... na ja, ich bin einmal ... ich glaube, das war am

Dienstag … noch einmal nach Feierabend ins Büro gegangen, weil ich meinen Kalender vergessen hatte, und da habe ich gehört, wie sich jemand gestritten hat. Es war ein ziemlich lauter Streit. Ich weiß nicht, was ich mir gedacht habe. Die Wände zu den Büronachbarn sind nämlich sehr dünn. Ich versuchte wegzuhören, als ich meinen Kalender suchte. Aber es war wirklich recht laut. Als ich dann genau hingehört habe, habe ich gemerkt, dass das eine die Stimme vom Chef war. Zuerst habe ich mir noch gedacht, dass ich vielleicht irgendwie schlichten könnte, aber dann bin ich vor der Bürotür gestanden und habe den anderen ziemlich laut schreien gehört: ‚Das kannst du nicht machen. Ich mach' dich kalt, das schwör' ich dir!' Da habe ich mir gedacht, dass es wohl besser wäre, wenn ich mich verdrücke! Ich bin also wieder in mein Büro zurückgegangen und habe meinen Kalender geholt. Aber während ich dann auf der Straße mein Auto aufgesperrt habe, habe ich gesehen, dass der Maurer aus dem Haus gekommen ist. … Darum habe ich mir gedacht, dass der mit dem Chef gestritten hat … und ich habe vermutet, dass Sie das interessieren würde." Er sah Emily abwartend an.

Diese hatte eifrig mitgeschrieben und sah jetzt von ihrem Notizblock auf. „Danke, das wird uns sicher weiterhelfen, und wenn Ihnen noch etwas einfallen sollte …," sie reichte ihm eine Visitenkarte, „dann rufen Sie mich bitte an, jederzeit." Sie lächelte.

Dann rief sie der Kellnerin zu, dass sie zahlen wollte, und machte Anstalten zusammenzupacken. Reichelts bemerkte ihre Absichten und hielt sie zurück.

„Darf ich Sie vielleicht noch auf ein Glas Wien einladen? Da ist ein sehr gutes Lokal um die Ecke und Sie werden doch wohl um diese Uhrzeit nicht mehr arbeiten wollen, oder?"

Emily sah auf ihre Handyuhr. Es war tatsächlich schon nach 16 Uhr. Nick würde bestimmt schon zu Hause sein. Sie beschloss nach kurzem Überlegen, ebenfalls Schluss zu machen und die unvermeidlichen Überstunden vom Sonntag im Vorhinein abzufeiern. So folgte sie Herrn Reichelts Einladung. Er war ein sehr netter Mann, wie ihr schien. Der Nachmittag konnte bestimmt noch nett werden und – wer wusste das schon? Vielleicht sogar der Abend. Sie lächelte.

Samstag, 1. 12.,
Kanzlei:
Jacqueline Sackeder: Sekretärin, Blondinenklischee;
　Alibi: Alexander Stölzer
Elias Maurer: Anwalt, Kotzbrocken;
　Alibi: Hund;
　Motiv: Streit und Morddrohung
Roland Fuchswinkler: Anwalt, Schleimer;
　Alibi: mies (allein im Bett)
Lukas Reichelts: Anwalt, ganz vernünftig;
　Alibi: vergessen zu fragen ☺

6.

Auf den Spuren einer Sauftour

Nick marschierte währenddessen zu dem Wirtshaus, in dem der Tote angeblich öfters verblieben war. Er ging nochmals die letzten Stunden und den gestrigen Tag durch. Die Frage, wer wohl der Mörder sei, beschäftigte ihn sehr. Doch diese Gedanken verärgerten ihn nur noch mehr, da er es nicht leiden konnte, ahnungslos zu sein. Das Gasthaus, nach dem er suchte, lag etwas außerhalb des Stadtzentrums in einer Seitengasse, gleich neben der evangelischen Kirche, die gerade unter einem Baugerüst versteckt war.

Auf dem Weg kam er nochmals beim Park vorbei. Mit einem Mal wurde ihm klar, wie der Tote hierhergekommen war. Jemand musste ihm beim Heimweg aufgelauert haben. Oder war es doch nur Zufall, dass er im Park ermordet worden war? Nick verdrängte den Gedanken wieder und betrachtete das Wirtshaus, das er mittlerweile erreicht hatte. Es war ein altes, etwas heruntergekommenes, aber bei genauerem Betrachten sehr hübsches Haus. Die ehemals goldgelbe Fassade war bereits etwas abgebröckelt, aber unter den, von ebenfalls bröckeligen Fensterläden umrahmten Kastenfenstern blühten prachtvolle Begonien in den Blumenkästen. Im verlassen wirkenden Gastgarten standen übereinander gestapelte Gartenstühle, die darauf warteten, für den Winter verräumt zu werden.

Das Haus war um einiges niedriger als die umliegenden Bauten und wirkte in einer gewissen Weise einladend und gemütlich, trotz des schäbigen Äußeren, wie Nick zugeben musste.

Nick ging durch den Eingangsbogen und blickte vom Garten aus durch ein Fenster in das Lokal. Es lag nicht auf Augenhöhe. So musste er sich leicht bücken. Nick war erstaunt, den Schankraum voller Leute zu sehen. Direkt vor dem Fenster hörte er schon Gerede und Gejohle von drinnen.

In diesem Moment ging die Tür auf und ein alter Mann kam, am Stock gehend, heraus. Er zog den Hut und schaute Nick an: „Griaß'di Gott! Trau di nur eini, die beißen scho net, san gonz liabe Leit."

Nick stutzte und sah dem Mann leicht amüsiert nach, als dieser den Gastgarten verließ. Ihm war klar, dass der Mann kein ursprünglicher Kremser war, denn dazu sprach er viel zu sehr Mundart. Eher würde Nick ihn aufgrund seiner typisch waldviertlerischen Stimmlage (hoch und kratzig) dem Zwettler Bezirk zuordnen.

Nach kurzem Überlegen folgte Nick der Aufforderung des Mannes, öffnete die Holztür und betrat das Lokal. Hinter der ziemlich schweren Tür war eine Art Galerie, in die gleich die Garderobe integriert war. Nick zog sich die Jacke aus und wunderte sich, wie der alte Mann diese Tür aufgebracht hatte, denn sogar er selbst hatte aufgrund deren Gewichts Probleme damit und er war wirklich nicht schwach. Theoretisch hätte es den Mann umhauen müssen oder er hätte einen Herzinfarkt erleiden müssen nach so einer Anstrengung.

Auf der anderen Seite dieser Galerie waren ein Geländer, sowie eine Treppe mit sechs Stufen. Nick konnte von hier oben aus das ganze Lokal überblicken. Es musste frisch renoviert sein, alles sah sehr neu aus. Mit einem Blick schätzte er an die 15 Tische, die jetzt voll besetzt waren. Nick ging die Stiegen hinunter Richtung Schank.

Er setzte sich auf einen Hocker und las sich gründlich die Karte durch. Er beschloss, offiziell Dienstschluss zu machen (Emily würde ihn schon nicht dabei erwischen), also konnte er ruhig auch ein großes Bier trinken. Doch was sollte er essen? Die junge Dame, die hinter der Schank stand, betrachtete ihn und kam mit einem Block und einem Stift zu ihm.

„Grüß Gott! Was darf ich Ihnen zum Trinken bringen?"

„Ein großes Bier, bitte!" Nick musste sehr laut reden, um die vielen Menschen im Lokal zu übertönen.

„Woll'n Sie auch was essen?"

„Ja ... bitte eine Brett'ljause."

Kopfnickend schrieb die junge Dame das Gewünschte auf und verschwand hinter einer Tür.

Nun hatte Nick Zeit sich umzusehen. Er bemerkte, dass viele Gruppen hier waren. Er sah Familien mit Kleinkindern, die schon sehr müde wirkten. Nick hörte auch ein Baby schreien, das er auf der anderen Seite des Lokals entdeckte. Es sah aus, als sei es erst vor wenigen Wochen auf die Welt gekommen. Nick überlegte sich nur, welche Eltern mit einem Neugeborenen in ein Wirtshaus gingen. Er sah einige Tische weiter eine Gruppe Jugendlicher, die zwei Tische zusammengeschoben hatten, damit sie mehr Platz hatten. Bei genauerem Hinschauen sah Nick, dass an diesem Tisch schon etliche Bierkrüge geleert worden waren. Er war sich sicher, dass die Jugendlichen nicht alle 16 Jahre alt waren.

„Hier, Ihr Bier!" sagte auf einmal jemand hinter ihm. Er drehte sich um und sah die junge Bedienung hinter der Schank stehen.

„Dankeschön!"

Nick betrachtete sie. Die Kellnerin war eine sehr hübsche, höchstens 30jährige Frau mit dunkelbraunen Haaren. Sie sah sehr nett aus und gefiel Nick auf Anhieb. Ihre Schürze hatte Rotweinflecken, die sie zwar mit Wasser herauszuwaschen versucht hatte, aber ohne Erfolg.

Darunter trug sie ein blaues T-Shirt mit einem sehr hübschen, aber dezenten Ausschnitt.

„Erm ... entschuldigen Sie, ich hätte eine Frage an Sie. Haben Sie am Donnerstagabend auch hier gearbeitet?"

„Nein, hab ich nicht. Wieso wollen Sie das wissen?"

Nick holte seine Dienstmarke hervor, zeigte sie ihr und sagte: „Mein Name ist Chefinspekor Hofburger, ich ermittle in einem Mordfall."

Sein Gegenüber sah verdutzt aus und stammelte nur ein: „Aso?"

Nick hat schon öfters so eine Reaktion erlebt und sagte deshalb mit selbstsicherer Stimme: „Können Sie mir sagen, wem dieses Wirtshaus gehört?"

Die junge Dame fasste sich wieder. „Ja, meinem Papa. Ich helf' nur an Wochenenden aus, wenn viel los ist." Nick musterte sie noch immer von oben bis unten.

„Ach, Ihr Vater. Frau ... wie heißen Sie?"

„Lena Rosengartner." Nick notierte sich schnell ihren Namen.

„Ach so, Frau Rosengartner." Er holte ein Bild von dem Toten hervor und zeigte es ihr: „Kennen Sie diesen Mann? Angeblich dürfte er öfters hier gewesen sein, auch in der Mordnacht."

Frau Rosengartner nahm das Foto in die Hand und sah es sich genau an. „Ja, der Mann war öfters hier, aber wie schon g'sagt, ich helf' nur am Wochenende aus und d'rum hab' ich keine Ahnung, ob er während der Woche auch da ist."

„Wenn er am Wochenende kam, ist er da alleine gekommen oder mit Begleitung?" Plötzlich blieb ein Mann neben ihm stehen und schrie ihm ins Ohr: „Fünf G'spritzte no!"

„Ja, kommt gleich!", schrie Frau Rosengartner zurück.

Nick befürchtete von jetzt an taub zu sein, da er nur noch ein Summen hörte. Er bemühte sich, die Worte von Frau Rosengartner zu verstehen, während sie ausschenkte.

„… meist alleine. Hin und wieder ist er mit einer Frau und Kindern gekommen, aber das war selten. Er hat hier immer seine Spezis getroffen, aber weiter kann ich Ihnen auch nicht helfen."

Nick bemerkte, dass die Frau sehr gestresst wirkte. „Ja, können Sie mir jetzt nur noch sagen, wie Ihr Vater heißt und wo ich ihn finden kann?"

Sie drehte sich um, öffnete eine Tür und rief: „Rosi, wo is'n da Papa? Such' eam bitte!" Dann ging die Frau Rosengartner eilig mit der Bestellung zu einem Tisch. Die Tür, durch die sie gerade geschrien hatte, öffnete sich und eine kleine pummlige Frau kam mit drei Tellern voller Essen heraus.

Sie ging auf Nick zu und stolperte fast über ihre zu lange weiße Schürze, die schon sehr viele Flecken hatte. „Hier, Ihre Brett'ljause." Sie stellte einen voll beladenen Teller mit Käse, Wurst und Aufstrich sowie Besteck und Gebäck vor ihm ab. Dann drehte sie sich um, um die restlichen zwei Teller, die sie scheinbar mühelos auf ihrem linken Arm balancierte, zu einem anderen Tisch zu tragen. Nick bewunderte sie, wie man so viele Teller mit einer Hand tragen konnte. Er war manchmal schon überfordert, einen Teller und ein Glas Bier zum Fernseher zu tragen, doch das war wieder eine andere Geschichte. Nick dachte nur an die Worte von Emily, als er ihr einmal davon erzählt hatte: „Typisch Mann, mit zwei Sachen seid ihr schon überfordert. Das Wort Multitasking ist wahrscheinlich ein Fremdwort, oder?!"

Die Frau mit den vielen Tellern sagte noch beim Weggehen zu der Frau Rosengartner, die wieder zur Schank mit neuen Bestellungen kam: „Da Franzl is im Keller! Soll' i eam hol'n?"

„Bitte, Rosi", antwortete Lena gestresst.

Nick sah der Frau Rosengartner noch ein bisschen zu, traute sich aber nicht, mit weiteren Fragen zu nerven.

Nachdem er fast fertig gegessen hatte, drehte er sich auf seinem Hocker wieder um. Er sah gerade, wie eine Partie Jugendlicher hereinkam und sich zu den anderen setzte. Nick dachte sofort an seine eigene Jugend. Wie oft hatte er Bier getrunken, als er noch keine 16 gewesen war, und wie oft hatte er zu viel erwischt? Nick konnte sich noch gut daran erinnern, wie er mit seinen Freunden um die Häuser gezogen war und was er alles erlebt hatte. Doch lang war es her. Was seine Freunde jetzt wohl machten?

„Entschuldigen Sie, sind Sie der Herr, der mich sprechen wollte?" Nick schreckte hoch und drehte sich nach einem beruhigenden Durchatmen um. Er sah einen großen Mann mit Schnauzer hinter sich stehen. Lena, seine Tochter sah ihm sehr ähnlich.

„Ja, der bin ich, Chefinspektor Hofburger." Der alte Mann sah ihn erstaunt an, als er die Dienstmarke bemerkte.

„Wieso sind Sie denn hier?"

„Ich ermittle in einem Mordfall, Herr ... Rosengartner?"

„Ja, Franz Rosengartner." Nick notierte sich den Namen.

„Herr Rosengartner, Ihnen gehört dieses Wirtshaus?"

„Ja, ich hab' es von meinem Vater vor über 30 Jahren geerbt. Es ist ein Familienbetrieb, mein Sohn wird's in etlichen Jahr'n, wenn ich nicht mehr so kann, übernehmen. Vor fünf Jahren haben wir es renoviert und erweitert, so kann er sich ganz auf den Betrieb und das Geschäft konzentrieren." Nick notierte sich die Worte ›Familienbetrieb< und >Sohn<, dann zeigte er dem Wirtshausbesitzer das Foto des Toten und fragte, ob er ihn kannte.

Der alte Mann nahm das Foto in die Hand, rückte seine Brille auf seiner Nase zurecht und holte tief Luft: „Ja, das ist der Herr Kreuzberger, ein sehr netter Mann. Er kommt öfters vorbei, immer um dieselbe Zeit. Wenn Sie noch ein bisschen warten, können Sie ihn gleich selber kennen lernen." Er gab ihm das Foto zurück, doch sein Grinsen verschwand bald aus seinem Gesicht, als er Nicks ernste Miene sah.

„Herr Rosengartner ... der Herr Kreuzberger ... ist in der Nacht von Donnerstag auf Freitag ermordet worden."

„Was!?" Er drehte sich um, schenkte sich ein Schnapserl ein und stieß es hinunter. „Ahhhhh ... Wollen Sie auch eins?" Nick konnte dieses Angebot nicht ablehnen. Nachdem er sein Stamperl auch hinuntergekippt hatte, fragte er weiter: „Wie oft kam der Herr Kreuzberger in der Woche vorbei und mit wem hat er sich getroffen?"

„Er ist an ganz unterschiedlichen Tagen gekommen, meistens aber drei- oder viermal in der Woche. Fast immer ist er alleine gekommen, nur hin und wieder hat er seine Frau oder die Kinder mitgenommen. Er hatte ja, glaub ich, drei. Arme Kinder ... und die Frau erst!"

Nick machte einen großen Schluck von seinem Bier. „Können Sie mir sagen, wann der Herr Kreuzberger am Donnerstagabend hier eingetroffen ist, wen er getroffen hat und wann er gegangen ist ... und wenn es noch geht, wer hier gearbeitet hat und welche Gäste hier waren?"

Der Mann kratzte sich auf der Halbglatze und dachte nach: „Puh, da verlangen S' ja viel von mir ..." Er begann zu grinsen. „Also gekommen wird er so um halb neun sein, aber da bin ich mir nicht ganz sicher, weil da gerade sehr viel los war, ich glaub', die meisten Leute wollt'n g'rade zahl'n. Am nächsten Tag war ja ein Arbeitstag.

Während der Woche hört das Geschäft immer früher auf als am Wochenende. Er hat sich mit seinen Spezis getroffen, so wie meistens, wenn er hergekommen ist. Sie spielen meistens Karten. Aber am Donnerstag waren die sehr bedient. Sie haben früh begonnen und bis spät in die Nacht g'soffen. Wann sie gegangen sind, weiß ich nicht so genau. Ich bin nämlich dann oben in der Wohnung am Sofa eing'schlafen. Ich brauch' ja auch 'mal eine Pause. Mein Sohn, der Moritz, hat dann den Schlussdienst g'macht, weil er am nächsten Tag frei g'habt hat." Nick notierte sich die wichtigsten Fakten auf seinem kleinen Block.

„Danke einmal, ich müsste dann noch mit Ihrem Sohn sprechen?"

„Der ist gerade unterwegs, aber er muss dann eh bald wieder kommen." Nick sah ihn fragend an: „Wer waren die >Spezis< vom Herren Kreuzberger, mit denen er gespielt hat?" Der Herr Rosengartner deutete mit einer Hand in ein Eck. Nick folgte seiner Bewegung und sah dort eine Männerpartie an einem Tisch sitzen. Der Tisch sah mit der Eckbank an zwei Seiten sehr gemütlich aus und stand gleich neben der Schank. Über den Köpfen der Männer hing auf der urigen Steinmauer ein Bild von der Wachau und daneben eines vom Kamptal. Beide zeigten sehr schöne Motive. Nick persönlich aber gefiel das Bild von der Wachau besser, da es mehr Wärme und Heimatgefühl vermittelte als das andere, das eher dunkel gehalten war. Auf dem Tisch lag ein nettes winterliches Tischtuch mit Deko und ein metallenes Schild mit der Aufschrift >Stammtisch<. Nick fiel auch noch auf, dass auf keinem Tisch ein Aschenbecher stand. Wie mittlerweile in den meisten Lokalen in Krems, herrschte auch hier Rauchverbot.

Nick gefiel das sehr, da er Nichtraucher war. Die vier Männer am Tisch hatten es schon sehr lustig beim Kartenspielen. Vielleicht waren nicht nur das Kartenspiel selbst, sondern auch die unzähligen leeren Biergläser schuld, die auf dem besagten Tisch standen.

Nachdem Nick die Runde kurz beobachtet hatte, murmelte er nur: „Ach so ... Spezis. Aha." Er nickte dem Wirten zu und flüsterte: „Danke und auf geht's in die Schlacht".

Nick nahm sein Bierglas in die Hand und ging mit ausladenden Schritten in Richtung Stammtisch. Als er kurz davor war, schauten die vier Männer schon auf.

„Grüß Gott, meine Herren, darf ich mich zu Ihnen setzen?"

Die Männer sahen ihn so überrascht an, als hätte er ihnen gedroht und eine Waffe auf sie gerichtet. Ein kleiner Mann mit Vollbart funkelte ihn auf eine Art an, als wollte er ihn einschüchtern: „Erm ... Wiescho möschte sisch scho ein vornehmer Herr zu unsch alten Männern schetschen?" Nick vermutete, dass das letzte Wort >setzen< heißen sollte. Doch er konnte es nicht genau verstehen, da der Mann schon einen sehr starken Anfall von Nuschelei hatte. Nick musste unwillkürlich grinsen, da er die Vermutung hatte, dass schon fast alle an diesem Tisch sehr bedient waren.

Der Chefinspektor holte seine Dienstmarke heraus, die er heute schon sehr oft hergezeigt hatte.

„Der vornehme Mann kommt von der Kriminalpolizei und möchte Ihnen ein paar Fragen stellen, und zwar zu dem Mordfall Kreuzberger." Der kleine Mann von vorher schaute seine Marke verblüfft an, hielt sich dann ein Auge zu, um sie besser erkennen zu können, und gab nur ein „Ascho ... wer isch'n gschtorb'n?" von sich.

Nick nahm sich einen Sessel und setzte sich, mit der Vermutung, dass es an diesem Tisch noch sehr lange dauern könnte. Dann fragte er ein müdes, aber höfliches: „Wie bitte? Ich hab' Sie gerade so schlecht verstanden, können Sie das wiederholen?" Der Mann holte tief Luft, doch dann bekam er von seinen Nachbarn einen freundlich gemeinten, aber eher brutal wirkenden Stoß in die Rippen.

„Geh, Franz, reiß dich zusammen, nach drei Bier' kannst' ja nicht schon aufgeben." Er wandte sich zu Nick: „Sie müssen wissen, er verträgt nichts, genauso wenig wie die anderen zwei. Der Franz wollte fragen, wer denn gestorben ist?"

„Du bauscht ja nit mitred'n, du bischt ja vü späta kumma", mischte sich ein größerer, halb am Tisch liegender Mann ein. Nick hatte kein Wort von dem verstanden, was der Mann ganz links zu dem mittleren gesagt hatte. Ihm war aber klar, dass die drei Männer stockbetrunken waren. Nur der Mann in der Mitte war noch bei halbwegs klarem Verstand, mit ihm musste er reden.

Nick wandte sich ihm zu: „Okay, beginnen wir noch mal von vorne. Ich ermittle im Mordfall Johannes Kreuzberger, der in der Nacht auf Freitag tot aufgefunden wurde, und mir ist gesagt worden, dass Sie die >Spezis< von ihm sind. Herr..."

Der Mann, der noch am nüchternsten war, traute seinen Ohren nicht: „Der Hannes ... tot? Wieso?"

„Wenn ich das wüsste, würde ich jetzt hier nicht bei Ihnen und Ihren betrunkenen Kumpanen sitzen. Können Sie mir nun Ihren und die Namen der anderen drei sagen und mir erzählen, woher Sie den Herrn Kreuzberger kannten?", entgegnete Nick.

Der ziemlich muskulös aussehende Mann holte tief Luft und begann: „Also, mein Name ist Josef Dressel, das", er zeigte links von ihm auf einen großen gut rasierten Mann mit Glatze, der sicher Mitte 50 war, „ist Paul Hintergartner, das ...", er zeigte nach rechts auf den Mann, der als Erster mit ihm geredet hatte. Er war klein und hatte einen Vollbart und war vermutlich gleich alt, aber das konnte man durch seinen Bart nicht sehr gut erkennen. „Das ist da Franz, Franz Hauer, und der ganz drüben ist da Hermann Freudentaler." Herr Dressel zeigte auf den Mann ganz rechts am Tisch, der knapp vor dem Einschlafen war. Er hatte einen dunkelgrünen Sweater an und eine schwarze Haube auf. Er sah, soweit Nick es beurteilen konnte, jünger aus als die anderen drei Männer. „Wir kennen ... oder jetzt besser ... wir kannten den Hannes aus der Schulzeit. Wir hab'n alle fünf gemeinsam die Schulbank gedrückt und die Matura g'schafft. Danach hat jeder jahrelang sein eigenes Ding 'dreht. Aber dann hab'n wir uns wieder troff'n und seitdem is' des unser Treffpunkt. Wissen Sie schon, woran der Hannes gestorb'n is'?"

Nick staunte, dass er noch so gut in Form war. „Der Herr Kreuzberger ist in der Nacht von Donnerstag auf Freitag erschlagen worden. Sind Sie eigentlich heute Abend schon genauso lang hier wie Ihre Freunde?"

Herr Dressel entgegnete: „Nein. Ich bin mit zwei Stunden Verspätung gekommen und den Vorsprung, den die haben, kann man einfach nicht mehr aufhol'n." Er musste schmunzeln und Nick grinste.

„Ich habe gehört, dass Sie am Donnerstag auch mit dem Herrn Kreuzberger da waren. Können Sie mir sagen, wann Sie ihn getroffen und wann Sie ihn das letzte Mal gesehen haben?"

Der Mann fuhr sich mit seinen Fingern durch das schon langsam grau werdende Haar: „Puuuuh, der Franz hat ihn beim Spazierengehen 'troffen und gleich mitgenommen, weil eigentlich wollt' er gar nicht herkommen, weil er schon so müde war. An'kommen werden s' so um halb neun oder so sein … wir anderen waren schon seit sieben da und haben schon fleißig gefeiert. Dann haben wir Karten gespielt und…"

Nick sagte nach ein paar Minuten Schweigen: „Wieso reden Sie nicht weiter?"

„Ähmm … ja, weil ich sonst nix mehr weiß."

Nick sah ihn fassungslos an. „Was heißt, Sie wissen nichts mehr?!"

Herr Rosengartner kam zum Tisch, stellte vor Nick ein Stamperl hin und sagte: „Trinken S' mal, den werden S' jetzt brauchen." Nick nickte ihm dankend zu und trank es in einem Zug aus.

Dann widmete er sich wieder dem Herrn Dressel: „Und? Was meinen Sie jetzt damit?"

„Ja, was soll ich damit meinen? Hackedicht war ich." Nick sah ihn verständnislos an. „Voll zu? Blunzenfett? Alkoholisiert? Wir haben g'feiert und da haben wir alle ein bisserl zu tief ins Glas g'schaut, wenn S' mich versteh'n."

Nick dämmerte langsam, dass er mit diesem Zeugengespräch nicht sehr viel erreichen würde. „Das heißt, Sie haben keine Ahnung, wann Sie das Wirtshaus verlassen haben, was danach passiert ist und wie Sie heimgekommen sind. Oder?"

„So könnte man es auch sagen." Der sarkastische Unterton in seiner Stimme war nicht zu überhören.

„Und Ihren *Spezis* wird es mit großer Wahrscheinlichkeit genauso ergangen sein wie Ihnen?", konterte Nick.

„Ich denk' schon, aber Sie können sie ruhig selbst fragen." Er grinste noch breiter als zuvor.

„Danke, ich verzichte. Was haben Sie eigentlich am Donnerstag gefeiert?"

„Der Paul ist nach drei Jahren ärgst'm Ehestreit g'schieden worden. Und in den drei Jahren is' er wegen der Funs'n in Konkurs g'angen mit seiner Firma. Das war ein Befreiungsschlag, der gefeiert werden hat müssen."

Nick stand auf, rückte seinen Sessel zum Tisch: „Danke, Herr Dressel, für das Gespräch. Ich bitte Sie, in den nächsten Tagen in Krems zu bleiben, und wenn Ihre ›Spezis‹ einmal nüchtern sind, bitte alle zusammen ins Präsidium zu kommen. Danke und schönen Abend noch." Herrn Dressel verging das Grinsen und er brachte nur ein gemurmeltes „Ja, is' gut." heraus.

Nick machte sich auf den Weg zur Schank. Das Lokal war mittlerweile schon fast leer. Der Mittagsrummel um die warmen Speisen war zu Ende und das Abendgeschäft hatte noch nicht begonnen – auch wenn man das nach dem Alkoholspiegel des Stammtischs vermuten konnte. Wahrscheinlich kamen die Herren so zeitig, um rechtzeitig wieder halbwegs ausgenüchtert zu sein, wenn sie ihren Ehefrauen unter die Augen traten. Nick grinste in sich hinein und sah auf seine Armbanduhr – er war überrascht: Es war tatsächlich schon 16 Uhr.

Nick sagte zum Herrn Rosengartner, als er vor der Schank stand: „Herr Rosengartner, ich möchte zahlen." Und aus reiner Neugier fragte er noch: „Kommen die vom Stammtisch eigentlich immer schon so zeitig, oder ist das heute eine Ausnahme?"

Der alte Herr nannte ihm den Betrag und kassierte das Geld. Als er Nick sein Wechselgeld geben wollte, winkte dieser ab und der Wirt bedankte sich herzlich. „Also, wegen Ihrer Frage: Das heute ist eher selten. Meistens treffen sie sich so um 8 herum, aber heute ist ja das Match – Krems gegen Weißenkirchen. Das beginnt um 5, glaub' ich. Unten im Stadion. Und nüchtern kann man das bei der Kälte und bei den miesen Spielern, die wir hab'n, eh nicht ertragen. Das werden die sich wahrscheinlich nicht entgehen lassen wollen, weil gezahlt haben s' auch schon."

Nick bedankte und verabschiedete sich. Als er schon hinausgehen wollte, rief Herr Rosengartner hinter ihm nach: „Wollten Sie nicht noch mit meinem Sohn reden? Der ist gerade gekommen."

Nick drehte sich wieder um, setzte sich auf einen leeren Hocker an der Schank: „Ah ja, das hätt' ich schon wieder fast vergessen. Können Sie ihn schnell holen?"

Der Wirt drehte sich um und schrie nach seinem Sohn, der auch sofort kam: „Grüß Gott, ich bin der Moritz Rosengartner, Sie wollten mich sprechen, Herr Chefinspektor?" Nick bemerkte, dass sich seine Anwesenheit schon herumgesprochen hatte. Er beschloss es kurz zu machen, da er auch schon nach Hause wollte.

„Ja, ganz genau. Ich ermittle im Mordfall Johannes Kreuzberger, der am Donnerstag am Abend in Ihrem Wirtshaus war. Ihr Vater hat mir schon erzählt, dass Sie den Schlussdienst gemacht haben. Jetzt wollt' ich noch von Ihnen wissen, ob die Herren wirklich so betrunken waren, wie sie vorgeben, und wann sie oder besser der Herr Kreuzberger das Lokal verlassen haben."

„Ja ja, der Josef, der Paul und der Hermann waren sehr betrunken, und wie sie das waren. Die anderen zwei waren's glaub ich auch, aber die sind nicht so aufgefallen. Wann werden s' gegangen sein? Warten Sie kurz, ich muss nachdenken ..." Rosengartner Junior stützte sich nachdenklich auf der Schank ab. Nick lauschte inzwischen der Stille im Raum, er war der letzte Gast, der noch da war. Er hatte überhaupt nicht mitbekommen, dass die vier Männer das Wirtshaus schon verlassen hatten.

„Ich glaub', sie sind so um halb elf auf'brochen. Sie sind alle auf einmal gegangen ... soweit sie noch gehen konnten." Nick bedankte sich herzlich, zog sich seine Jacke an und machte sich auf den Weg nach Hause. Mittlerweile war es schon fast dämmrig – Winter war ja gut und schön, aber musste es immer so früh dunkel werden? Nick unterdrückte ein Gähnen. Doch plötzlich knurrte sein Magen. War das Hunger? Er konnte unmöglich schon wieder Hunger haben. Frustriert ging er nach Hause.

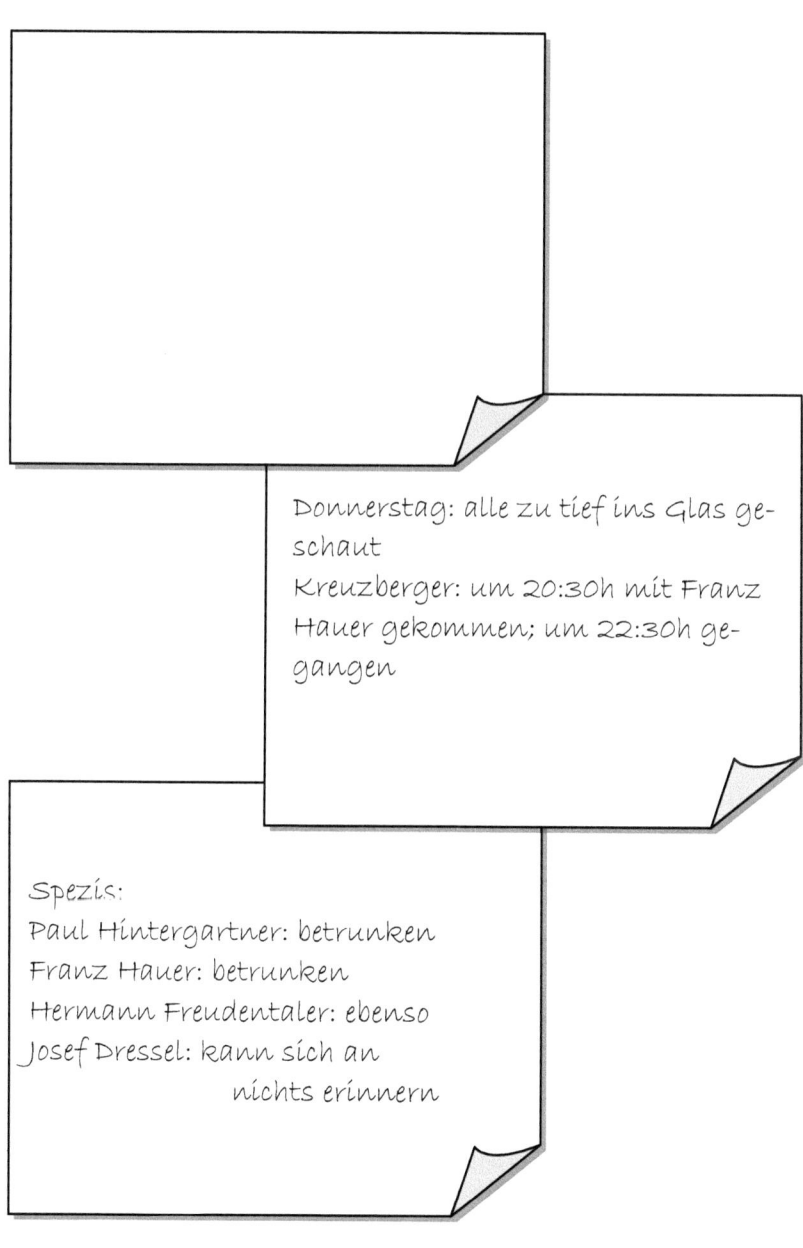

Donnerstag: alle zu tief ins Glas geschaut
Kreuzberger: um 20:30h mit Franz Hauer gekommen; um 22:30h gegangen

Spezis:
Paul Hintergartner: betrunken
Franz Hauer: betrunken
Hermann Freudentaler: ebenso
Josef Dressel: kann sich an
　　　　　　　nichts erinnern

7.

Eine staubige Angelegenheit

Während Nick nach seinem Notizzettel vom Vortag suchte, seufzte er immer wieder auf und wischte sich stöhnend mit der Hand über die Stirn. Er brauchte dringend einen Kaffee, sonst würde er diesen Tag nicht überstehen.

Nick gähnte. Obwohl er am Vortag relativ früh nach Hause gegangen war, war er doch erst recht spät ins Bett gekommen.

Er fand den Zettel in seiner Hosentasche, die er bestimmt schon um die zwanzig Mal durchsucht hatte. Verwirrt und völlig erschöpft sah er auf den Zettel und dann zu Emily „Also, zur Tatzeit ist der Kreuzberger alleine im Park unterwegs gewesen ... oder dort in der Nähe. Genaueres über den Tod sagt uns der Pritsch ja erst heute. Jedenfalls kann jeder seiner Kumpanen der Mörder gewesen sein, weil sich angeblich keiner an irgendetwas erinnern kann und somit keiner ein Alibi hat. Aber ein Motiv kannst du bei denen auch lang suchen, womit wir wieder am Anfang stehen, ohne irgendeine brauchbare Spur. Es sei denn, es war ein Raubmord, weil ja seine Geldbörse verschwunden ist. Ich kann mir das allerdings nicht wirklich vorstellen. Schließlich gibt es keinen Grund für die Annahme, dass er mit einer Unsumme an Geld unterwegs war. Und so kriminell ist Krems jetzt auch wieder nicht, dass man jemanden wegen einem Hunderter umbringt. Außerdem: Wenn ich ein Raubmörder wäre, würde ich mir ein gemütlicheres Wetter für meinen Streifzug aussuchen, und der Kreuzberger war so betrunken, dass er sein Geld wahrscheinlich auch so herausgerückt hätte. Ich glaube also, Raubmord können wir eher ausschließen, oder? Aber wie sieht's bei dir aus? Gibt es einen verdächtigungswürdigen Kollegen?"

Emily stimmte ihm beim Thema Raubmord zu und berichtete ihm der Reihe nach, was sie am vorherigen Nachmittag erlebt hatte. Den Streit um die Berechtigung der Emanzipation von Frauen mit Herrn Maurer und den spät gewordenen Abend mit Reichelts ließ sie allerdings unerwähnt.

Nick schien zufrieden mit ihrem Bericht und der detailgetreuen Wiedergabe von der Situation, die Reichelts ihr beschrieben hatte. Er hoffte, dass sie nun endlich eine Spur hatten.

„Sehr gut. Dann würde ich sagen, knöpfen wir uns noch einmal diesen Anwalt vor, zuvor besuchen wir aber die Witwe."

Emily seufzte. „Ja, aber diesmal redest du mit dem. Noch einmal halte ich den nicht aus." Hofburger war erstaunt. Bis jetzt hatte er seine Kollegin immer als recht tough eingestuft. Er fragte sich, was sie ihm da wohl über den gestrigen Tag nicht erzählt hatte. Aber bevor er zu einer Frage ansetzen konnte, klingelte das Telefon.

Nick hob ab. Er lauschte, runzelte die Stirn, glättete sie wieder, nickte dann. „Ja, sicher. Wird das Beste sein, wenn wir gleich rüberkommen. Bis dann." Er legte auf und Emily sah ihn fragend an.

„Was ist denn los?"

„Wir haben eine Verabredung mit dem Pritsch. Er meint, dass es wohl besser ist, wenn er uns selbst sagt, was er gefunden hat." Nick bemerkte Emilys Gesichtsausdruck: Sie war alles andere, als begeistert. Er wusste, dass es ihr gegen den Strich ging, mit dem Pathologen reden zu müssen, und offensichtlich war ihre Müdigkeit nicht unbedingt förderlich in diesem Punkt. Hofburger sah ein, dass er sie irgendwie überzeugen musste, mit ihm mitzukommen – schon deshalb, weil er nicht alleine in die Pathologie gehen wollte, an diesen Ort des Schreckens. Aber das würde er nie zugeben – schon gar nicht seiner Kollegin gegenüber.

„Du kannst natürlich auch gleich damit anfangen, unsere ganzen Zeugen zu überprüfen, aber dann hörst du nicht, was der Doc uns zu sagen hat." Emily schien nicht überzeugt, dass Mitgehen die bessere Alternative war.

„Du kannst mir ja sicher erzählen, was er dir gesagt hat, und je früher man mit den Überprüfungen anfängt, desto schneller ist man fertig."

Nick widersprach ihr: „Du weißt genauso gut wie ich, dass man die Dinge viel besser kombinieren kann, wenn man sie aus erster Hand erfährt. Und sind wir ehrlich, du hast dieses Zeugenüberprüfen noch nie ausstehen können." Einen Trumpf hatte er noch in der Tasche: „Außerdem ist der Kaffee, den man im Krankenhaus bekommt, Weltspitze und der hier", er wies auf die Kaffeemaschine in der Ecke, „ist einfach nur scheußlich." Jetzt hatte er sie endgültig überzeugt. Sie nahm ihre Jacke und ihre Haube vom Ständer und sah ihn auffordernd an. „Na dann, bringen wir 's hinter uns."

Der lange Korridor zur Pathologie war genauso trist und steril, wie Nick ihn noch von seinem letzten Besuch in Erinnerung hatte. Der Arzt kam ihnen aus einer nicht gerade einladend wirkenden Tür entgegen, die aussah, als gehöre sie zu einem Kühlraum eines größeren Restaurants. Es war in der Tat eine Art Kühlraum. Allerdings nicht für leicht verderbliche Nahrungsmittel, sondern für leicht verderbliche makabrere Inhalte. Nick fröstelte.

Er begrüßte den Entgegenkommenden mit einem Nicken. Aus seinen Augenwinkeln sah er auch Emily nicken, allerdings nur halb so freundlich wie er selbst. Der

Doc, wie Nick ihn nannte, grüßte die beiden Ermittler ebenfalls mit einem Nicken, das aber angesichts von Emilys Anwesenheit eine Spur grimmiger zu sein schien als üblich. Sie folgten Herrn Pritsch in die Kühlkammer. Nick kam sofort zum Anlass ihres Besuches. Er fühlte sich in dieser Umgebung deutlich unwohl. „Also Helmut, was hast du herausgefunden?"

Der Pathologe führte sie zu einem Tisch in der Mitte des Raumes, auf dem unter einer grünlichen Decke die Umrisse eines Menschen zu sehen waren. Ohne lange zu zögern, zog er das Tuch zur Seite, sodass man den Kopf und den entblößten Oberkörper des ehemaligen Anwalts Johannes Kreuzberger sehen konnte.

Nick fiel wieder ein, wieso er diese Räumlichkeiten des Krankenhauses noch nie hatte leiden können. Er war zwar immer hart im Nehmen, aber daran, einen Menschen genau zu betrachten, der sein Gegenüber seinerseits nie wieder würde betrachten können und unter dessen geschlossenen Augenlidern man die Umrisse dieser für immer erstarrten Augen ausmachen konnte, würde er sich wohl nie gewöhnen können. Er betrachtete Emily von der Seite und sah, dass es ihr in etwa genauso ging wie ihm.

Während er noch über die Unannehmlichkeiten des Todes nachdachte, hatte Pritsch bereits mit seinem Vortrag begonnen: „... eindeutig mit einem stumpfen Gegenstand erschlagen worden. Dabei wurde die Schädeldecke zertrümmert und das Gehirn so stark beschädigt, dass es sich hierbei eindeutig um die Todesursache handelt. Ein Unfall ist so gut wie ausgeschlossen, zumal ich in seiner Wunde das hier gefunden habe." Er hielt ein Plastiksäckchen hoch, das eine braunrote Masse enthielt, bei deren Anblick Nick beschloss, nicht so genau darüber nachzudenken, was es wohl war. Dieser Entschluss wurde aber von dem Pathologen sofort wieder zunichte gemacht. „Das ist ein bisschen Hirnmasse, Blut und etwas, was ich besonders interessant finde, nämlich oxidiertes Eisen. Rost." Der Arzt machte eine kunstvolle Pause und sah die Polizisten erwartungsvoll an.

Aber statt eines Danks erhielt er eine rüde Abfuhr von Emily: „Was, und dazu hast du uns extra in diese Eishöhle geschleppt? Kannst du uns das nicht auch am Telefon sagen? War's das jetzt wenigstens?" Emily war eindeutig nicht in der Stimmung, zu irgendjemandem freundlich zu sein. Die letzte Nacht musste wohl länger gewesen sein, als Nick zuerst angenommen hatte. Diese Frau brauchte offenbar noch dringender einen Kaffee als er selbst. Um einen Streit zu verhindern, zu dem Pritsch seinem Gesichtsausdruck nach gerade ansetzen wollte, schlug Nick vor, in der Krankenhauscafeteria weiterzureden, und schob Emily mit einer Hand in Richtung Tür. Diese folgte seiner Aufforderung widerwillig und ging voraus, Nick folgte ihr und Pritsch bildete mit finsterer Miene und knirschenden Zähnen den Schluss.

In der Cafeteria war nicht viel los. Nur ein Dreiergrüppchen Rollstuhlfahrer und ein älteres Ehepaar saßen an den Tischen, beachteten aber die Hereinkommenden nicht.

Nick bestellte sich einen Espresso und eine Topfengolatsche, da er noch nicht gefrühstückt hatte und seinen Magen leise vor sich hinrummeln spürte. Seine Kollegin fragte nach einem Latt è Macchiato und der immer noch finster dreinblickende Pritsch nahm sich einen Cappuccino.

Nachdem alle einen Schluck gemacht und Nick einen Bissen von seiner Golatsche genommen hatte – sie schmeckte herrlich im Gegensatz zu seinen sonstigen

Erfahrungen mit Krankenhausessen – begann Pritsch wieder mit seinem Bericht: „Neben der augenscheinlich aus Eisen bestehenden Tatwaffe sucht ihr einen Mörder, der größer als 1.60 Meter und außerdem Rechtshänder ist. DNA von einem möglichen Tatverdächtigen habe ich gar keine gefunden. Euer Mordopfer wurde von hinten angegriffen. Es ist zu keinem Streit gekommen, zumindest nichts Handgreifliches. Der Täter muss dreimal mit aller Kraft zugeschlagen haben und das Opfer war sofort bewusstlos. Der Tod ist dann etwa drei Minuten später eingetreten, als die Hirnmasse schon zu weit ausgetreten ist..."

Nick unterbrach ihn mit vollem Mund: „Sorry, wenn ich dich in deinen Ausführungen störe, aber ich esse gerade. Könntest du ein bisschen weniger ins Detail gehen, bitte? Diese Topfentasche ist zu gut, um sie wieder auszuspucken." Er kaute demonstrativ. Wenigstens hatte er dem Pathologen ein verräterisches Zucken um die Mundwinkel entlocken können.

Der fuhr fort: „Der Fundort ist aber ziemlich sicher auch der Tatort. Weißt du, die Maden, die man im Stadtpark so findet ..." Er grinste spöttisch, sprach aber nicht weiter, wofür Nick ihm sehr dankbar war.

„Okay, danke. Dann hätten wir mit der exakten Täterbeschreibung schon einmal zirka ein Drittel der Bevölkerung ausgeschlossen - Kinder und Rollstuhlfahrer kommen nicht in Frage," merkte Emily spitz an. Offenbar hatte der Kaffee Wunder bewirkt. Emily war zwar noch immer etwas bissig, aber durchaus wieder gefahrlos ansprechbar, denn sie lächelte – wenn auch etwas sarkastisch.

Nick war beruhigt und fügte noch mit vollem Mund hinzu: „Und Linkshänder!" Er schluckte den letzten Bissen hinunter, spülte mit seinem Kaffee nach und wandte sich wieder an Pritsch: „Okay, danke. Hast du sonst noch etwas gefunden?" Der Pathologe schüttelte den Kopf und leerte seine Tasse.

Nick ging zur Kasse und lud seine Begleiter ein. Dann kam er zum Tisch zurück und griff nach seiner Jacke – es war noch viel zu tun.

Zurück in der Polizeiinspektion wurden sie bereits von Cindy Wengen erwartet. Sie saß auf einem der Besucherstühle im Gang, schlürfte an einem Tee und blätterte in einer Zeitung. Als sie die Hereinkommenden sah, legte sie die Zeitung beiseite und stand auf.

Nick erkannte sie ohne den weißen Overall der Spurensicherung zuerst gar nicht. Heute trug sie über den bereits bekannten Ringelsocken eine Schlabberhose undefinierbarer Farbe und ein giftgrünes T-Shirt, an dem sie sich jetzt ihre modische Brille abwischte, die Nick beim letzten Mal nicht an ihr aufgefallen war.

Nick grüßte sie mit einem „Hallo, SpuSi!" und sie grinste und grüßte ebenfalls, während sie den beiden Ermittlern in ihr Büro folgte, wo die sich in ihre Schreibtischsessel fallen ließen. Cindy blieb neben den Schreibtischen stehen und begann zu berichten: „ Also, wir haben jetzt endlich das gefundene Handy in die Mangel genommen. Es ist ziemlich demoliert, aber ich habe trotzdem ein paar gespeicherte Kontakte wiederherstellen können." Sie reichte Hofburger eine Liste mit Namen und Telefonnummern. „Der SMS-Speicher ist vollkommen hinüber, da ist gar nichts mehr rauszuholen, und wegen den Anruflisten müssten Sie die Betreiberfirma anrufen, da komm ich nicht ran. Sonst gibt 's eigentlich eh nichts mehr, was ich Ihnen sagen könnte. Haben Sie noch eine Frage? - Sonst verzupf' ich mich wieder in den Keller in mein Büro, damit ich den Bericht schreibe. Brauchen Sie den auch, oder kann ich den dann gleich in der Asservatenkammer vergraben? Sie wissen ja, ich bin noch nicht so lang dabei und der Chef hat sich beim Warten auf den Pannendienst eine Erkältung eing'fangen und jetzt soll ich das alles diesmal alleine machen und ich kenn' mich ja noch nicht so aus." Sie sah Nick abwartend an.

Dieser reagierte aber nicht, weil er in die Liste der Telefonnummern vertieft war, und so antwortete Emily ihr: „Nein, ich glaub' nicht, dass wir den noch brauchen. Irgendetwas Eisenhaltiges haben Sie nicht zufällig in der Nähe der Leiche gefunden, oder in einem Mistkübel in der Umgebung?"

„Nein, bis auf die Mistkübel selbst war da nichts." Emily bedankte sich und Cindy ging mit einem verabschiedenden Nicken nach draußen.

Emily sah zu Nick, der noch immer auf die Liste starrte und herauszufinden versuchte, wem das Handy gehörte und ob es etwas mit Johannes Kreuzberger zu tun hatte. Schließlich hatte er einen Hinweis gefunden: In der Telefonliste waren eine >Martina<, eine >Christine< und ein >Florian< verzeichnet. Das bedeutete, dass es sich bei dem Besitzer des Handys zwangsläufig um das Mordopfer handeln musste. Er überlegte, wie das Handy des Opfers in den Brunnen gekommen war und warum es so kaputt war. Nick sah auf zu Emily.

„Könntest du bitte dem Ferdi sagen, er soll einmal bei dem Mobilfunkbetreiber anfragen, wegen einer Anrufliste? Dann fange ich schon einmal mit den Personenüberprüfungen an." Er verzog das Gesicht. Was jetzt folgen würde, hatte er noch nie an seinem Beruf leiden können: Akten abstauben ... Akten durchlesen ... Akten zurücklegen ... Akten suchen, aber nicht finden, weil sie wieder irgendjemand falsch eingeordnet hatte ...

Er sah Emily an, dass auch sie die Aussicht auf stundenlanges Archiv-auf-den-Kopf-Stellen nicht gerade begeisterte, aber auch das musste getan werden.

Einige Stunden, Akten und scheußliche Tassen Kaffee später warf Nick mit einem Seufzer die letzte Akte auf den mittlerweile einsturzgefährdeten Stapel auf seinem Schreibtisch. Emily hatte sich in der Zwischenzeit den Computer vorgenommen. Es waren zwar nur die wenigsten Akten bisher im System erfasst, aber diverse Homepages und Facebook-Accounts waren ebenfalls immer sehr hilfreich. Hofburger ging zu seiner Kollegin hinüber und schaute ihr über die Schulter. „Und? Hast du irgendetwas Interessantes gefunden? Aktenmäßig gibt es über alle etwas – aber nur irgendwelche Strafzettel … bis auf den Fuchswinkler oder wie der heißt – zu dem findet man nicht einmal einen Eintrag wegen Falschparkens. Aber sonst gibt es absolut nichts Bemerkenswertes."

Emily deutete auf ihren Bildschirm: „Aber bei mir! Ich bin hier gerade auf der Homepage der Uni, auf der die Frau Kreuzberger war, und da habe ich ein Jahrgangsfoto gefunden, das in dem Jahr geschossen wurde, in dem sie ihren Abschluss gemacht hat." Sie lächelte Nick wissend an. „Siehst du, mit wem die feine Frau Kreuzberger da gerade Händchen hält?" Nick grinste.

„Das ist wirklich interessant! Dann würde ich vorschlagen, dass wir dem feinen Herrn morgen ebenfalls einen Besuch abstatten, neben der Witwe und deinem Anwalt. – Den hab' ich nämlich komplett vergessen, du auch? Hast du bei dem Mobilfunkbetreiber eigentlich was erreichen können?"

„Was glaubst du denn? Heute ist Sonntag. Bei denen erreicht man ja noch nicht einmal unter der Woche jemanden. Ich schreib' dem Ferdi nachher einen Zettel, dass der das morgen erledigt. Er kann sich ja auch einmal nützlich machen."

Nick gähnte. „Aber für heute machen wir Schluss. Ich räume hier noch die Akten in den Keller und dann werde ich schauen, dass ich heute einmal früher ins Bett komme … nach dem Krimi im Hauptabendprogramm."

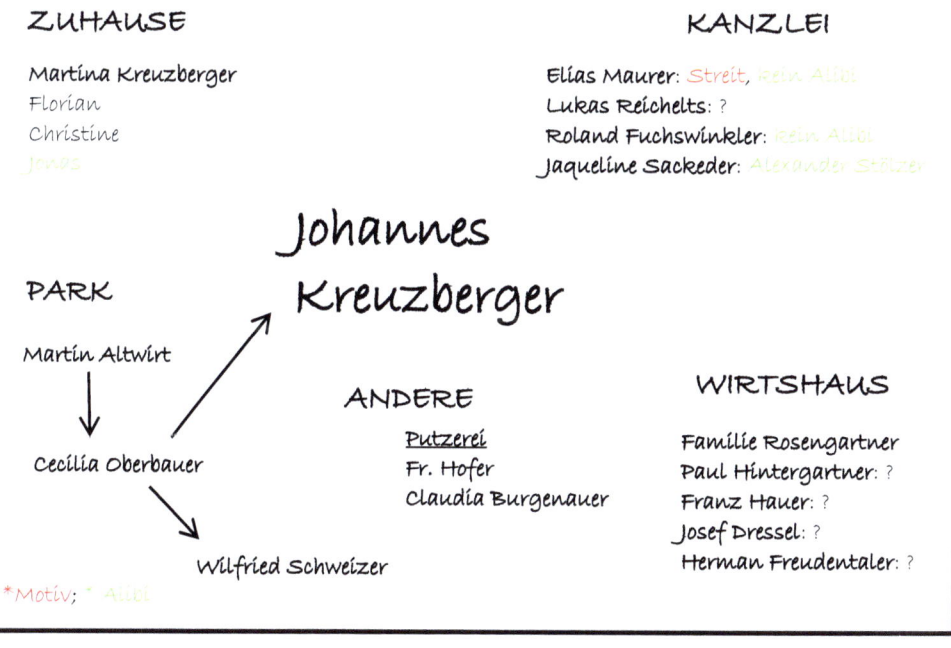

8.

Mühsam ernährt sich das Eichhörnchen

Es war Montagmorgen, Nick und Emily suchten nun schon seit drei Tagen den Mörder des toten Johannes Kreuzberger. Doch sie hatten bis dato keine Anhaltspunkte, wer der Täter sein könnte. Natürlich gab es Vermutungen von beiden Seiten, dennoch war keine heiße Spur dabei. Es gab zwar noch den Hinweis auf den Streit zwischen den beiden Anwälten, doch waren sie dem noch nicht nachgegangen. – Aber wieso sollte ein studierter Jurist jemanden hinterrücks erschlagen, wenn er ihn genauso gut verklagen könnte, ohne sich die Finger schmutzig zu machen. Nick fing an, ernsthaft zu zweifeln.

Es begann gerade zu schneien, als Emily und Nick die Steigung zu dem Haus Kreuzberger bezwangen. Emily zog die Nase hoch, da es sehr kalt war. Sie dürfte sich in den letzten Tagen ein bisschen verkühlt haben. Aber auch Nick war nicht so ganz fit, offenbar war er wieder einmal zu spät ins Bett gekommen, trotz aller guten Vorsätze.

Ein paar Minuten später erreichten sie das Haus. Es sah mit der leichten Schneeschicht, die alles wie Staubzucker überzog, sehr friedlich aus. Emily blieb vor dem Gartentor stehen und starrte die Tür an.

„Emily, was ist los mit dir?"

Emily sah mit traurigen Augen zu Nick auf. „Ich weiß nicht, irgendwie tut mir die Familie verdammt leid … ich mein', ihr Mann und Vater ist gerade ermordet worden … ERMORDET, Nick … einfach qualvoll umgebracht worden."

Nick starrte Emily an. Er hatte sie noch nie so emotional erlebt. Bis jetzt war sie immer nur eiskalt gewesen, wenn es um solche Fälle ging. Doch was war jetzt mit ihr los? Hatte sie einen Anfall von Hysterie, oder war sie einfach nur übermüdet? Nick hatte bis jetzt nur zwei Fälle mit ihr gelöst, da sie erst ein halbes Jahr in Krems war. In einem Fall war ein Obdachloser ermordet worden und der Täter hatte sich zwei Tage danach selbst gestellt. Der zweite war ein Selbstmord in der Strafanstalt Stein gewesen. Doch diese Seite kannte er nicht bei ihr und er wusste auch nicht genau, wie er darauf reagieren sollte.

Emily sah ihn an. „Ich mein', wieso tun Leute so etwas?" Nick zuckte nur mit den Achseln.

„Das weiß ich auch nicht, aber wir werden es rausfinden." Emily nickte und machte Anstalten, hinauf zur Eingangstür zu gehen. Doch Nick hielt sie am Ellenbogen zurück. „Hey, was ..."

Noch während Emily ihn fragen konnte, was dieses Zurückhalten sollte, erkannte sie den Grund dafür selbst. Frau Kreuzberger kam mit eiligen Schritten Richtung Haus. Sie sah sehr nervös aus und blickte während des Gehens mehrfach hinter sich. Erst nahe beim Haus bemerkte sie die Polizisten und verlangsamte sofort ihr Tempo. Sie sah sehr unsicher und irritiert aus, als sie beim Haus ankam.

„Grüß Gott, Frau Kreuzberger!", sagte Nick freundlich.

Die Frau tat beschäftigt, kramte in ihre Tasche nach dem Schlüssel und grüßte ein kaltes und verbittertes „Grüß Gott!"

Nick sah sie fassungslos an, während Emily ihr Glück bei der mitgenommenen Frau versuchte: „Frau Kreuzberger, wir hätten noch ein paar dringliche Fragen an Sie und würden Sie bitten, uns Zutritt zu gestatten und sie uns zu beantworten." Nick sah noch irritierter aus. Noch nie hatte er Emily so geschwollen reden gehört. So traten ein schockierter Nick und eine geradezu übermotivierte Emily hinter der Witwe Kreuzberger ins Haus. Sie folgten ihr in die Küche und setzten sich an den Tisch. Frau Kreuzberger bot ihnen einen Tee an, den beide dankend annahmen.

Dann startete Emily die Fragerei, da Nick bereits den dritten Würfelzucker mit Liebe verrührte: „Danke nochmal für den Tee. Von wo kommen Sie eigentlich?"

Frau Kreuzberger setzte sich zu ihnen. „Ich habe den Jonas von der Schule abgeholt und zu seinem Opa gebracht, der heute auf ihn aufpasst. Einkaufen und bei meinem Anwalt war ich auch noch. Es gibt ja jetzt etliches zu klären, deshalb war ich heute auch nicht arbeiten. Außerdem war ich noch im Krankenhaus und habe meinen Mann ... identifiziert, weil mich Ihre Kollegen angerufen haben. Er sah so ... schrecklich aus. Es ist einfach ein riesengroßer Schock, dass..." Der bedrückten Frau liefen Tränen über das Gesicht und tropften auf den Tisch. Emily sah sie verständnisvoll an und legte ihre Hand auf die der Witwe, die sie dankend ansah.

Nun erhob Nick seine Stimme: „Frau Kreuzberger, wissen Sie eigentlich, wie erfolgreich die Kanzlei Ihres Mannes war? Wirtschaftlich... ich mein', er hat sie ja selber aufgebaut?"

„Ja, soweit ich weiß, lief die Kanzlei sehr gut, er hatte sehr viele Klienten und sehr nette Kollegen, mit denen er sich sehr gut verstanden hat. Aber die Frage ist ja jetzt, wie sie in Zukunft laufen wird."

„Wer wird denn die Kanzlei übernehmen?", fragte Emily nach.

„Ich hab' sie geerbt. Aber ich werde sie verkaufen, da ich damit ja nichts anfangen kann."

„Haben Sie schon einen Interessenten?"

„Nein, noch nicht."

Jetzt schaltete sich auch Nick wieder ein: „Frau Kreuzberger, kennen Sie eigentlich die Freunde Ihres Mannes, mit denen er sich öfters im Wirtshaus getroffen hat?"

„Ich kenne nur den Franz Hauer. Die anderen drei habe ich zwar hin und wieder mal getroffen, aber ich kenne sie nicht wirklich gut."

„Woher kennen Sie den Franz Hauer?"

„Von früher. Als ich studiert habe, wohnte er im selben Studentenheim wie ich. Wir waren eine Zeit lang gut befreundet und haben viel miteinander unternommen, aber dann haben wir uns aus den Augen verloren, bis ich meinen...", sie fing an zu schluchzen, „... meinen Mann kennen gelernt habe. Als er mir seine Freunde vorstellte, da hab' ich ihn wieder getroffen."

Emily und Nick machten eine kurze Pause und nahmen beide einen großen Schluck von ihrem schon kalt gewordenen Tee.

Emily war neugierig: „War ihr Mann eigentlich oft im Wirtshaus?"

Die Witwe holte sich ein frisches Taschentuch, schnäuzte sich kräftig und begann mit zaghafter Stimme zu reden: „Er ... er war ... früher nur selten, doch in letzter Zeit ging er immer öfter hin. In den letzten Wochen bis zu vier Mal in der Woche, aber ..." Sie unterbrach sich, nahm einen großen Schluck von ihrem Tee und lehnte sich zurück. Sie machte keinen Versuch weiterzureden, bis Nick sie dazu aufforderte. Mit einem tiefen Seufzer begann sie wieder: „In letzter Zeit hat er immer mehr ... ich mein' früher hat er nie ... er hat nie viel getrunken, doch in letzter Zeit war er immer öfters betrunken, aber nicht leicht, sondern stockbesoffen war er. Vor einer Woche hab' ich ihn in der Früh vor der Tür gefunden, weil er zu betrunken war, um ins Haus zu kommen. Aber er hat gemeint, es war ein Ausrutscher und es wird nie wieder vorkommen, und das war auch so, bis jetzt ..." Sie fing wieder an zu weinen. Emily machte eine Geste zu Nick, dass sie die arme Frau lieber in Ruh lassen sollten. Nick verstand. Er bedankte sich bei der Witwe und bat sie, sich zu melden, sollte ihr noch etwas Wichtiges einfallen, ansonsten würde er sich in den nächsten Tagen nochmals bei ihr melden. Sie nickte und führte die beiden zur Tür.

Draußen an der kalten Luft atmeten Nick und Emily tief durch. Schweigend gingen sie nebeneinander den Berg hinab und genossen die Ruhe. Plötzlich störte Nicks Handy die Idylle. Er holte es heraus. Er hatte Emily gerade fragen wollen, was vor dem Gespräch mit ihr los gewesen war, als das verflixte Ding ihn davon abhielt. Er sah auf dem Display >FERDI< aufblinken. Ferdi oder besser Ferdinand Marklinger war ein junger Polizist von der Polizeiinspektion, der Kriminalinspektor werden wollte, aber noch in der Ausbildung steckte.

Nick nahm widerwillig das Gespräch an: „Hey, Ferdi, was gibt's?"

„Nick, eine neue Leiche!"

Nick schluckte. „Was? Wo denn? Seid ihr schon dort?" Nick hörte sich seine Antwort an und blieb plötzlich stehen. Fassungslos sah er auf sein Handy, als er auflegte.

„Nick, was ist los?", fragte Emily ahnungslos.

Sie bekam eine recht hektische Antwort: „Beeil dich, wir haben eine neue Leiche. Die Kollegen sind schon vor Ort."

„Was?" Emily klang überrascht. „Wo denn? Weiß man, wer es ist?"

Nick sah sie bedeutungsvoll an: „In der Stadtpfarrkirche St Veit, und ja, es ist Frau Oberbauer!"

Mo, 3.12.
Mieser Tag:
- Witwe hat angeblich keine Ahnung von nix
- Emily dreht langsam durch
- Schreckschraube ermordet

9.

Die letzte Beichte

Auf dem Weg zum Tatort, der keine 10 Gehminuten vom Haus der Kreuzbergers entfernt war, überwog Nicks Neugier: „Was war eigentlich vorher mit dir los? Du weißt schon, dein Gefühlsausbruch."

Emilys Gesichtsfarbe wechselte ins Rosarote.

„Oh! Ich glaube, das war nur die Melancholie, die mich überkommen war. Ich habe daran denken müssen, dass mein Opa – der war auch schon bei der Polizei – auch einem Verbrechen zum Opfer gefallen ist. Ich habe als Kind viel Zeit bei meinen Großeltern verbracht, weil meine Eltern zu beschäftigt waren, um sich um mich zu kümmern. Und damals war das für mich, wie wenn mein Vater gestorben wäre."

Nick wusste daraufhin nicht, was er antworten sollte, und so verbrachten sie den Rest ihres Weges schweigend.

Als Nick und Emily am Tatort ankamen, war die Spurensicherung wie erwartet schon da. Nick überlegte, ob er wohl schon jemals so viele Menschen in einer Kirche gesehen hatte – abgesehen von den Schulgottesdiensten, zu denen die Schüler ja meistens gezwungen wurden.

Auf dem Platz vor der Kirche parkten, neben ein paar privaten PKWs, ein Rettungsauto, zwei Streifenwagen und der Wagen der Spurensicherung sowie ein Leichenwagen, der gerade einparkte. Außerdem war da noch Emilys kleiner VW-Käfer, mit dem sie zuvor gekommen war, ganz gegen ihre übliche Gewohnheit mit dem Stadtbus zu fahren. Da Nick an diesem Morgen zu faul gewesen war, mit dem Rad weiter, als bis zur Polizeiinspektion zu fahren, und es außerdem schon fast zu kalt dazu war, hatte er an ihrer Stelle die öffentlichen Verkehrsmittel der Stadt beansprucht.

Sie gingen auf die Kirche zu, in der die Leiche gefunden worden war, und zwar vom Pfarrer, der jetzt gerade mit zwei Polizisten vor dem Kirchenportal stand und immer wieder die Hände rang, als wolle er Gott um eine Erklärung für das alles bitten.

Neben diesem Grüppchen kniete ein junger Mann mit Arzttasche und studierte etwas, das Nick nicht sehen konnte, weil der Pfarrer im Weg stand.

Als er näherkam, erkannte er das kleine Knäuel, das da auf den Stufen der Kirche in wärmende Decken eingewickelt lag: Es war ein Hund. Und bei genauerem Hinsehen kam er Nick vage bekannt vor. Der kniende Mann hatte Hofburger inzwischen bemerkt, stand auf und wischte sich seine Hand an der Hose ab, um sie Nick zu reichen. „Guten Tag! Bernsteiner. Ich bin Tierarzt und man hat mich angerufen, weil hier schon seit gestern ein Hund vor der Kirche liegt und ihn bis jetzt niemand abgeholt hat. Als ich dann hergekommen bin, war hier alles voller Polizisten und ich habe erfahren, dass – vermutlich die Besitzerin des Hundes – tot in der Kirche gefunden worden ist. So ein armer Hund! Jetzt ist er eh schon halb erfroren und verhungert. Und jetzt hat er nicht einmal mehr ein Frauchen, das ihn verwöhnen könnte. Ein Jammer ist das!" Plötzlich schien dem Arzt aufzufallen, dass sich sein Gegenüber noch gar nicht vorgestellt hatte. „Wer sind Sie eigentlich? Sind Sie vom Tierheim, das ich vorher angerufen habe?"

„Nein, nein." Nick räusperte sich. „Ich bin ebenfalls von der Polizei. Hofburger. Ich bin hier, um zu klären, wieso die Besitzerin des Hundes nicht mehr rausgekommen ist aus der Kirche. Also, wenn Sie mich entschuldigen würden?" Nick verabschiedete sich etwas übereilt, da er bereits das vertraute Kitzeln in der Nase spürte, das eine allergische Niesattacke ankündigte, die ihn immer überkam, wenn er einem Hund zu nahe kam. Dieses Mal dürfte die Hand des Tierarztes der Auslöser gewesen sein, obwohl dieser sie zuvor hastig an seinem – ebenfalls von Hundehaaren überzogenen – Hosenbein abgewischt hatte.

Heftig niesend und vor sich hin fluchend betrat Nick die Kirche. Hier war es beinahe noch kälter als draußen, wo ein eisiger Wind die Luft durchschnitt. Hofburger überkam eine Gänsehaut, die durch einen heftigen Nieser noch verstärkt wurde.

Er ging hinüber zum Beichtstuhl, um den sich bereits die Kollegen der Spurensicherung versammelt hatten. Zwischen den weißen Hosenbeinen erkannte er zwei bekannte Ringelsocken, die allerdings ein anderes Muster aufwiesen als die vom Vortag.

Hofburger ging zu Cindy Wengen und begrüßte diese: „Hallo! Was gibt's hier Interessantes?"

„Ah, hallo! Wieder aus der Aktenlawine aufgetaucht? Ich hab' gestern den Bericht ins Archiv gebracht und bin fast von Ihrer Kollegin überrannt worden, die hinter ihrem Aktenstapel nichts mehr sehen konnte." Sie wandte sich wieder dem Geschehen zu: „Das hier ist die Frau Oberbauer, falls Sie sich noch an sie erinnern können. Der Name steht in ihrem Mantel eingenäht und ich hab' sie ja auch am Freitag im Park gesehen. Also, der Doc ist schon zurück ins Krankenhaus gefahren, weil er gemeint hat, dass er noch seinen Tisch abräumen muss, weil die Leiche sonst nirgends Platz hat. Und er hat mich gebeten, Ihnen auszurichten, was er bis jetzt herausgefunden hat." Sie holte einen zerknitterten Zettel aus der Tasche ihres Overalls und strich ihn an einer Kirchenbank glatt. „Gestorben ist sie gestern zwischen 11 Uhr und 13 Uhr. Sie ist mit sehr großer Wahrscheinlichkeit erdrosselt worden. Falls sie an etwas anderem gestorben ist, hören Sie das eh noch von ihm selbst. Der Täter war vermutlich ein Rechtshänder, wegen der Schnittführung in ihrem Hals, und jemand mit viel Kraft. – Also wahrscheinlich ein Mann, weil … ich meine: Sehen Sie sie sich doch einmal an! Ich denke, das ist sehr wohl eine Frau, die weiß, wo man mit der Handtasche am besten zuschlägt! Ob sie allerdings auch getroffen hat, weiß ich nicht, aber vermutlich dürfte ihr Schlag danebengegangen sein. Sonst wäre sie jetzt nicht hier … oder nicht allein." Nick grinste, riss sich aber schnell wieder zusammen.

Er nieste. „Okay, danke! Dann muss ich zumindest nicht heute wieder in die Patho. Gibt 's sonst noch was, was ich wissen sollte? Spuren vielleicht?"

„Nein, bis jetzt noch nicht. Die Mordwaffe ist vermutlich ein Draht, aber bis jetzt haben wir nichts dergleichen gefunden. Fingerabdrücke und DNA-Spuren suchen wir noch, aber machen Sie sich nicht zu große Hoffnungen! Wenn die Fälle zusammenhängen und es ein und derselbe Mörder ist, werden wir vermutlich wieder nichts finden. Der Typ ist sehr sorgfältig! Selbst wenn es das letzte Mal alle möglichen Spuren verregnet hat, so hätten wir zumindest *irgendetwas* finden müssen, aber so ist es nicht gewesen."

Wieder draußen kam Emily auf ihren Kollegen zu. „Ich habe gerade mit dem Pfarrer Marone geredet, der sie gefunden hat. Er sagt, dass sie ihm gestern vor der Messe gesagt hat, dass sie nach der Messe beichten wolle. Der Pfarrer hat nach der Messe aber einen Anruf bekommen, dass irgend so ein altes Mütterchen gestorben ist und ist zu ihr gefahren, wegen der letzten Ölung oder so. Aber die Frau war quietschlebendig und hat ihn auf eine Tasse Kaffee eingeladen. Er gibt zu, dass er die Beichte dann vergessen hat. Aber heute hat er die Leiche gefunden, weil ihm eingefallen ist, dass er bei der letzten Beichte seinen Schirm im Beichtstuhl vergessen hat. Und den wollte er gerade herausholen, als er die Frau gesehen hat."

„Was hat der Pfarrer eigentlich über den Anrufer gesagt? Das war ja dann ziemlich sicher ein Ablenkungsmanöver."

„Ein Mann. Mehr hat er nicht gesagt. Wenn wir also annehmen, dass es sich bei beiden Tätern um ein und denselben handelt, suchen wir einen Mann. Das Problem ist, dass von allen Verdächtigen niemand ein Motiv hätte, die Oberbauer umzubringen. Es sei denn, sie hat etwas gesehen und musste zum Schweigen gebracht werden. Ich frag' einmal den Pfarrer, ob sie irgendwelche Andeutungen gemacht hat, was sie beichten wollte."

Mit diesen Worten drehte Emily sich wieder um und holte den Geistlichen gerade noch ein, bevor dieser in sein Auto steigen konnte. Er wollte in einer anderen Gemeinde, in der sein Kollege krank geworden war, die Beichte abnehmen. Auf Emilys Fragen wusste er aber keine Antwort. Frau Oberbauer hatte ihn nur gebeten, ihr die Beichte abzunehmen, da sie hoffte, der Herrgott würde ihr in einer gewissen Sache vergeben, bevor sie vor das Jüngste Gericht träte. Welche Sache sie damit gemeint hatte, wusste der Pfarrer allerdings nicht.

Nick konnte anhand dieser Information, die Emily daraufhin an ihn weitergab, nur vermuten, dass Frau Oberbauer tatsächlich etwas gesehen haben musste, das ihr verdächtig vorgekommen war.

In Gedanken vertieft ging Hofburger zum Kleinbus der Spurensicherung, um noch einmal mit Cindy Wengen zu sprechen. Diese verstaute gerade das Stativ des Polizeifotografen und sah überrascht auf, als sie in der tief stehenden Sonne einen Schatten erkannte.

„Ach, Sie sind's. Ich hab' schon gedacht, der Pfarrer will sich schon wieder darüber aufregen, dass wir seine Kirche entweihen. Was gibt's?"

„Ich wollte Sie nur fragen", Nick half ihr, die schwere Tasche mit den diversen Geräten zur Spurensuche in den Bus zu verfrachten, „ob euch irgendetwas aufgefallen ist, das ungewöhnlich war an der ersten Leiche. Ich meine … ob vielleicht irgendetwas gefehlt hat, das hingehört hätte." Er merkte, wie kryptisch er sich ausdrückte, wusste aber nicht, wie er es besser sagen könnte. Er sah Cindy fragend an. Diese schien zu überlegen, während sie die Overalls in einer weiteren Tasche verstaute. Die anderen Mitarbeiter von der Spurensicherung hatten sich vor dem Aufräumen gedrückt und standen jetzt in einem Grüppchen vor der Kirche und rauchten. Nick sah mit hochgezogener Augenbraue zu ihnen, aber Cindy schien es nicht weiter zu stören. Plötzlich hob sie den Kopf.

„Ich habe eigentlich nicht gedacht, dass das etwas Wichtiges wäre. Deshalb habe ich es auch nicht erwähnt, aber wenn Sie mich so direkt fragen: Etwas war schon seltsam. – Also, nicht direkt seltsam, aber ich habe mich halt gefragt, warum es so ist und nicht … anders." Nick wurde langsam ungeduldig. Cindy bemerkte seinen Blick und kam zum Punkt: „Ja, auf jeden Fall waren seine Hosentaschen nach außen gestülpt. Das muss ja nicht wichtig sein, aber ich habe mir gedacht, dass das nicht normal ist." Nick erwiderte ärgerlich: „Und das soll nicht wichtig sein?!" Eingeschüchtert entschuldigte Cindy sich beim Kommissar und kroch, wie ein Mäuschen in sein Loch, in den Bus der Spurensicherung zurück.

Emily war gerade mit dem Tierarzt ins Gespräch vertieft, als Nick dazu stieß. Dieser fragte Emily gerade, ob sie wohl den Hund zum Tierheim bringen könnte. Er selbst habe einen wichtigen Termin in seiner Praxis und das Auto des Tierheims sei seit Tagen in der Reparatur, wie er vorhin erfahren habe.

Emily sah ihn entsetzt an. „Also ... wissen Sie ... ich hab's nicht so mit Tieren. Muss das unbedingt...Ach, hallo, Nick! Du willst mir doch sicher gerne einen Gefallen tun, oder? Kannst du bitte den Hund ins Tierheim bringen? Ich hasse Hunde! Mich hat einmal einer gebissen, als ich noch ganz klein war." Sie klimperte mit den Augen und sah ihn unter ihren langen Wimpern hervor an. Es fehlte nur noch der Schmollmund.

Nick grinste. „Sorry, aber ich bin hochallergisch gegen solche Viecher. Das musst du schon selbst machen. Ich werde inzwischen dem Herrn Wilfried Schweizer einen Besuch abstatten. Okay? Wir treffen uns danach einfach im Kommissariat!" Emily stöhnte ziemlich laut und knurrte unverständliche Sachen vor sich her, wie „... immer musst du dir die bequemen Sachen aussuchen...ich bin ja nur der Trottel vom Dienst...komm du blödes Vieh, gehen wir und bringen diese Sache hinter uns." Sie bemerkte aber den entsetzten Blick des Tierarztes, als sie >blödes Vieh< gesagt hatte, und amüsierte sich innerlich dann doch ein wenig.

Wütend blickte sie noch zu Nick und meinte grimmig: „Wiedersehen, werter Herr Kollege!"

„Bis später, meine entzückende Lieblingskollegin", antwortete Nick und beide gingen mit einem kleinen Lächeln in entgegengesetzte Richtungen davon.

Mo., 3. 12
Leiche: Cecilia Oberbauer; Erdrosselt
Wo: Beichtstuhl
Täterprofil:
    Männlich/ starke Frau
    Mindestens 1,60m
    Rechtshänder

10.

Der falsche Schweizer

Als Nick in Richtung Ringstraße aufbrach, spürte er noch Emilys finstere Blicke in seinem Rücken.

Nick hatte zuvor den Ferdi angerufen, damit er ihm die Adresse vom Herrn Doktor Wilfried Schweizer heraussuchte. Es stellte sich heraus, dass der Bekannte von der Frau Oberbauer an der Ringstraße wohnte.

Auf dem Weg dorthin kaufte er sich beim Maronistand in der Nähe der Kirche eine Kindertüte Bratkartoffel mit Sauce Tartar und zählte dem Verkäufer das Geld in die Hand – in seiner Erinnerung waren die Kartoffeln billiger gewesen. Kauend spazierte Hofburger durch die Landstraße.

Es war bereits halb zwei und in der Stadt wimmelte es von Schülern, die ihre Freistunde nützten, um sich etwas zu essen zu kaufen. Der erste Schnee war bereits liegen geblieben und Nick kam zwischen den Schülern, Schneehaufen und Dach-Lawinen-Schildern nur eher langsam voran. Das störte ihn aber nicht wirklich, da ihn zum ersten Mal in diesem Jahr ein beinahe weihnachtliches Gefühl überfiel. Fast gleichzeitig spürte er auch das schlechte Gewissen, da er, wie jedes Jahr, noch keinen einzigen Gedanken an Geschenke verschwendet hatte. Diesen Weihnachtsstress konnte er einfach nicht ausstehen. Und während Nick darüber nachdachte, verabschiedete sich das weihnachtliche Gefühl für die nächsten paar Wochen wieder. Ihm fiel ein, dass er eigentlich bei der Kanzlei Kreuzberger vorbeischauen wollte, das hatte er aber wegen der zweiten Leiche total vergessen, da er sofort zum zweiten Tatort gehetzt war. Nick fasste den

Entschluss, dies wieder zu verdrängen, da es sich sicher bald ergeben würde, dort vorbeizuschauen.

Nick wischte sich seine fettigen Finger an der ebenfalls fettigen Serviette ab, knüllte die Tüte zusammen und warf beides in den nächsten Mistkübel.

Während er noch seine Finger zusätzlich an einem Taschentuch abwischte, erreichte Nick schon die Ringstraße. Er fand die angegebene Adresse schließlich am anderen Ende des Parks. Es war ein düster wirkendes Eckhaus, das zwischen den üblichen gelb, rosa oder weiß gestrichenen Häusern irgendwie fehl am Platz wirkte. Auf Nicks Klingeln hin rührte sich niemand.

Er klingelte erneut und diesmal meldete sich eine ältere, etwas heisere Stimme in der Gegensprechanlage: „Hallo? Wer ist da?"

Nick drückte auf den Knopf der Sprechanlage und antwortete: „Guten Tag! Hofburger. Polizei. Ich müsste Sie in einer wichtigen Angelegenheit sprechen."

Er wartete ein paar Sekunden.

Schließlich meldete sich die Stimme wieder: „Ja, bitte. Kommen Sie herauf. Erster Stock, zweite Tür links."

Nachdem die Tür durch ein Summen geöffnet worden war, betrat Nick ein hell gestrichenes Stiegenhaus mit einem altmodischen Fahrstuhl in der Mitte und drei Kinderwägen, die so abgestellt waren, dass Nick sich vorbeidrücken musste. Seinen Blick fing jedoch die Stuckdecke ein, die reich verziert war.

Im ersten Stock angekommen, erwartete ihn bereits ein älterer Herr mit Hornbrille, grauem Haar, Seitenscheitel und Schnurbart. Nick musste sich angesichts der Kombination aus roter Fliege, brauner Cordhose und hellblauem Polohemd das Grinsen verkneifen.

Er hatte genau ein Semester lang studiert, bevor er sich für eine Karriere bei der Kriminalpolizei entschieden hatte, und in diesem einen Semester Physik hatte er einen Professor gehabt, an den dieser Mann ihn jetzt erinnerte. Während Nick in Erinnerungen an den schrulligen Dozenten vertieft war, streckte ihm dessen augenscheinlicher Zwillingsbruder die Hand entgegen. Nick schüttelte sie und nannte noch einmal seinen Namen. Der Mann nickte, schlug die Fersen zusammen und stellte sich mit einer leichten Verbeugung als Doktor Wilfried Schweizer vor.

Doch bevor Nick ihm erklären konnte, weshalb er hier war, schob Herr Schweizer ihn schon in die blitzsaubere Wohnung und weiter in die Küche. Nick lehnte den angebotenen Kaffee ab, setzte sich dem Mann gegenüber auf einen Sessel und lauschte dessen Entrüstungen. „Ich habe ihnen ja schon oft gesagt, dass sie auch die anderen Mieter berücksichtigen müssten, aber sie wollte ja nicht auf mich hören. Ich habe auch schon mit dem Vermieter gesprochen, aber der meint, dass er da gar nichts machen kann. Und jetzt habe ich heute bei der Polizei angerufen, weil ich nicht mehr weiß, was ich machen soll. Ich hoffe, Sie können den unteren Parteien jetzt endlich klarmachen, dass die Kinderwägen im Stiegenhaus nichts zu suchen haben. Ich selbst bin endgültig ratlos." Herr Schweizer hielt mit einem Seufzer inne und sah Nick abwartend an.

Dieser setzte sich aufrechter hin und bemühte sich um einen angemessenen Tonfall. „Es tut mir sehr leid, Ihnen sagen zu müssen, dass ich in einer vollkommen anderen Angelegenheit zu Ihnen komme. Die Kollegen vom Revier werden bestimmt bald etwas dagegen unternehmen. Ich selbst bin aber vom Morddezernat." Herr Schweizer sah ihn erstaunt an und Nick fuhr fort: „Ich muss Ihnen leider mitteilen, dass eine Bekannte von Ihnen, Frau Cecilia Oberbauer, verstorben ist. Sie wurde gestern ermordet."

Hofburger betrachtete sein Gegenüber genau. Dieses sah verstört auf den Küchentisch und fuhr sich immer wieder zerstreut über die Haare. Anschließend rückte er sich die Brille zurecht und fragte mit brüchiger Stimme: „Wer hat das getan?"

„Das wissen wir leider noch nicht und deshalb hätte ich noch ein paar Fragen an Sie, wenn es Ihnen nichts ausmacht."

Herr Schweizer nickte betroffen.

„Wir vermuten, dass ihr Tod mit einem anderen Fall in Verbindung steht, aber ich muss Sie trotzdem fragen, ob Frau Oberbauer irgendwelche Feinde hatte. Oder gibt es vielleicht jemanden, mit dem sie Streit hatte?"

„Feinde? Welch' Unterstellung. Sie war eine herzensgute Dame. Jede Art von Streit war ihr zuwider. Wie gesagt, sie war ein wundervoller Mensch. Eine wahre Bereicherung für die Gesellschaft." Herr Schweizer strich sich über seine Haare.

„Wann haben Sie denn die Frau Oberbauer das letzte Mal gesehen?"

„Am Samstag. Frau Oberbauer kommt... kam jeden Freitag- und Samstagabend zum Pokern zu mir. Eine famose Pokerspielerin."

„Ist Ihnen da irgendetwas Besonderes aufgefallen? War sie vielleicht nervös oder abwesend?"

Herr Schweizer rückte sich die Brille zurecht und strich sich erneut über seinen Bürstenschnitt.

„Aber ganz und gar nicht! Sie war wie immer, vielleicht sogar noch etwas... lebhafter. Sie hat mir erzählt, was passiert ist, den Mord, meine ich. Sie war eine sehr robuste Dame. Sie hat keine einzige Sekunde lange geschaudert oder gar den Eindruck vermittelt, als hätte sie Angst. Sehr apart. Nur der Puppi verhielt sich etwas bedrückt. Er hat mich nicht so begrüßt wie gewöhnlich, obwohl ich ihm wieder einen Knochen aufgehoben habe. Er ist die ganze Zeit in der Ecke gelegen und hat von Zeit zu Zeit vor sich hin gewinselt. Ein sehr unschöner Anblick. Aber Frau Cecilia meinte, er hätte vielleicht Verstopfungen. Das neue Hundefutter ist ihm wohl nicht bekommen."

Seltsam, dachte Nick. Er hatte immer gedacht, dass die Personen mit dieser seltsamen Ausdrucksweise schon alle ausgestorben waren, aber offensichtlich hatte er da noch einen der letzten dieser Spezies vor sich.

Nick hatte nicht vor, im Internet stundenlang nach Verwandten zu suchen, und so beschloss er, die Sache abzukürzen. „Hatte die Frau Oberbauer noch irgendwelche Angehörigen? Oder vielleicht noch eine besonders gute Freundin, oder ist sie Mitglied in irgendeinem Klub?"

„Also, ihre Familie ist bereits verstorben und Nachkommen gibt es meines Wissens keine. Und Klub ist sie ebenfalls keinem beigetreten, soweit mir bekannt ist. Die meisten Menschen in unserem Alter, die hier so leben, wollten sich nicht mit ihr befreunden. Es ist mir unbegreiflich, weshalb. Auch sie selbst befreundete sich nicht mit jedem. Die Ehre einer Freundschaft musste man sich schon verdienen." Erneut strich sich Herr Schweizer über die glatten Haare. „Man behauptet ja unverfroren, sie hätte ihren verstorbenen Mann – er ruhe in Frieden – auf dem Gewissen, aber das ist doch wohl sehr hergeholt. Es ist mir unverständlich, wie den Leuten so etwas in den Sinn kommen kann! Ich versichere Ihnen, dass Frau Cecilia eine sehr patente und offenherzige Dame war."

„Eine letzte Frage hätte ich noch an Sie, Herr Schweizer. Wo waren Sie gestern zwischen elf und eins. Es handelt sich natürlich nur um eine Routinefrage."

„Ja, ja, natürlich. Es ist ja Ihre, Pflicht, nicht wahr?" Er schien zu überlegen. „Um die Mittagszeit, sagten Sie? Da hatte ich einen Arzttermin bei Herrn Doktor Jungherr, den ich natürlich auch wahrgenommen habe. Die Bronchien, Sie verstehen. Außerdem hätte ich kein Motiv für die Tat, nicht wahr. Ich war der Frau Cecilia immer sehr gewogen. Ich fand es ad exemplum besonders vorbildlich, als sie damals…"

Während Nick den Erzählungen des Mannes lauschte, sah er etwas gelangweilt auf die Uhr, um erstaunt hochzufahren.

„Es tut mir furchtbar leid, wenn ich Sie bereits verlassen muss", unterbrach Nick den erstaunten Herrn Schweizer, „aber ich muss leider weiter – die Arbeit ruft. Sie kennen das ja sicher. Noch einmal vielen Dank für Ihre kostbare Zeit. Und wegen den Kinderwägen werden sicher bald meine Kollegen vorbeischau'n." Er verabschiedete sich beinahe schon etwas überstürzt und trat wieder hinaus auf die Ringstraße.

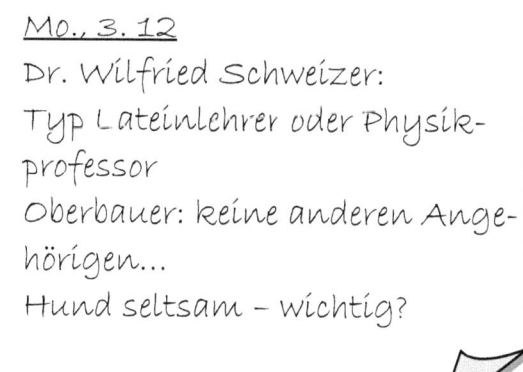

Mo., 3.12
Dr. Wilfried Schweizer:
Typ Lateinlehrer oder Physikprofessor
Oberbauer: keine anderen Angehörigen…
Hund seltsam – wichtig?

11.

Ob Recht oder Unrecht, ein Mörder kann überall sein
II

Während Nick den Erzählungen des Professorendoubles gelauscht hatte, hatte er beschlossen, sich die Kanzlei des ersten Mordopfers vorzunehmen. Er wollte es nicht länger hinauszögern. Emily wollte dort ja ohnehin nicht mehr hin und außerdem musste der eine Anwalt ja noch zu seinem Streit mit seinem Chef befragt werden.

Also schrieb er Emily eine kurze SMS und ging um den Häuserblock herum, aus dem er gekommen war, um in die Schillerstraße zu gelangen. Von Emily wusste er ja, wo sich die Kanzlei befand.

Nick seufzte, bevor er die Tür des Hauses öffnete, und klaubte sich ein paar Fuseln von der Lederjacke. Während er die oberste Stufe zur Kanzlei erklomm, setzte er sein freundlichstes Lächeln auf und öffnete die Tür. Ihm gegenüber saß an einer Art Empfangstresen eine blonde, ziemlich junge Frau. Das musste die Sekretärin sein, von der Emily ihm erzählt hatte. Sie war sehr hübsch und bestimmt wusste sie das auch.

Mit einem Schmunzeln zückte er seinen Dienstausweis und hielt ihn über den Schreibtisch. „Guten Tag, Hofburger. Sie sind Frau Sackeder?" Die junge Frau sah ihn abschätzend an und verzog die Lippen zu einem Lächeln, das einem unerwünschten Vertreter hätte gelten können.

„Das bin ich, ja. ... Was wollen Sie? Schon wieder?"

Oh, oh, da war jemand ganz mies drauf. Nick bemühte sich um einen entschuldigenden Unterton: „Meine Kollegin war ja bereits einmal hier, das stimmt. Ich bin nur gekommen, um mich zu vergewissern, dass Ihnen nicht doch noch etwas zu diesem Fall eingefallen ist." Himmel, jetzt drückte er sich schon aus wie dieser Schweizer!

Frau Sackeder lächelte säuerlich. „Nein. Alles, was ich weiß, habe ich schon Ihrer Kollegin gesagt. Wenn Sie mich also weiter von der Arbeit abhalten wollen, dann müssen Sie sich schon etwas Neues einfallen lassen." Sie strich sich durch die wasserstoffblonden Haare und wandte sich wieder dem Computerbildschirm zu.

Nick überging das Gezicke und fuhr fort: „Außerdem wollte ich mich noch mit den anderen Mitarbeitern der Kanzlei unterhalten."

Die Sekretärin würdigte ihn keines Blickes und starrte weiter auf ihren Bildschirm, während sie sprach: „Der Herr Doktor Reichelts und der Herr Doktor Fuchswinkler sind nicht da. Den Herrn Doktor Maurer finden Sie in seinem Büro."

Ach, ja richtig. Maurer hieß er. Nick machte sich gar nicht erst die Mühe, diese schlecht gelaunte Frau auch noch danach zu fragen, welches der Büros denn gemeint war, sondern machte sich selbst auf die Suche. Die erste Tür, die er auf der linken Seite des Ganges öffnete, war die zu einer Abstellkammer, voll mit Aktenordnern, Druckerpapier und Putztüchern. Die erste Tür auf der rechten probierte Nick gar nicht erst, denn das Zeichen an der Tür war eindeutig: die Damentoilette.

Mit der zweiten Tür links hatte er nicht viel mehr Erfolg, aber immerhin handelte es sich hierbei schon um eine Tür zu einem der Büros. Die nächste Milchglastür war dann die richtige.

Zumindest fand er in dem dahinterliegenden Zimmer einen Mann an seinem Schreibtisch sitzend. Oder besser gesagt fand er einen umgedrehten, überdimensionalen Schreibtischsessel, über dessen Oberkante eine blank polierte Glatze aufragte.

„Herr Maurer?", Nick klopfte an den Türstock.

Der Sessel drehte sich in seine Richtung und gab den Blick auf einen großgewachsenen, durchtrainierten Mann mit Anzug und Krawatte frei. Dieser erhob sich mit einem geübten Lächeln und streckte Hofburger seine Hand entgegen.

„Erraten. Guten Tag. Mit wem habe ich das Vergnügen?"

Nick ergriff die Hand und zückte erneut seine Dienstmarke. „Hofburger. Kriminalpolizei. Sie hatten bereits das Vergnügen, meine Kollegin kennen zu lernen, wenn ich mich nicht täusche."

Maurer deutete ihm an, Platz zu nehmen und setzte sich ebenfalls wieder. „Ein sehr zweifelhaftes Vergnügen, wenn ich mich richtig erinnere. Aber jetzt sind ja am Ende doch Sie selbst gekommen. Offensichtlich war meine Annahme, dass es nicht gut ist, die unqualifizierte Angestellte vorzuschicken, doch ganz richtig. Nun, da Sie ja jetzt persönlich hier erscheinen, nehme ich an, dass es sich doch um eine ernste Angelegenheit handelt?"

Der Anwalt lächelte gekünstelt und Nick konnte Emily sofort verstehen. Auch ihm war dieser Typ extrem unsympathisch. Er hoffte für alle Ehefrauen der Stadt, dass der Mann nicht für Scheidungen zuständig war. Nick ließ sich jedoch, im Gegensatz zu seiner Kollegin, nichts anmerken, sondern antwortete unbeirrt auf die Frage: „Natürlich handelt es sich um eine ernste Angelegenheit. Immerhin ist Ihr Vorgesetzter ermordet worden. Wir haben erfahren, dass Sie sich nicht sonderlich gut mit ihm verstanden haben. Sie sollen sich am Dienstag letzte Woche heftig mit ihm gestritten haben. Unter anderem sei da auch die eine oder andere Drohung dabei gewesen. Vielleicht war es ja nicht nur eine Drohung, sondern auch deren Erfüllung?"

Das Lächeln war aus dem Gesicht des Anwalts verschwunden.

„Woher wollen Sie das wissen?"

„Wir haben einen Zeugen, der Ihre Drohung mitgehört hat."

Maurer entfuhr ein süffisantes Schnauben. „Wahrscheinlich war das unsere Vorzimmerpflanze. Richtig? Ich sag' ja immer schon, dass Frauen in besseren Berufen nichts zu suchen haben, da gibt es nur Probleme!"

„Ich interessiere mich nicht für Ihr Frauenbild," unterbrach ihn Nick ungeduldig, „sondern dafür, ob diese Aussage zutrifft, und wenn ja, worüber Sie gestritten haben."

Maurer seufzte.

„Von mir aus: Ja, ich hab' mich mit ihm unterhalten. Ob das am Dienstag war, weiß ich nicht mehr."

Nick sah ihn abwartend an.

„Ich wollte wissen, ob das wahr war, was die Sackeder gesagt hat. Ob die Kanzlei wirklich den Bach 'runtergeht."

Nick verkniff sich die Frage, ob man in solch wichtigen Angelegenheiten denn einer Frau trauen dürfe, und machte sich Notizen.

„Ich hab' in diese Kanzlei jede Menge Kohle 'reingesteckt und würde so auch pleitegehen. Ja, ich war stinksauer, aber ich habe ihn nicht umgebracht, und das werde ich auch vor Gericht sagen."

„In Ordnung." Nick war sich sicher, dass er heute kein Geständnis von ihm bekommen würde, wenn überhaupt. Aber er war sich nicht sicher, ob er dieser Aussage trauen durfte.

Er wusste zwar, dass es sinnlos war, dem Anwalt dieselbe Frage zu stellen, wie Emily es bereits getan hatte, doch einen Versuch war es wert: „Wo waren Sie zur Tatzeit? Ich nehme an, Sie wissen bereits, wann das war?

Und wo waren Sie am Sonntag zwischen 11 und 13 Uhr?"

Maurer schien amüsiert. „Hat Ihnen Ihr Helferlein das denn nicht ausgerichtet? Ich war mit meinem Hund unterwegs. Und was ist am Sonntag passiert?"

„Da wurde noch jemand ermordet. Also?" Nick sah ihn auffordernd an.

„Ich war in einem Klientengespräch und danach im ‚Late'."

„Wie lautet der Name Ihres Klienten?"

„Das tut nichts zur Sache. Ich behandle meine Fälle immer vertraulich."

„Sie wissen schon, dass das genau so viel zählt wie gar kein Alibi?"

„Jeder anständige Richter wird mir Recht geben, wenn ich auf meine Schweigepflicht verweise." Der Anwalt grinste hämisch.

„Führen sie jeden Sonntag Klientengespräche?" So schnell gab Nick nicht auf.

„Das kommt auf die Klienten an." Mehr wollte der Anwalt nicht preisgeben. Nick gab sich geschlagen. Dieser Typ war wirklich aalglatt.

Er klappte sein Notizbuch zu und stand auf. „Ich werde mich noch einmal bei Ihnen melden, wenn ich noch eine Frage habe. Ich weiß ja, wo ich Sie finden kann. Und falls Sie mir doch noch etwas mitteilen möchen, erreichen Sie mich auf der Polizeiinspektion." Im Hinausgehen fügte er noch hinzu: „Und wenn Ihnen noch einfällt, dass da bei jemandem eine Entschuldigung fällig wäre – und damit meine ich nicht mich – finden Sie meine Kollegin ebenfalls dort."

Aber dieser Mann, der ihm da entgeistert nachblickte, würde wohl nie auch nur einen Millimeter von seiner Weltanschauung abweichen.

Bevor Nick sich auch von der Sekretärin verabschiedete, fragte er diese noch nach der finanziellen Lage der Kanzlei und ihrem Alibi zum zweiten Mord.

„Brauchen Sie dafür nicht einen Durchsuchungsbefehl?"

Diese Frage brachte Nick jetzt endgültig aus der Fassung. Er lehnte sich weit über den Tisch, sodass die Sekretärin ungehalten von ihrem Bildschirm aufschaute. „Hören Sie: Es handelt sich hier sehr wahrscheinlich um einen Doppelmord, und wenn Sie sich weigern, mir die Suche nach dem Mörder zu vereinfachen, wird es, wenn das so weitergeht, ein Dreifachmord und ich weiß nicht, wer das nächste Opfer sein wird. Aber wenn Ihnen das auch nichts auszumachen scheint, muss ich mich ernsthaft fragen, ob nicht Sie auch mehr mit dem Fall zu tun haben, als Sie zugeben. Und wenn Sie mir jetzt wieder erzählen, dass Sie zu viel zu tun haben, um mit mir zu reden, kann ich Sie auch gerne mit auf die Wache nehmen. Zu Ihrer Information: Es ist durchaus legal, wenn ich Sie achtundvierzig Stunden ohne Begründung festhalte." Nick funkelte die Sekretärin an. Natürlich wusste er, dass sie nicht die Mörderin sein konnte – sie war viel zu zierlich – aber er schien einen gewissen Eindruck bei ihr hinterlassen zu haben.

„Okay, okay. Sie hatten mich schon bei dem Dreifachmord. Kann das wirklich passieren?" Sie sah ihn verängstigt an. Es war keine Spur mehr von ihrem zickigen Zustand von vorher zu erkennen.

Nick antwortete nicht auf ihre Frage, sondern sah sie nur abwartend an.

„Also, um es kurz zu sagen: Die Kanzlei ist pleite. Durch die Wirtschaftskrise haben wir zu wenig Klienten und außerdem ist einiges an Geld verschwunden." Nick horchte auf. Das war aber einmal interessant.

„Ich bin gerade dabei herauszufinden, wohin und wie viel, aber das ist fast unmöglich. Alle Abrechnungen vom letzten halben Jahr sind vom Server verschwunden. Ich bin für die Abrechnungen verantwortlich und wenn das offiziell wird beziehungsweise wenn die Kreuzberger das mitkriegt, bin ich meinen Job los."

Nick hatte den Eindruck, sie wollte noch etwas sagen, aber sie schwieg. Schließlich fragte er sie noch einmal wegen ihres Alibis.

„Ich war bei meinen Eltern essen." Sie diktierte ihm die Anschrift ihres Elternhauses und die Telefonnummer.

Mit einem Seufzer bedankte sich Hofburger und verabschiedete sich. Frau Sackeder rief ihm noch nach, als er gerade gehen wollte: „Aber Sie werden ihr das doch jetzt nicht sagen, oder? Der Chefin, meine ich?"

Nick schüttelte beruhigend den Kopf. „Sofern das nicht unbedingt für die Ermittlungen notwendig ist, nicht. Aber ich rate Ihnen trotzdem, es hinter sich zu bringen. Falls Sie noch etwas herausfinden sollten, melden Sie es mir bitte. Das könnte der Schlüssel zur Lösung von diesem Fall sein."

Als Nick die Tür hinter sich ins Schloss fallen ließ, warf er einen Blick auf seine Armbanduhr, um sofort die Stufen hinabzustürzen.

Es war bereits drei Stunden her, dass er Emily zum Tierheim geschickt hatte. Sie war mit dem Auto unterwegs und er musste zu Fuß gehen, was ihn auf jeden Fall noch zwanzig Minuten kosten würde, um zur Polizeiinspektion zu kommen. Zuerst hatte er sie mit dem Hund stehen lassen und ihr dann nur ein kurzes SMS geschickt, um weiter nichts von sich hören zu lassen. Emily war bestimmt schon stinksauer, dachte Nick, als er um die Ecke des Parks bog und beinahe eine ältere Dame mit Dackel umgerannte. Während er sich noch darüber wunderte, wie viele alte Damen mit Hund so in Krems wohnten, eilte er weiter.

> Mo., 3. 12.
> Kanzlei: pleite, Geld verschwunden
> Sekretärin: zickig
> Maurer: aalglatt, Streit mit
>   Kreuzberger wegen in die
>   Kanzlei investiertem Geld

12.

Ein einsamer und verärgerter Ritt

Nick hetzte die enge Gasse Richtung Polizeiinspektion entlang. Er nahm meist den Hintereingang, da es von dort aus kürzer war zu seinem Schreibtisch. Dieser Eingang, fand Nick, lag auch viel näher zum Stadtzentrum als der eigentliche Haupteingang.

Nick schickte ein Stoßgebet zum Himmel, dass Ferdi in der Zwischenzeit die Betreiberfirma wegen der Anruferliste befragt und zusammen mit der SpuSi die Wohnung von der Frau Oberbauer durchsucht hatte. Es wäre eine Erleichterung für Emily und ihn, da sie ohnehin schon so viel zu tun hatten. Er hoffte auf Hinweise oder Spuren in der Wohnung, damit sie endlich eine Idee hatten, wer der Mörder war, oder zumindest den Kreis der Verdächtigen ein wenig einschränken konnten.

Fast schon optimistisch lief Nick die Stiegen in den ersten Stock hinauf, wo Emily vermutlich schon sehr sauer auf ihn warten würde. Er stürmte in das Büro und rief schon: „Sorry ..." Doch es war leer.

Irritiert und verwundert schloss er die Türe und drehte sich um: „Ferdi! Ferdi, wo ist die Emily?" Dieser sah ihn verwundert an und schluckte schnell den großen Bissen von seiner Wurstsemmel hinunter.

„Die ist ja beim Tierarzt, wie ausgemacht."

Nick wurde ungeduldig.

„Die kann keine dreieinhalb Stunden für eine 15 Minuten Strecke brauchen. Das ist sogar für die Emily unmöglich und das soll was heißen." Nick machte eine kurze Pause und kratzte sich am Kopf. Verärgert redete er weiter auf Ferdi ein: „Typisch Emily, sicherlich g'fällt ihr wieder der Arzthelfer und sie muss ihm beim Tierfutter umfüllen helfen oder beim Meerschweinchen bürsten, damit er nicht so alleine ist. Vielleicht ist sie gleich mit ihm essen gegangen oder sonst wohin, weil er ja die Liebe ihres Lebens sein könnte. Diese Chance darf man doch nicht verpassen, aber was mit mir ist, das ist ihr wieder einmal egal!"

Nick sah Ferdis entsetzten Gesichtsausdruck, da dieser ihn noch nie so emotional aufgeladen gehört hatte. Ferdi amüsierte sich hinter seinem Schreibtisch und versuchte sich ein Lachen zu verkneifen. Mit einem einfühlsamen Blick sagte er zu Nick: „Und? Wie fühlst du dich so dabei?"

Plötzlich prusteten zwei Kollegen im Hintergrund los. Ferdi konnte sich auch nicht mehr halten und setzte in das Gelächter mit ein. Wütend und verärgert drehte sich Nick Richtung Büro um, aus dem er gerade das spuckende Faxgerät gehört hatte.

Im Büro angekommen schloss er schnell die Türe hinter sich und nahm ein Fax von der Spurensicherung aus dem Gerät.

>*Wie erwartet sind in der Kirche so viele Spuren, dass sie schon wieder unbrauchbar sind. Rund um den Beichtstuhl waren am meisten Spuren, da diese Tage ja Beichttage waren. Der Mörder selber hat keine auffälligen Spuren hinterlassen….muss sehr sorgfältig sein…meiste Spuren vom Pfarrer, auch rund um die Leiche.*<

Nick legte den Bericht enttäuscht auf Emilys Schreibtisch, damit sie ihn, falls sie je wiederkommen sollte, auch lesen konnte.

Nachdenklich blieb Nick vor dem einen Board, welches er zuletzt beschrieben hatte, stehen. Gerade als er ein paar Notizen hinzufügen wollte, klopfte Ferdi an seiner Tür. „Hey Nick ... ich hab' Neuigkeiten für dich."

Wütend ging Nick zur Tür und machte sie auf: „Und die wären ...?"

Ferdi trat mit einem breiten Grinsen in das Büro ein und zog schnell einen Notizzettel aus seiner Hosentasche. „Es gibt zwei Neuigkeiten in unserem Mordfall: Erstens sind wir vom Tatort sofort zu der Wohnung der Oberbauer gefahren. Dort angekommen haben wir die Türe geöffnet, die ausgesehen hat wie jede andere. An der Tür waren keine Kratzer oder so. Trotzdem sind wir uns sicher, dass dort eingebrochen worden ist. Drinnen war die Wohnung nämlich komplett verwüstet, so wie bei dem ersten Toten ... dem Kreuzberger. Es hat ausgesehen, als hätt' der Täter etwas gesucht. Ob er etwas gefunden hat, wissen wir natürlich nicht, aber er muss den Schlüssel zur Wohnung gehabt haben. Die SpuSi nimmt noch immer alles gründlich unter die Lupe und meldet sich morgen Vormittag mit den Infos bei euch."

Nick lauschte interessiert seinem Kollegen und machte sich dabei Notizen. Nachdenklich drehte er sich mit seinem Drehstuhl im Kreis und begutachtete das Board.

„Zweitens ...", Ferdi zögerte irritiert, „hab' ich die Betreiberfirma ang'rufen und sie hab'n mir die Liste mit den Anrufen g'schickt. Interessant ist, dass unser erstes Opfer sehr oft nicht nur mit seiner Frau und seinen Kindern telefoniert hat, sondern auch mit seiner Mutter." Ferdi grinste: „Und oft stundenlang mit dem Herrn Hauer und seinen Anwaltskollegen."

Nick sah ihn sehr leicht desinteressiert an. Er fand es einleuchtend, dass man mit seiner Familie telefoniert, wieso ein erwachsener Mann so oft mit seiner Mutter beziehungsweise stundenlang mit seinem Freund telefonierte, fand er zwar seltsam, aber nicht weiter beachtenswert.

„Und mit wem hat unser Toter zuletzt telefoniert und wann?"

Ferdi funkelte Nick an, der ihm noch immer den Rücken zeigte. Er hatte ein Lob erwartet. Dann durchsuchte er erneut die Liste.

„Das ist jetzt die größte Überraschung von allen! Das wirst du nie erraten."

„Will ich es erraten?", konterte Nick mürrisch.

Ferdi hob auffordernd die Augenbrauen.

„Also gut: Frau, Kinder, Mutter, Hauer ..." Nick zählte alle Namen auf, die ihm gerade einfielen. Doch sein Kollege schüttelte nur den Kopf.

„Uns! Er hat *uns* angerufen!"

Ungläubig drehte sich Nick endlich um und blickte Ferdi überrascht an.

„Uns?"

„Ja. Er hat die Polizei angerufen. Eine Viertelstunde vor seinem Tod."

„Wieso wissen wir nichts von dem Anruf?" Nick musste an sich halten, Ferdi nicht anzuschreien.

„Ich hab' in der Notrufzentrale schon nachgefragt und die können sich an den Anruf noch erinnern. Sie haben gemeint, ein offenbar Betrunkener habe angerufen und nur verständnisloses Zeug dahergelallt. Aber dann hat ein anderer sich gemeldet und erklärt, dass sein Freund so betrunken sei, dass er nicht mehr wisse, was er tue. Und er habe aus Verzweiflung, weil er seine Geldbörse nicht mehr gefunden habe, die Polizei wegen Diebstahl angerufen. Dabei habe sein Freund die Börse für ihn eingesteckt, zur Sicherheit. Der Freund hat sich dann entschuldigt und gemeint, er würde den Betrunkenen nach Hause bringen."

„Ist der Anruf noch irgendwo aufgezeichnet? Vielleicht kann man ja die Stimme des so genannten Freundes erkennen..." Nicks Laune besserte sich schlagartig, doch Ferdi nahm ihm sofort den Wind aus den Segeln.

„Nein, das habe ich nämlich auch schon gehofft. Aber die löschen solche Fehlalarme immer schon nach 48 Stunden." So schnell, wie die gute Laune gekommen war, verschwand sie auch wieder.

„Wäre auch zu schön gewesen." Nick seufzte.

Wie konnte so etwas nur passieren?! Es war zum Verrücktwerden! Da hatte die Polizei sowohl das erste Mordopfer als auch dessen Mörder in der Leitung gehabt und er musste Phantomindizien nachjagen? Das Leben war ungerecht! Andererseits wollte er seinen Kollegen aus der Notrufzentrale auch nicht die Schuld zuweisen. Die Erklärung, wieso man diesen Anruf nicht weiterverfolgt hatte, klang schließlich recht plausibel und er selbst hatte in seiner Zeit beim Notruf auch jeden dritten Anruf als schlechten Scherz eingestuft.

Nick machte sich Notizen.

Als Ferdi die Tür hinter sich geschlossen hatte und Nick sich an die Arbeit setzen wollte, klingelte das Telefon. Bevor er abhob, fiel sein Blick auf die Nummer am Display.

„Hallo, Doc."

„Hi, Nick. Ich bin gerade mit meinem Bericht fertig geworden. Kommt's ihr 'rüber? Würde euch gern etwas an der Leiche zeigen."

Nick fiel keine Erwiderung ein. Außerdem hatte er gegen eine gute Tasse Kaffee nichts einzuwenden. Sogleich machte er sich auf den Weg zum Krankenhaus, wobei er sich wieder Gedanken um Emily machte. Sie war noch immer nicht in der Polizeiinspektion erschienen und mittlerweile dämmerte es schon. Nick war gerade dabei, sich zu ärgern, dass sie wahrscheinlich bereits Feierabend gemacht hatte, während er selbst noch einmal in die Pathologie musste, als seine Gedanken vom Pathologen unterbrochen wurden. Der Weg vom Kommissariat zum Krankenhaus war an ihm vorbeigeflogen, ohne dass er es bemerkt hatte.

„Hey! Nick, hier bin ich!" Erschrocken zuckte Nick zusammen. Er hatte den Mann im weißen Kittel übersehen, der neben dem Fahrradständer lehnte, an dem Nick jedes Mal mechanisch sein Fahrrad abschloss. Er nickte zum Gruß.

„Wo hast du denn deine reizende Frau Kollegin gelassen? Hat sie sich nicht mitgehen 'traut?"

„Nein, sie ist ... eigentlich ... keine Ahnung wo. Also, was hast du jetzt für mich?" Der Pathologe drehte sich um und ließ Nick den Vortritt in sein geheimnisvolles Kämmerchen. Sie steuerten auf den Tisch mit der Leiche zu. Nick gruselte der Gedanke, dass vor wenigen Tagen auf diesem Tisch noch jemand anders gelegen hatte.

Seine Gedanken wurden durch den Bericht des Doktors unterbrochen: „Also, sie wurde, wie vermutet, erdrosselt, und zwar mit einem 2 mm dicken Draht. Der Mörder muss ein Rechtshänder sein. Das heißt, er könnte auch der Mörder der ersten Leiche gewesen sein. Das sieht man, da der Draht von der rechten Hand stärker gezogen wurde als von der linken, das ist ein Hinweis für die dominierende Hand. Zusätzlich habe ich noch ein Hämatom am rechten Oberarm gefunden. Das heißt, der Mörder hat sie zurückgestoßen oder geschlagen, da sie sich offensichtlich gewehrt hat. Mehr hab' ich noch nicht gefunden. Falls ich noch was finde, meld' ich mich."

„Okay, gehen wir einen Kaffee trinken?" Der Doktor stimmte zu und sie machten sich auf den Weg in die Cafeteria.

Nick blieb mit dem Herrn Doktor über eine Stunde sitzen und sie plauderten über Gott und die Welt.

Nach dem zweiten Kaffee kehrte Nick zurück ins Büro. Er amüsierte sich noch über einen Witz vom Herrn Doktor: >Sitzt einer im Stehcafe…<

Als er ankam, war fast keiner seiner Kollegen mehr da, außer Ferdi, der gerade aus seinem Büro trat. „Hey, hab' dir gerade die Zeugenaussagen und die Akten auf den Schreibtisch gelegt. Die solltet ihr euch noch anschauen. Hast du eigentlich die Emily noch getroffen?"

„Nein, keine Ahnung, wo sie ist. Aber langsam werde ich echt sauer! … Ferdi, mach jetzt Feierabend, ich erledig' das schon." Der andere ließ sich das nicht zweimal sagen.

Nick ging mit einer weiteren großen Tasse Kaffee Richtung Schreibtisch und legte eine Nachtschicht ein, bis er schließlich über den Akten einschlief. Von Emily fehlte noch immer jede Spur.

ZUHAUSE

Martina Kreuzberger: F. H., Kinder
Florian: Party, Freundin
Christine: Party, Mutter
Jonas

KANZLEI

Elias Maurer: Streit, Kein Alibi, Late
Lukas Reichelts: ?
Roland Fuchswinkler: Kein Alibi
Jaqueline Sackeder: Alexander Stelzer, Eltern

Johannes Kreuzberger

PARK

Martin Altwirt
↓
Cecilia Oberbauer
↓
Wilfried Schweizer: Arzt

ANDERE

Putzerei
Fr. Hofer
Claudia Burgenauer

WIRTSHAUS

Familie Rosengartner
Paul Hintergartner: ?
Franz Hauer: ?
Josef Dressel: ?
Herman Freudentaler: ?

*Motiv; *Alibi 1; *Alibi 2

13.

Ein ungewöhnlicher Brief

Nick ging eine Straße entlang.

Plötzlich kam eine alte Frau mit Dackel auf ihn zu und sprach ihn an: „Nick! Hallo, Nick! Nihick!!" Die Frau hatte eine seltsam tiefe Stimme. Sie klang fast wie ... Nick öffnete die Augen.

Ferdi beugte sich über ihn mit einer Tasse Kaffee in der Hand. „Morgen, Chef! Auch schon ausgeschlafen?" Er grinste. Nick fuhr sich mit der Hand fahrig über das Gesicht und versuchte die gröbsten Spuren seiner Auswärts-Übernachtung verschwinden zu lassen.

Nick verzog dankbar das Gesicht, nahm den Kaffee entgegen und trank ihn hastig aus. Etwas angeekelt von dessen Geschmack schnitt er eine Grimasse, während er sich an seinen Schreibtisch setzte und die Füße darauf legte. Emily war ja nicht da, um sich darüber aufzuregen. Zum Aufwachen fuhr er sich noch einmal durch die Haare.

Ferdi hatte ihm inzwischen die Post auf seinen Platz gelegt und drückte ihm den Bericht von der SpuSi in die Hand. Die Formalitäten auf der ersten Seite waren wie immer dieselben. Doch das Interessante kam auf der zweiten Seite. Die SpuSi hatte im Holz des Türrahmens einen schwarzen Lacksplitter gefunden, der zu einem Helm oder so gehören könnte. Die Frage war nur, ob es sich um einen Fahrradhelm, einen Motorradhelm oder doch einen Skihelm (eher unwahrscheinlich) handelte. Oder war es doch etwas ganz anderes?

Als Nick sich den Bericht durchgelesen hatte, widmete er sich der Post.

Der erste Brief war eine Werbezuschrift für schusssichere Westen aus Schafwolle. Nick zog die Augenbrauen in die Höhe und warf den Brief ohne weiteres Durchlesen in den Papierkübel. Ihm folgte ein weiterer über die Zustände in taiwanesischen Gefängnissen und noch einer über neue Studien zu diversen Befragungstaktiken.

Der nächste Briefumschlag, den Nick in die Hand nahm, hatte weder einen Absender noch eine Briefmarke. Nur quer über das Kuvert war >Nick Hofburger< geschrieben - mit einem roten Buntstift und in einer Kinderhandschrift. Offensichtlich handelte es sich um die Einladung zu irgendeiner Feier in der Volksschule. Nicht gerade begeistert öffnete Nick den Umschlag und entfaltete das Papier. Der Text, den er darauf las, veränderte seine Miene schlagartig. Er nahm die Füße vom Tisch und setzte sich aufrechter hin. Mit gespanntem Gesichtsausdruck und bemüht konzentriert las er den Text wieder und wieder.

Der Brief war computergeschrieben und vermutlich mit einem Laserdrucker auf gewöhnliches Papier gedruckt worden, bevor man ihn in Stücke gerissen hatte. In den Händen hielt Nick nur ein Bruchstück des eigentlichen Briefes. Der Umschlag gab ebenso wenig her. Der Name war vermutlich von irgendeinem x-beliebigen Kind geschrieben worden, das sich damit wahrscheinlich etwas dazuverdient hatte. Den Brief auf Fingerabdrücke zu untersuchen war sinnlos, denn Nick hatte ihn so oft gedreht und gewendet, dass ohnehin nur noch seine eigenen zu sehen sein würden. Er hatte einfach nicht daran gedacht, sich Handschuhe überzustreifen. Was war er doch manchmal für ein Esel!

Nick stöhnte.

Dem Brief zufolge hatte er 60 Stunden Zeit, herauszufinden, was von ihm erwartet wurde, und das dann auch noch zu tun. Fragte sich nur, ab wann die sechzig Stunden gewertet wurden. Nick wusste nicht genau, in welchem Zusammenhang der Brief mit dem momentanen Fall stand, aber mit der Zeit schlich sich die Befürchtung in seine Gedanken, dass er etwas mit Emilys Verschwinden zu tun haben könnte.

Verzweifelt rief er nach seinem Assistenten: „Ferdi! Kommst du einmal bitte!" Nick versuchte, sich nichts anmerken zu lassen. Er wollte keine sinnlose Panik verbreiten. Immerhin bestand ja noch die Möglichkeit, dass es sich hier um einen Scherz von jemandem handelte. Auch, wenn Nick stark daran zweifelte. Aber er hoffte immer noch, dass Emily nicht damit in Verbindung stand und es somit auch keinen Grund für ihn gab, solche Gerüchte zu verbreiten. Nüchtern betrachtet, gab es ja eigentlich keine Beweise für eine Gewalttat hinter Emilys Verschwinden. Vielleicht hatte sie einfach nur verschlafen und kam gleich? Egal, wie er es wendete, Nick kam in jedem Fall zu dem Schluss, dass es unklug wäre, Ferdi in Kenntnis zu setzten, solange er selbst auch noch nicht wusste, was er von der Sache zu halten hatte. Ferdi war zwar ein sehr loyaler und effizient arbeitender Kollege, aber den Dreh, wie man Geheimnisse bewahrte, hatte er noch nicht heraus. Wenn man wollte, dass sich etwas sehr schnell verbreitete, brauchte man es nur Ferdi anvertrauen und der würde dann schon dafür sorgen.

Um genau das zu verhindern, schlug Nick die Zeitung auf, die auf seinem Schreibtisch lag, und legte sie wie zufällig über den Brief.

Als sein Assistent vor ihm stand, sagte er: „Könntest du mir bitte alles zusammentragen, was du über alle Beteiligten in unserem momentanen Fall im Zusammenhang mit Spiellust herausfinden kannst? So schnell wie möglich bitte! Wir hinken ziemlich hinten nach." Beim letzten

Satz hatte etwas von seiner Verzweiflung in seiner Stimme mitgeklungen und er hoffte, dass sein Kollege nichts davon mitbekommen hatte.

„Und hast du zufällig eine Ahnung, von wem der Brief hier ist?" Nick hoffte, dass es beiläufig klang, als er Ferdi den Umschlag mit der Kinderhandschrift über den Tisch schob.

Er hatte offenbar Glück, denn Ferdi schüttelte nur den Kopf und meinte, es würde sich wohl um irgendeine Volksschule handeln, oder einen Kindergarten und ging gemütlich zurück zu seinem Schreibtisch.

Nick aber konnte sich nicht mehr auf seine eigentliche Arbeit konzentrieren. Er nahm seine Jacke von der Stuhllehne und steckte den Brief in seine Innentasche. Er hatte keinerlei Erfahrung mit Drohbriefen, aber das hier war so etwas in der Art, auch wenn er nicht wirklich wusste, was er mit dem Geschreibsel anfangen sollte.

Er beschloss, ein wenig Luft zu schnappen. Vielleicht fiel ihm ja bei einem Spaziergang etwas zu dem Brief ein.

Beim Hinausgehen passte er einen Moment ab, in dem sich Ferdi mit seinem Computer beschäftigte und auch sonst keiner seiner Kollegen ihn beachtete. Ein paar neugierige Fragen waren das Letzte, was er jetzt brauchen konnte.

HALLO, HERR KOMMISSAR!
ICH HABE IHNEN EIN KLEINES
SIE HABEN 60 STUNDEN ZEIT
FINDEN!
SPIELEN SIE FAIR!

AV	EY	SM	UF	QC	SZ
DK	AT	IZ	IS	EK	OD	N
FL	RI	SM	UF	QC	CM
LQ	QI	PR	CQ	EZ
CR	GS	TK	SM	UF	QC
ZU	AT	IG	CQ	PB	M
BW	TG	NX	CQ
OD

14.

Wenn der Berg nicht zum Prophet kommt...

Eigentlich wollte Nick nur durch die Stadt gehen, um einen klaren Kopf zu bekommen, ohne ein bestimmtes Ziel zu haben. Als er gerade die Bahnunterführung durchquerte, wählte er erneut Emilys Nummer. Doch auch diesmal meldete sich nur ihr Anrufbeantworter. Allerdings gleich nach dem ersten Mal klingeln, was Nick darauf schließen ließ, dass Emily ihn entweder weggedrückt hatte, oder der Akku ihres Handys leer war. Etwas an der Tatsache, dass sie so gar nicht erreichbar war, beunruhigte ihn. Andererseits, dachte er sich, war sie schon einmal so wütend auf ihn gewesen, dass sie sich einen Tag lang nicht hatte blicken lassen. Damals hatten sie an dem Fall mit dem Selbstmord in der Strafanstalt gearbeitet. Nick wusste nicht mehr, weshalb sie sich da so in die Haare geraten waren, aber er konnte sich noch gut an ihre miese Stimmung erinnern, ebenso daran, dass sie ihn einige Zeit lang wie Luft behandelt hatte. Beim letzten Mal war zwar kein seltsamer Brief mit im Spiel gewesen, doch im Grunde konnte es sich diesmal auch einfach um einen Wutanfall ihrerseits handeln. Und nüchtern betrachtet: Welcher Mörder erpresste schon die Polizei?

Seltsamer Weise beruhigte Nick dieser Gedanke. Zwar blieb eine leise Stimme in seinem Kopf, die sich weiterhin Sorgen um Emily machte, doch er ignorierte sie geflissentlich. Emily hatte seit sie sich kannten einen leicht reizbaren Charakter gehabt. Sie war ebenso schnell für etwas zu begeistern, wie dagegen. Wahrscheinlich hatte er es sich mit der Sache mit dem Hund einfach nur wieder einmal mit ihr verscherzt.

Nick hoffte allerdings, dass sie vor lauter schlechter Laune nicht den Fall ignorierte, sondern sich wenigstens in anderen Richtungen schlau machte, die Nick bisher außer Acht gelassen hatte. Damals auf jeden Fall, hatte sie es getan und dabei erstaunliche Entdeckungen gemacht. Wozu Wut eine Frau so verleiten konnte...

Er zog sich seine Kapuze tief ins Gesicht, als es erneut zu schneien begann. Nick war mit seinen Gedanken so weit weg, dass er nicht einmal bemerkte, wo er hinlief.

Plötzlich, als er schon zu frösteln anfing – der Schneefall war heftiger geworden –, fand er sich vor dem Gasthaus der Rosengartners wieder. Es sah richtig einladend von außen aus. Er überlegte, ob er einen Zwischenstopp einlegen sollte. Er hörte auf seinen Magen, der, wie es schien, mit diesem Zwischenstopp sehr einverstanden war und sich mit einem lauten Knurren bemerkbar machte.

Nick nahm von drinnen ein Stimmengewirr wahr, das nicht unüblich für diese Tageszeit war. Es war kurz vor zwölf, also Hauptgeschäftszeit.

In dem Moment, als er gerade das Wirtshaus betreten wollte, kam ein älteres Ehepaar durch die Tür und mit ihnen der Geruch von Schweinsbraten, Gulaschsuppe und Frittier-Öl. Normalerweise mochte Nick diesen typischen Wirtshausgeruch nicht, aber in dieser Situation war er genau das, was er brauchte. Der Geruch lenkte ihn augenblicklich von seinen Sorgen ab und erinnerte Nick daran, dass er in den letzten zwölf Stunden ausschließlich Kaffee zu sich genommen hatte. Aber nicht nur die Aussicht auf etwas Essbares lockte Nick in das Innere des Gasthauses, sondern auch die Erinnerung an eine sehr nette und entzückende Wirtstochter.

Aus irgendeinem Grund jedoch ließ sich die Kälte von draußen nicht gänzlich aus seinem Gemüt vertreiben.

Vorsichtig griff Nick in seine Jackentasche und fühlte sicherheitshalber, ob der Briefumschlag noch darin steckte. Er hatte ihn ja beim Verlassen des Büros eingesteckt, um über seinen Zweck nachdenken zu können.

Seltsamerweise hatte Nick trotz seiner Vorbehalte das dringende Bedürfnis, sich mit jemandem über das Geschehene zu unterhalten. Sollte er sich vielleicht doch an Ferdi wenden? Oder war jemand Außenstehendes besser geeignet, die Dinge nüchtern zu betrachten? War die süße Kellnerin die Richtige dafür?

Bevor Nick weiterdenken konnte, öffnete er schon die alte Holztür. Wie beim letzten Mal wunderte er sich über deren Gewicht.

Im Inneren lag ein leichter Nebel aus Küchendampf und schlechter Luft. Nick musste sich zuerst einmal an die stickige Luft gewöhnen. Er registrierte danach die alte Einrichtung des Gasthauses, die ihm bei seinem letzten Besuch nicht aufgefallen war. Doch dieses Mal wurde dieser urige Eindruck noch durch den Geruch, die stickige Luft und das Stimmengewirr verstärkt.

Als er die paar Stufen in das eigentliche Lokal hinunterging, hatte er das Gefühl, inmitten eines brodelnden Hexenkessels zu stehen. Nick machte sich erst überhaupt keine Mühe, einen freien Platz zu suchen, und ging stattdessen direkt auf die Bar-Hocker, die an der Schank standen, zu. Als er sich gerade setzen wollte, bemerkte Nick eine junge Dame, die drei Hocker weiter saß und mit einem jungen Mann plauderte. Die kleine brünette Frau kam ihm irgendwie bekannt vor, doch er wusste nicht woher.

Müde schob er diese Überlegung bei Seite und widmete sich der jungen Wirtstochter hinter der Schank. Frau Rosengartner erkannte Nick und lächelte ihm schon einladend zu, während sie Gläser polierte. Nick, der ihr gegenüber saß, konnte trotz seiner bedrückenden Gedanken nicht anders als zurückgrinsen.

„Hallo! Hab' ich mit Ihnen jetzt einen neuen Stammgast bekommen oder gibt's schon wieder eine Leiche? Egal, woll'n Sie was trinken?"

Nette Begrüßung, dachte Nick schmunzelnd, als sie gerade ein frisch poliertes Glas in ein Regal stellte. Ihm gefiel ihre unbeschwerte und lockere Art, die genau das war, was er gerade brauchen konnte.

Nick überlegte kurz. „Erm … einen großen Apfelsaft g'spritzt und eine Gulaschsuppe bitte." Lächelnd nahm die Wirtstochter die Bestellung entgegen.

„Also doch im Dienst?"

„Eigentlich ja …", erwiderte Nick „aber diesmal bin ich nicht hier, um ihre Gäste zu vergraulen, sondern nur zum Mittagessen." Er sah ihr zu, wie sie seine Bestellung auf einen Zettel schrieb und diesen in die Durchreiche legte.

Während sie eine neue Flasche Apfelsaft aufmachte, fragte sie neugierig: „Und? Wie schaut's aus in Ihrem Mordfall?"

Bei dieser Frage kam ihm erneut der Gedanke, jemand Außenstehenden einzuweihen, er musste es einfach loswerden. Doch war sie die Richtige? Nick fühlte gerade einen Moment des Vertrauens. Es kam ihm so vor, als würde er die Wirtstochter schon viel länger kennen als nur ein paar Tage.

Als Nick gerade Mut gefasst hatte und ansetzen wollte zu erzählen, ging die Tür auf und ein junger Mann stolperte herein. Es schien, als wäre er bereits um diese Uhrzeit zu betrunken, um zu wissen, was er tat.

Lena sah ihn entsetzt an, als er schon anfing herumzuschreien: „Wieso? … Ihr alle … habt'sch desch gwuscht … und wer nischt?... !! … Ihr hobt'sch mi' verarscht … aber jess' isch' vorbei … ausch und vorbei … verreckt!"

Nick zuckte zusammen.

„Ausch isss' ... für immer!"

Mehr konnte Nick nicht mehr verstehen. Er sah, dass die junge Dame drei Hocker weiter aufsprang und zu dem Betrunkenen rannte. Offenbar kannte sie ihn und schämte sich für sein Benehmen. Sie packte den Betrunkenen bei der Hand und wollte ihn hinausziehen, ins Freie. Doch dieser wehrte sich, stolperte und hielt sich am Geländer fest. Nun hing er richtig darüber und es schien, als wolle er darüber klettern. Natürlich war es nicht tief, sollte er auf die andere Seite stürzen, doch er brauchte nur falsch zu landen, was in seinem Zustand nicht weiter schwer war.

Nick sprang auf und rannte zu dem jungen Mann. Er schnappte diesen in letzter Sekunde und zerrte ihn Richtung Tür. Das Mädchen nahm er gleich mit. Diese wehrte sich nicht so heftig wie der andere.

Draußen angekommen, stellte er beide zu Rede. Nick war wütend, wollte schimpfen und besorgt sein gleichzeitig, und wusste nicht warum.

Schlussendlich entschied er sich für eine Mischung: „Das hätte ordentlich schief gehen können. Wisst ihr das?" Doch keiner der beiden antwortete ihm. Der Bursche bekam eindeutig nichts mehr mit und war damit beschäftigt, sein Gleichgewicht zu halten und stehen zu bleiben.

Dieser Versuch scheiterte aber erbärmlich.

Nick schnappte ihn am Oberarm, bevor er wieder fiel. Dann startete Nick noch einen Versuch: „Hey, junger Mann, wer bist du und was sollte dein Auftritt?"

Der Junge torkelte trotz Nicks festem Griff und murmelte: „I bin schuid ... alles verbockt ... jess lasch mi losch ... i geh nasch Hausche!"

„Du gehst nirgendwo hin, außer mit zur Polizeistation. Sag mir deinen Namen!" Der Angesprochene sah ihn nur verwirrt an, als verstünde er seine Frage nicht.
„Sein Name ist Florian, er ist mein Bruder!"
„Florian ... wer?", entgegnete Nick spitz.
„Florian Kreuzberger."
Nick erschrak leicht, als er den Namen hörte. Jetzt dämmerte ihm, wieso das junge Mädchen ihm so bekannt vorgekommen war. Er hatte sie auf einem Foto im Haus der Kreuzbergers gesehen, mit ihrem Bruder. Er hatte nicht geahnt, dass er die Kinder des verstorbenen Johannes Kreuzberger vor sich hatte.
Schließlich drängten sich die Worte des jungen Kreuzbergers wieder in seine Gedanken. Wovon hatte der Junge geredet? Was bereute er? Und woran war er schuld? Hatte er seinen Vater auf dem Gewissen?
„Ach so ... das heißt, du bist die Christina Kreuzberger, richtig? Weißt du, wovon er redet?" Das Mädchen sah Nick verdutzt an.
„Erm ... ja, wieso wissen Sie das?"
Nick wusste nicht, wie er es ihr erklären sollte. Schließlich konnte er schlecht sagen >Ich hab dich auf einem Foto gesehen, als ich deiner Mutter gesagt habe, dass dein Papa blutrünstig ermordet worden ist<. So konnte er es ihr nicht sagen und wollte er es auch nicht. Mittlerweile hielt er Florian schon mit beiden Händen fest.
„Mein Name ist Nick Hofburger. Ich bin Polizist oder besser gesagt Kriminalpolizist und momentan versuche ich herauszufinden, wer deinen Vater ermordet hat. Deshalb kenne ich deinen Namen." Nick hoffte, dass das relativ freundlich hinübergekommen war, doch er wusste nicht, ob so eine Nachricht überhaupt freundlich aufgenommen werden konnte. Christina sah betrübt aus, sie

kämpfte eindeutig mit den Tränen. Nick wusste nicht, was er tun sollte.

„Christina, weißt du, wovon dein Bruder redet? Du musst es mir sagen, wenn du es weißt, denn für mich hört es sich beinahe wie ein Geständnis an."

Entsetzt starrte das Mädchen den Polizisten an.

„Sie meinen ... Sie glauben ... er hat den Papa ...", sie schluckte. Plötzlich hörte Nick ein schrecklich grausliches Geräusch, eine Mischung aus Würgen und Spucken. Nick wusste nur zu gut, was dieses Geräusch ausgelöst hatte. Es war der junge Kreuzberger, der sich über seine gesamte Kleidung übergeben hatte. Nun roch Nick es auch und war knapp davor, dasselbe zu tun, aber zum Glück hatte er noch immer nichts gegessen. Er atmete tief durch den Mund ein, darauf bedacht, keine Luft durch die Nase strömen zu lassen, und bewahrte Ruhe. Er schickte Christina ins Gasthaus zurück, um ein Glas Wasser zu holen. Während sie dies tat, griff Nick mit einer Hand in seine Tasche und holte sein Handy heraus.

Er drückte auf die Kurzwahltaste und rief seinen Assistenten an: „Hey, Ferdi! Ich brauch' deine Hilfe. Könntest du mit dem Streifenwagen zum Gasthaus Rosengartner kommen? Du weißt eh, wo es ist ... ja ... und nimm lieber das alte Auto, es könnt' unangenehm werden. Bis gleich!" Grinsend legte er auf und steckte das Handy wieder in seine Jackentasche.

Nick wartete ungeduldig, bis Christina wieder aus dem Gasthaus kam, denn deren Bruder kotzte sich, wie es gerade aussah, seine Seele aus dem Leib.

Für Nick fühlten sich die nächsten Sekunden wie Stunden an. Nur zu gut konnte er sich in Florians Lage versetzen, er verstand, wie elend es ihm gehen musste. Als Christina endlich aus dem Gasthaus kam, hatte Nick ihren Bruder schon auf einen Sessel in die Wiese gesetzt, da es ihm zu mühsam geworden war, ihn ständig am Umkippen hindern zu müssen.

Christina gab ihm das Glas Wasser und zu dritt warteten sie auf den Ferdi.

Es herrschte eine beklemmende Stille.

Die junge Kreuzberger unterbrach diese nach ein paar Minuten: „Der Flo kann meinen Papa gar nicht ... Sie wissen schon! Wir waren die Nacht nämlich bei Freunden ... wieso er so fett is', weiß ich nicht ... aber ich vermut', es hat etwas mit seiner Freundin zu tun. Die streiten ja schon wochenlang ... da muss ja mal was passieren."

Sie sah Nick vorwurfsvoll an. Dieser deutete nur auf das Polizeiauto, welches gerade angefahren kam, und meinte: „Das ist mein Kollege, er wird euch nach Hause bringen. Und morgen punkt 10 Uhr möchte ich dich und deinen Bruder in der Wache sehen. Wenn nicht, wird das Konsequenzen haben."

Das Mädchen nickte nur und ging Richtung Auto. Nick verfrachtete zusammen mit dem Ferdi den jungen Kreuzberger ebenfalls auf den Rücksitz und wünschte ihm viel Glück mit ihm. Schmunzelnd drehte er sich um und ging Richtung Toilette, um sich die Hände zu reinigen.

„Und? Alles im grünen Bereich?", wollte Lena wissen, als Nick wieder auf seinem Hocker Platz genommen hatte.

„Wie man's nimmt", erwiderte Nick. Er bemerkte, dass das Lokal so gut wie leer war, und als er auf seine Uhr sah, bemerkte er schockiert, dass er fast eine dreiviertel Stunde lang vor der Tür gewesen war. Erschöpft lehnte sich Nick an die Schank und atmete tief durch. Die letzten Tage hatten ihn doch mehr mitgenommen, als er gedacht hatte. Er dachte gerade an Emily, als seine Gulaschsuppe vor ihn gestellt wurde. Er hatte es doch glatt geschafft, sie für den Augenblick aus seinen Gedanken zu verdrängen, doch jetzt kam die Sorge in ihm wieder hoch. Und bestimmt hätte er auch seine pessimistischen Gedanken vom Morgen wieder aufgenommen, wenn nur die Gulaschsuppe nicht so verführerisch geduftet hätte. Mit Heißhunger verschlang er sie.

Frau Rosengartner sah ihm amüsiert zu, bis er den letzten Löffel verdrückt hatte. Nick registrierte erst, als er fertig war, dass er die Suppe sehr gierig hinuntergeschlungen hatte, ohne überhaupt aufzuschauen. Etwas peinlich berührt meinte er nur: „Danke! War ausgezeichnet!" Sie nahm den Teller und trug ihn weg. Kurz darauf kam sie wieder.

„Sie haben vorher bei Ihrer großartigen Tat das hier verloren." Sie holte aus ihrer Schürze den zusammengefalteten Zettel heraus, den er heute Morgen bekommen hatte. Reflexartig riss Nick ihr den Zettel aus der Hand. Er wollte es nicht so brutal tun, aber er wollte nicht, dass Lena den Brief womöglich von sich aus las.

Nick schloss für einen Moment seine Augen. Da war sie wieder, die Sorge um Emily, gepaart mit diesem schrecklichen Pessimismus, den er aus unerfindlichen Gründen nicht aus seinen Gedanken vertreiben konnte. Es gab zwei Leichen, einen Erpresserbrief, dessen Inhalt nicht lesbar war, einen offenbar spielsüchtigen, risikobereiten Doppelmörder (sofern der Brief mit den Morden zusammenhing) und eine verschollene Polizistin, ohne die Nick in diesem Fall so gut wie aufgeschmissen war, wie er sich eingestehen musste.

„Was macht dich ... erm ... Sie denn so fertig?", fragte die Wirtstochter vorsichtig. Sie schien nicht neugierig sein zu wollen, auch wenn die Frage so klingen mochte. Es war viel mehr ehrliche Sorge, die aus ihrer Stimme klang.

Nick sah auf, reicht ihr kameradschaftlich die Hand und sagte: „Ich bin der Nick."

„Lena. Und?"

„Ich muss über etliche Dinge nachdenken und die beschäftigen mich halt ziemlich."

„Möchtest darüber reden?"

Nick beschloss, einen Versuch zu wagen, griff in seine Tasche und holte den Zettel heraus, den er Lena zuvor so gewaltsam aus der Hand gerissen hatte. Er faltete ihn auf und zeigte ihn der Wirtstochter.

„Den hab' ich heute in der Früh mit der Post zugeschickt bekommen. Es ist eindeutig ein Drohbrief, aber ich weiß nicht wofür. ... Ich hab' keine Ahnung, was dieser Zettel bedeuten soll." Die Verzweiflung war ihm zu seiner Schande deutlich anzuhören.

Lena las sich den Brief schätzungsweise vier oder fünf Mal durch, dann murmelte sie: „Spielen Sie fair ... fair ... fair."

„Kennst du das Wort fair nicht?" Nick wollte nicht bissig klingen, doch es wurde ihm klar, dass es ein Fehler gewesen war, Lena in die Sache einzuweihen. Schließlich konnte sie, rein pragmatisch betrachtet, ja auch etwas mit den Morden zu tun haben. Wenn auch nicht direkt, zu minderst über mehrere Ecken. Auf jeden Fall war es leichtsinnig von ihm gewesen, jemandem die Sache anzuvertrauen, den er im Grunde überhaupt nicht kannte.

„Oja, aber das erinnert mich an was." Nick sah auf, ein Funken Hoffnung schimmerte in seinen Augen. Sofort wischte er alle Bedenken, die er ihr gegenüber gerade gehabt hatte, beiseite. Jetzt konnte er es ohnehin nicht mehr rückgängig machen, also sollte er versuchen, die Vorteile daraus zu ziehen.

Lena fuhr fort: „Ich weiß nur nicht. ... Es liegt mir auf der Zunge, aber ...".

Plötzlich entfuhr ihr ein kleiner Freudenschrei: „ Ja! Jetzt weiß ich, woher mir das bekannt vorkommt. Ich hätt' echt nicht gedacht, dass ich mich daran je wieder erinner', aber jetzt, wo ich so nachdenk' ..." Nick wurde langsam ungeduldig.

„Jetzt sag endlich!"

„Weißt du", überlegte Lena, „in meiner Studienzeit hab' ich einmal einen Wochenkurs zu Verschlüsselungsverfahren gemacht. Und da war ein Verfahren, das irgendwas mit >fair< hieß, und soweit ich mich erinnern kann, hat das so ähnlich ausgesehen... mit den Buchstabenpaaren und so. Fair..." Sie durchforstete ihr Gehirn auf der Suche nach weiteren Erinnerungen.

„Denk nach, Lena! Das ist die einzige Chance herauszufinden, was auf dem Zettel steht." Die Kellnerin polierte ihre Gläser, um ihre Hände zu beschäftigen. Nick konnte ihr richtig ansehen, wie sich die Zahnräder in ihrem Kopf drehten.

Mit einem Mal stellte sie das Glas nieder: „Komm mit, wir versuchen etwas."

Lena drehte sich zur Durchreiche: „Papa, übernimmst du?"

Nick sprang auf und folgte ihr durch eine Tür, auf der ein Schild mit der Aufschrift >PRIVAT< befestigt war. Hinter dieser Tür lag ein langer Gang. Nick betrat hinter Lena den ersten Raum auf der linken Seite. Im Inneren standen Regale, die bis zur Decke reichten und voller Aktenordner waren. Nick vermutete, dass dieser Raum eine Art Arbeitszimmer war. In der Mitte des Raumes stand ein riesiger Schreibtisch mit einem Computer. Sie ließen sich auf zwei Stühlen nieder und Lena stieg ins Internet ein.

Sie gab >Verschlüsselungsverfahren< als Suchbegriff vor. Dann fügte sie noch >fair< hinzu und drückte auf die

Entertaste. Angespannt starrten beide auf den Bildschirm, bis die Links kamen. Der erste stach ihnen sofort ins Auge.
>>Playfair – Wikipedia<<
„Ja genau! So hat das geheißen!", freute sich Lena. Sie klickten auf den Link und kamen auf eine Seite, auf der diese Verschlüsselung genauestens beschrieben wurde. Angespannt lasen sie sich diese Seite durch, doch sie konnten es einfach nicht auf den Brief ummünzen, da ihnen das Schlüsselwort fehlte, um es entschlüsseln zu können. Dieses Schlüsselwort konnte alles Mögliche sein, solange es aus unterschiedlichen fünf Buchstaben bestand. Enttäuscht lehnten sich beide zurück. Nick spürte, wie die Verzweiflung wieder in ihm hochkroch. Er war keinen Schritt weitergekommen. Auch wenn er jetzt wusste, wie das Entschlüsseln funktionierte, brauchte er noch mehr Informationen, um dieses Wissen anwenden zu können. Natürlich wäre es das einfachste gewesen, den Brief einfach nach Wien in die Dechiffrierabteilung zu schicken, aber das würde Tage dauern, von dort ein Ergebnis zu bekommen und die Zeit hatte Nick nicht. Leider hatte er auch noch nie etwas mit den Kollegen von der Ver- und Entschlüsselung zu tun gehabt, weshalb er auch niemanden von dort kannte, der ihm einen Gefallen schuldete. Vermutlich gab es im Internet ein Programm, mit dem der Code geknackt werden konnte, überlegte Nick weiter, doch seine Chance das richtige zu finden, ehe die Zeit um war, war relativ gering, wie er sich eingestehen musste. Zumal es sich ja immer noch um einen Streich handeln konnte, der ihm nur unnötig die Zeit raubte, welche er zur Aufklärung des richtigen Verbrechens dringend benötigte.
    Nick starrte den Zettel an. „Die Worte >Spielen Sie fair< müssen eine Andeutung auf das Verfahren sein. Das

heißt, wir sind auf der richtigen Spur. ... Ich glaub', dass mir nichts anderes übrigbleibt, als auf den nächsten Zettel zu warten, so unangenehm das auch ist."

„Es wird schon wieder werden, ganz bestimmt!"

Nick sah sie dankbar an. Sein Blick streifte die Uhr hinter der Schank und er erschrak: Es war schon zwei Uhr. Eigentlich hatte er ja nur kurz Mittagessen wollen.

„Danke noch einmal, ich muss jetzt leider gehen."

„War ja kein Problem", lächelte ihm Lena Rosengartner zu.

Als Nick gezahlt hatte, verließ er das Wirtshaus und verspürte wieder einen Funken Hoffnung.

Grimmig dachte er bei sich: „Und wie ich fair spielen werde".

Di., 4. 12.
Playfair:
- Buchstabenpaare
- Matrix mit Alphabet
- Entschlüsselung nach links/
   Hinauf/ im Quadrat –
   Wikipedia (genaue Erklärung!)!!
- Schlüsselwort mit 5 Buchstaben
   ohne doppelten Buchstaben gesucht!

15.

Der Zufall ist der zuverlässigste Kollege

Nick ging etwas erleichtert vom Wirtshaus Richtung Polizeiinspektion. Er war glücklich, wenigstens einen kleinen Hinweis zu haben, was es mit den seltsamen Buchstabenkombinationen auf sich hatte. Nick bog von der leeren Seitengasse auf die belebte Ringstraße ein. Frontal stieß er mit einer alten Frau zusammen. Eine Entschuldigung murmelnd ging er weiter. Nick war so vertieft in seine Gedanken, dass er nicht mitbekam, was um ihn herum geschah. Er beschloss kurzfristig, noch einen Abstecher in den Park zu machen, um das Geschehen der letzten Tage noch einmal Revue passieren zu lassen.

Im Park sah er zwei etwa zehnjährige Kinder mit einem Ball spielen. Nick vermutete, dass sie Fußball spielten, obwohl es ziemlich merkwürdig aussah, denn die Buben traten eher willkürlich auf den Ball ein. Nick blieb stehen und beobachtete sie eine Weile.

Schmunzelnd ging er schließlich weiter. Er sah ein altes Ehepaar, etwa um die 80 Jahre alt, Hände haltend den Weg entlanggehen. Die beiden sahen so vereint und liebevoll miteinander aus, dass sich ein neuer Gedanke in Nicks Gehirn schlich: Würde er jemals eine Frau kennen lernen, die er so liebte, dass er mit ihr so lange zusammenleben konnte wie diese beiden?

Nick erschrak plötzlich, da einer der Buben zu schreien angefangen hatte und sein Bein festhielt, das sehr stark blutete, weil er gegen einen Stein gefallen war. Doch Nick machte sich nicht die Mühe, zu ihm zu gehen, die Eltern waren schon von der nebenstehenden Bank aufgesprungen, um hinzuzueilen. Erleichtert, dass er nicht helfen musste, ging Nick weiter.

Er sah ein Liebespaar nach dem anderen, die die Sonnenstrahlen genossen und im Park spazieren gingen. Einsam setzte er sich auf eine Bank und beobachtete die verschiedensten Personen, wie eine alte Dame mit Hund, die ihn an die Frau Oberbauer erinnerte.

Nick sah sich weiter um, mit einem Mal blieb sein Blick bei den Bäumen weiter hinten im Park hängen. Die beiden kannte er doch! Neugierig erhob er sich von der Bank und näherte sich den Bäumen.

Es war ein schattiges, ziemlich geschütztes Plätzchen, wo die beiden standen. Hinter ihnen die Hecke Richtung Straße, links ein Busch und vor ihnen zwei Bäume – besser verstecken konnte man sich hier nicht. Wahrscheinlich wollten sie zusammen nicht gesehen werden, sonst würden sie sich nicht so geheim treffen. Eigentlich auch verständlich, sie hatte ja auch eine Familie. Und er? Hatte er auch eine Familie?

Während Nick so nachdachte, näherte er sich den beiden. Sie selbst konnten aufgrund ihres guten Verstecks nicht leicht gesehen werden, aber genau so wenig konnten sie erkennen, was um sie selbst herum geschah.

Als Nick nur noch fünf Meter von ihnen entfernt war, bemerkten ihn die zwei Küssenden. Dem Mann blieb der Mund offen stehen und die Frau sah verlegen zur Seite. Die Situation war ihr sichtlich peinlich.

Nick schlenderte gelassen und ruhig näher. Beide taten so, als würden sie ihr Gewand richten oder etwas suchen.

Nick fühlte sich, als wäre er der gemeine Lehrer, der zwei kleine Kinder beim Raufen erwischt hatte und sie jetzt schimpfen, oder ihre Eltern anrufen musste.

„Schönen guten Tag, Herr Hauer und Frau Kreuzberger. Ich hoff', ich hab' Sie nicht gestört?" Nick konnte sich ein Grinsen nicht verkneifen und wartete auf eine Antwort, doch die kam nicht. Beide wirkten extrem verlegen.

„Offenbar nicht. ... Ich hoff', es stört Sie jetzt auch nicht, dass ich ein paar Fragen an Sie habe. Aber Sie müssen mich auch verstehen, schließlich sind Sie beide verdächtig und diese Situation bringt Sie nicht gerade aus dem Schneider, sondern eher noch tiefer in die Sch...ins Schlamassel."

Schelmisch sah Nick in Richtung der Baumkronen, er hatte die Kurve gerade noch geschafft. Egal, er musste jetzt nur der böse Polizist bleiben, da er so mehr aus ihnen herausbekommen konnte.

Als er seinen Blick wieder senkte, bemerkte er, dass Frau Kreuzberger versuchte, Herrn Hauer etwas mitzuteilen. Doch Nick sprach sie schnell an, bevor der begreifen konnte, was ihm seine Geliebte mitteilen wollte.

„Wollen Sie hier mit mir sprechen oder in der Inpektion?"

Irritiert schnauzte sie ihn mit einen „Was...?" an. Nick bemerkte, dass Frau Kreuzberger mit dieser Situation nicht zurechtkam und fieberhaft nach einer Ausrede suchte und versuchte, die möglichen Alternativen ihrem Geliebten mitzuteilen.

„Das Verhörzimmer soll ja recht bequem sein, aber ich habe gerade beschlossen, dass wir uns gleich hier unterhalten werden. Setzen wir uns aber dort drüben auf eine Bank, da haben wird es gemütlicher und müssen nicht unter diesen Bäumen stehen." Nick wies mit seiner Hand auf eine leer stehende Bank weiter östlich im Park.

Als sich alle drei gesetzt hatten, begann Nick: „Nun erzählen Sie mir bitte, wie lange Sie schon ein Paar sind."

„Errm...", Frau Kreuzberger erhob ihre Stimme, doch sie zögerte.

„Am besten wäre es für Sie beide, wenn Sie gleich die Wahrheit sagen würden. Ich muss Ihnen nicht noch einmal sagen, dass es für Sie nicht gerade gut steht, oder? Sie gehören zum Kreis unserer Hauptverdächtigen! Also?" Nick wurde langsam ungeduldig.

Frau Kreuzberger setzte nochmals an: „Ja... wir waren schon immer gute Freunde und Studienkollegen."

„Sie meinen ein Paar!", äußerte Nick schnell.

Frau Kreuzberger sah ihn etwas verdutzt an. „Errm...ja, waren wir auch einmal. Vor ein paar Jahren haben wir uns durch meinen Mann wieder getroffen und naja ...."

„Seit wann sind Sie jetzt ein Paar?"

Herr Hauer mischte sich nun auch in das Gespräch ein: „Seit zirka einem Jahr."

Erstaunt sah Nick die beiden an und verarbeitete die gerade erfahrene Information. „Sie wissen hoffentlich jetzt, dass Sie das noch verdächtiger macht!"

Frau Kreuzberger aber erwiderte schnell: „Aber... ich bin mir sicher, dass mein Mann keine Ahnung davon... ich meine von uns hatte!" Sie griff nach der Hand von Herrn Hauer und drückte sie: „Und wir können es ja gar nicht gewesen sein, wir waren... nun ja..." Frau Kreuzberger brach den Satz ab, als sie bemerkte, dass sie gerade etwas sagen wollte, das ihrem Geliebten womöglich gegen den Strich ging.

„Was haben Sie gerade gesagt? Sie waren wo?"

Herr Hauer mischte sich wieder ein: „Ich glaube, Martina meinte, dass wir den Mord an Johannes nicht ausüben konnten, weil wir uns in der Mordnacht noch getroffen haben."

Diese Aussage hatte Nick schon befürchtet. Jeder gab dem anderen ein Alibi. Aber was sollte er machen? Insgeheim glaubte er den beiden ja auch.

„Erzählen Sie mir jetzt bitte, wo genau Sie wirklich in der Mordnacht waren und alles, was der uns im Mordfall Kreuzberger weiterhelfen könnte. Es hilft Ihnen ja auch." Nick bemerkte, dass Frau Kreuzberger eine Träne über die Wange kullerte. Sie griff nach einem Taschentuch, doch als sie die eine wegwischen wollte, kamen die nächsten.

Herr Hauer nahm sie in den Arm. „Ich war ja mit meinen Freunden im Wirtshaus. Sie waren ziemlich betrunken und hatten den kompletten Filmriss. Sie wollten eine richtige Sauftour machen, aber die wussten ja eh schon nicht mehr, was sie taten. Nachdem wir das eine Wirtshaus verlassen haben, sind sie gleich weiter in ein anderes. Mir war das zu dumm, weil man mit ihnen nichts mehr tun konnte als zu saufen und in der Stimmung war ich an diesem Tag auch nicht. Also habe ich der Martina geschrieben, ob wir uns noch treffen könnten, und so bin ich zu ihr gegangen. Es war ja nur der Kleinste zu Hause und der hat schon geschlafen. Und ihr Mann war eh noch unterwegs."

Nick notierte sich das wichtigste und nickte dabei.

„Sie sind sich jetzt absolut sicher, dass das stimmt?"

„Ja, das stimmt jetzt wirklich."

Nick fragte noch einmal nach: „Wissen Sie, welches Wirtshaus ihre Freunde in der Mordnacht als nächstes angesteuert haben?"

„Genau kann ich es nicht sagen. Aber ich glaube, sie sind in Richtung Stein weitergezogen. Da gibt es ja etliche." Nick notierte sich das und sah Frau Kreuzberger an, die sich mittlerweile schon wieder gefasst hatte. Sie erhob ihre Stimme. Erst jetzt bemerkte Nick, wie zaghaft und zittrig sie war. Sie klang eingeschüchtert und weinerlich. Nick erkannte, dass hinter dieser starken Frau eine sehr sensible Person steckte.

„Ich war mit meinem jüngsten Sohn Jonas zu Hause. Christine und Florian waren bei Freunden eingeladen. So haben wir einen Spieleabend gemacht, weil auch ich Ablenkung gebraucht habe. Jonas ist aber um neun schlafen gegangen und da war ich froh, als mir der Franz geschrieben hat."

Nick notierte sich wieder alles. „Weshalb brauchten Sie eine Ablenkung?"

„Ich habe mich mit meinem Mann gestritten, weil er nicht wollte, dass die Kinder zu dieser Party gingen. Ich habe es ihnen aber erlaubt. Das war der Auslöser, dass er beschlossen hat, mit seinen Spezis eine Runde zu ziehen. ...Und das war der Auslöser, dass ich ihm mal meine Meinung über seine Sauftouren gesagt habe. Es hat so nicht weitergehen können, er ist jeden dritten Tag sturzbesoffen nach Hause gekommen, wenn er 's nach Hause geschafft hat..."

„Wissen Sie, wieso er so viel getrunken hat? Hatte er ein Alkoholproblem?"

„Ich glaube nicht, dass er ein Alkoholproblem hatte. Er hat ja erst vor ein paar Wochen mit der Trinkerei begonnen. Ich glaube eher, dass es Probleme mit der Firma gegeben hat."

Nick ließ diese Aussage einmal so im Raum stehen und wandte sich dem anderen zu: „Und weshalb wollten Sie sich auch ablenken?"

„Ich?" Hauer schien für einen Moment irritiert, besann sich aber recht schnell wieder. „Ich wurde von meinen Nachbarn wieder einmal angezeigt, weil meine Bäume im Garten angeblich über die Grenze ragen und so viel Mist verursachen. Das ist nur eine von unzähligen bei den Haaren herbeigeholten Anzeigen und mittlerweile die zehnte in den letzten zwei Monaten. Ich hab' einfach die Nase voll."

„Ach so… Herr Hauer, ist Ihnen irgendetwas aufgefallen, in der fraglichen Nacht?"

„Nein, gar nichts. Es war wie immer. Vielleicht haben alle noch mehr getrunken als sonst, aber…"

„In Ordnung, danke! Eine letzte Frage hätte ich jetzt noch an Sie beide: Wo waren Sie letzten Sonntag zwischen elf und ein Uhr zu Mittag?"

„Ach ja, richtig! Ich habe es ja in der Zeitung gelesen. Sie meinen die alte Frau, stimmt 's? Aber was hat das denn mit dem Mord an meinem Mann zu tun? Glauben Sie, das war derselbe Mörder? Also, ich habe gekocht und mit meinen Kindern gegessen. Mit der Christine und dem Jonas. Der Florian war bei seiner Freundin. Ganz verstört ist er schon um zwei heimgekommen. Liebeskummer, der Arme." Das wunderte Nick nicht. Schließlich hatte er ihn ja erst vor kurzem gesehen.

„Und ich war in Stiefern, im Kamptal, bei meinem Vater. Wie jeden Sonntag."

Nick überlegte, ob ihm noch eine Frage einfiel, doch er hatte keine mehr auf Lager. Er erkannte, als er das Liebespaar vor sich sah, dass zwei zutiefst erschütterte Personen vor ihm saßen, die große Probleme hatten und versuchten, diese gemeinsam zu meistern. Zwei Menschen, die nicht aufgaben und die Sorge für ihre Familien trugen. Nick konnte sich nicht vorstellen, dass diese beiden ihren Freund und Ehemann umgebracht hatten. Diese beiden waren keine Mörder und Entführer.

Als Nick aufstand, ihnen die Hand reichte, um sich zu verabschieden, und erklärte, dass sie sich zur Verfügung halten sollten, fiel ihm doch noch eine Frage ein: „Eine Frage noch, Frau Kreuzberger, als wir…", Nick musste unwillkürlich schlucken, als er an Emily dachte. Er verdrängte aber den Gedanken an sie schnell wieder. „Als wir Sie das letzte Mal besucht haben, sind Sie ziemlich zerstreut nach Hause gekommen und haben uns erklärt, wieso Sie so gestresst waren, doch ich bin mir sicher, dass das eine Ausrede war. Wo waren Sie wirklich?"

Frau Kreuzberger dachte kurz nach und schließlich huschte ein Grinsen über ihr Gesicht. „Ich war mit Franz unterwegs. Er wollte mich nach Hause begleiten. Aber da hat er Sie gesehen und ist schnell einen Schritt zurück hinter die letzte Ecke gegangen. Ich war mir nicht sicher, ob Sie ihn gesehen haben, deshalb die Nervosität."

Nick lächelte und war zufrieden, dass seine Sinne trotz seiner angespannten Situation noch ganz gut funktionierten. „Ja, so was haben wir uns gedacht."

„Wo ist denn eigentlich ihre nette Kollegin?"

Ja, wo war sie? Das wollte Nick nur zu gerne auch wissen!

„Erm ... zu Hause, denke ich."

Hoffentlich, dachte Nick. Frau Kreuzberger drehte sich um und sagte noch: „Sie sind nämlich so ein schönes Paar! Auf Wiedersehen."

„'Wiedersehen!", antwortete Nick automatisch und ging weiter, der letzte Satz hallte ihm noch im Kopf nach. Ja, waren sie das? Ein schönes Paar? Nick musste bei diesem Gedanken an Emily unwillkürlich lächeln.

Wohin er genau ging, wusste er gerade selber nicht, das Einzige, was er wusste, war, dass er bald wieder zurück ins Büro gehen sollte.

Als er sich gerade zu motivieren versuchte, sah er auf sein Handy, ob Emily vielleicht doch angerufen hatte.

Sie hatte nicht.

In diesem Moment klingelte es.

„Hofburger!?"

„Hallo, ich bin's, der Ferdi! Du, da sind ein paar Leute auf der Wache. Die meinen, du hast gesagt, sie sollten vorbeischau'n. Wo bist' denn?"

Nick runzelte zuerst die Stirn, doch dann fiel es ihm wieder ein: „Ah, ja! Das sind sicher die Spezis von der ersten Leiche! Ich bin in einer halben Stunde da. Sag ihnen, sie sollen warten."

„In Ordnung, mach ich! Du, wo ist denn die Emily? Die hab' ich heute schon den ganzen Tag nicht g'sehn."

Nick räusperte sich: „Ja, das wüsste ich auch all zu gerne."

Nick fand, solche düsteren Gedanken, wie sie ihn im Moment beschäftigten, solle man nicht am Telefon teilen. Er wollte es am nächsten Tag persönlich machen. Deshalb beendete er das Gespräch und legte auf.

Di. 4.12.
Martina Kreuzberger und Franz Hauer seit einem Jahr ein Paar –
Alibi 1
Alibi 2: M. K. – Kinder
   F. H. – Vater

16.

Aug' in Aug' mit einer Saufnase

Am Kommissariat warteten bereits missgelaunt die drei Männer vom Wirtshausstammtisch. Der vierte, Hauer, war natürlich nicht dabei, denn der war ja bei seiner Flamme, wie Nick bereits wusste. Er hätte es aber gar nicht zu wissen brauchen, denn es wurde ihm zur Begrüßung auch schon brühwarm mitgeteilt.

„Ah, auch schon da? Glauben Sie leicht, wir haben gar nichts zu tun, außer auf Sie zu warten? Es kann ja nicht jeder ein Beamter sein wie Sie und gleich vier Stunden lang Mittagessen!"

Aha, dachte Nick. Offenbar war der Ferdi wirklich so geschwätzig, wie immer berichtet wurde. Bevor er aber dem Mann antworten konnte, der ihn da gerade zum Nichtsnutz erklärte, fuhr dieser auch schon fort: „Alle hab'n sie was Besseres zu tun, die feinen Herren der Gesellschaft!" Er lächelte spöttisch: „Sie turteln mit der Wirtshauskatz'."

War das so offensichtlich gewesen?

„Ihre Kollegin is' sowieso nie da und der Franz hat auch was Besseres z' tun. Wozu hab'n Sie uns dann überhaupt herb'stellt?"

Endlich! Nick hatte schon befürchtet, dass ihn sein Gegenüber nie zu Wort kommen lassen würde.

„Das habe ich Ihrem Freund bereits bei unserem letzten Treffen gesagt, Herr Freudentaler, aber das haben Sie ja verschlafen! Ich hoffe, inzwischen sind Sie alle ein wenig nüchterner … und das Gedächtnis funktioniert auch bei allen wieder?"

Doch Freudentaler stieg sofort auf sein spöttisches Grinsen ein: „Ich trinke so viel, wie es mir passt, Kiwara!

Oder gibt 's da auch schon so ein verdammtes Gesetz wie mit der scheiß Raucherei?"

Bevor er sich weiter aufregen konnte, wurde er aber von Dressel unterbrochen, der sich an Nick wandte: „Tut mir leid, nüchterner als so ist beim Ferdi nicht drin. Was wollen Sie uns jetzt fragen?" Auch er klang ungehalten über die lange Wartezeit, aber bei weitem nicht so aggressiv, wie sein Spezi.

„Ich wollte Sie eigentlich nur noch einmal fragen, was Sie noch von der Mordnacht wissen und wo Sie zur Tatzeit waren, das ist alles." Er sah Dressel abwartend an. Der schien ihm noch der Vernünftigste zu sein und wenn der anfing, würden vielleicht auch die anderen darauf anspringen.

Seine Masche ging auf.

„Also, wie gesagt, ich war mit den anderen unterwegs. Nach den Rosengartners waren wir noch beim *Donauwirten* in Stein. Aber ich weiß wirklich nicht mehr, wann das war. Ich glaube nur, dass der Hannes schon vorher gegangen ist. Um welche Zeit das war, weiß ich aber auch nicht mehr." Na, großartig! Nick seufzte.

„Wissen Sie, ob Sie immer zusammen waren oder ist einmal einer von Ihnen für einige Zeit verschwunden?"

„Ich glaub eigentlich nicht. Sicher, aufs Klo wird schon einmal wer gegangen sein, aber da führen wir normalerweise kein Protokoll darüber, wenn Sie das meinen." Er grinste spöttisch.

Unzufrieden wandte sich Nick an die anderen beiden: „Und Sie? Wissen Sie noch mehr?"

Paul Hintergartner setzte fort: „Na ja, eigentlich nicht. Wissen Sie, ich bin meine Alte endlich los und das hab' ich natürlich begießen müssen. Und dabei habe ich ein bisserl zu viel erwischt und nicht nur ich. Ich weiß eigentlich nur noch, dass der Franz fast nix getrunken hat. Aber das hat er ja dann eh letztes Mal nachg'holt", er grinste, „Wenn S' also was Genaueres wissen wollen, müss'n S' ihn fragen. Der weiß sicher noch was."

Nick konnte schlecht sagen, dass er das bereits getan hatte, also wandte er sich wieder dem betrunkensten der drei zu, Herrn Freudentaler, und hob abwartend die Augenbrauen.

„Na, mehr weiß ich auch nicht. Wozu auch? War ja der Zweck der Übung!"

„Wieso?", rutsche es Nick heraus und er versuchte, seine Frage etwas konkreter zu stellen, „Was wollten Sie denn vergessen?"

Aber das war die falsche Frage, denn der Betrunkene, dessen Fahne man bestimmt zwei Kilometer gegen den Wind riechen konnte, war sofort wieder auf hundertachtzig. „Was heißt da ‚Wieso'?! Mein Privatleben geht dich einen Scheißdreck an, Freundchen!", rief er aufbrausend.

Wo er Recht hat, hat er Recht, dachte auch Nick im Stillen, denn schließlich hatte er noch kein Indiz dafür, dass der Mann etwas mit dem Tod seines Kumpanen zu tun hatte. Natürlich, da der Mann erschlagen worden war, kam ein Betrunkener, der die richtige Größe hatte und auch im Affekt hätte handeln können, durchaus in Betracht. Aber was war mit dem vermeintlichen Notruf, oder mit der alten Frau? Frau Oberbauer? Schließlich war der Mörder bei ihr methodisch vorgegangen, hatte den Mord geplant. Das hätte dieser Mann nie zustande gebracht, selbst in seinem so genannten >nüchternen< Zustand. – Ganz zu schweigen von einer möglichen Entführung.

Nick gab sich geschlagen und stellte noch eine letzte Frage, bevor er seine unbrauchbaren Zeugen entließ: „Wo waren Sie alle am Sonntag zwischen elf und ein Uhr, also um die Mittagszeit?"

Allgemeines Erstaunen. Offenbar las niemand der Anwesenden gerne Zeitung, denn der Mord an Frau Oberbauer war darin ausgiebig beschrieben worden.

„Also", brach Paul Hintergartner als Erster das Schweigen, während die anderen noch überlegten, „ich war beim Spar in der Landstraße und hab' mir Fertignudeln gekauft, so...Penne Polonese, oder wie die heißen. Und dann hab' ich mich alleine zu Hause auf mein Sofa geschmissen und genossen, dass einmal keiner meckert, dass ich vor dem Fernseher was esse."

„Ich war im *Schnitzelpalast* am Bahnhof und dann war ich eine Runde mit dem Rad unterwegs. Aber wo ich war, kann ich Ihnen nicht mehr sagen." Josef Dressel überlegte:„Oja, ich glaube, ich war eh auf meiner üblichen Tour – nach Egelsee rauf und wieder zurück. Nette Aussicht, da oben."

Nick hakte nach: „Hat Sie jemand gesehen?" Dressel dachte nach, schüttelte dann aber den Kopf.

Zum Schluss fragt Nick noch Hermann Freudentaler nach seinem Alibi und war überrascht, denn er hatte eines – sogar mit Zeugen. Er war nämlich Pfleger im Kremser Krankenhaus und hatte am Sonntag Dienst. Nick hoffte, dass man ihn nur Wäsche austragen ließ, denn bei dem Dauerspiegel war es fast schon ein Wunder, dass er überhaupt noch dort angestellt war.

Nick bedankte sich bei allen und ließ sie gehen. Warum mussten die denn immer so unbrauchbare Alibis haben? Also blieben Dressel und Hintergartner weiter im Rennen in diesem verwirrenden Spiel. Freudentaler hingegen schied aus, denn sein Alibi war bestimmt leicht zu überprüfen. Na wenigstens einer!

Nachdem Nick sich im Krankenhaus erkundigt hatte, beschloss er für heute nach Hause zu gehen. Beim *Spar* brauchte er sich gar nicht erst nach Herrn Hintergartner zu erkundigen, denn für den Mord wäre ihm nach seinem Einkauf immer noch genügend Zeit geblieben. Selbiges traf auch auf Herrn Dressel zu.

Zuhause dachte Nick über die Sache nach. Er hatte zwar beschlossen, Feierabend zu machen, doch diese Geschichte ließ ihn nicht los. Um sich abzulenken, drehte er den Fernseher auf.
Er verfolgte desinteressiert die Nachrichten: Die Wahlstimmen in Niederösterreich waren noch nicht voll ausgezählt, die EU verhandelte über ein weiteres Sparpaket für Griechenland und das österreichische Skiteam hatte – wenig überraschend – eine Goldmedaille gewonnen. Dann kam noch eine Suchanzeige zu einem vermissten Mädchen aus Wien, das zuletzt in der Schule gesehen worden war und von dem seither jede Spur fehlte.
Das mulmige Gefühl, das Nick zu verdrängen versucht hatte, war sofort wieder da. Er angelte nach seiner Jacke, die neben dem Sofa über einem Sessel hing. In der Innentasche befand sich noch immer der Drohbrief mit der Playfair-Chiffre.
Nick beugte sich darüber und las ihn wieder und wieder, probierte ein Wort nach dem anderen, das ihm so einfiel. Er musste endlich auf dieses verfluchte Schlüsselwort kommen, sonst lief ihm die Zeit davon. Wenn er wenigstens den restlichen Teil des Briefes hätte…
Über diese und andere Probleme grübelte er bis nach Mitternacht nach, bis er auf dem Sofa schließlich einschlief.

ZUHAUSE

Martina Kreuzberger: F. H., Kinder
Florian: Party, Freundin
Christine: Party, Mutter
Jonas

KANZLEI

Elias Maurer: Streit, kein Alibi, Latè
Lukas Reichelts: ?
Roland Fuchswinkler: kein Alibi
Jaqueline Sackeder: Alexander Stölzer, Eltern

Johannes Kreuzberger

PARK

Martin Altwirt
↓
Cecilia Oberbauer

ANDERE

<u>Putzerei</u>
Fr. Hofer
Claudia Burgenauer

Wilfried Schweizer: Arzt

WIRTSHAUS

Familie Rosengartner
Paul Hintergartner: ?, R
Franz Hauer: M.K., Vater
Josef Dressel: ?, kein Alibi
Herman Freudentaler: ?, Krankenhaus

17.

Ein Albtraum, aus dem man nicht erwachen kann

Dunkelheit.
Stille.
Nur ihr eigener Atem war zu hören.
Emily öffnete die Augen.
An der Dunkelheit hatte sich nichts verändert.
An der Stille auch nicht.
Sie spürte ein leichtes Pochen links über ihrer Schläfe und griff sich an die Stirn. Links über ihrem linken Auge ertastete sie eine etwa münzgroße, längliche Stelle, an der das Blut bereits eine dünne Kruste gebildet hatte. Auch auf der Haut ringsherum bis hin zum Ohr musste sich eingetrocknetes Blut befinden, denn die Haut spannte dort, wenn sie das Gesicht verzog.

Bis auf die Wunde an der Stirn dürfte sie unverletzt sein, wenn auch etwas verspannt. Probeweise versuchte sie ihre Glieder zu strecken, doch es gelang ihr nicht.

Wenn sie ihre Beine um mehr als etwa 90° zu strecken versuchte, stand sie an. Mit ihren Armen erging es ihr nicht besser. Sie versuchte aufzustehen.

Vergeblich.

Verwirrt tastete sie nach allen Seiten. Sie war eindeutig eingesperrt. Rings um sie waren stabile Holzwände, die sie nicht umdrücken konnte, so sehr sie es auch versuchte. Sie stemmte sich so lange und oft dagegen, bis sie es einmal mit Schwung versuchte und einen heftigen Stich im rechten Knöchel verspürte. Sie stieß einen Fluch aus und massierte sich das schmerzende Fußgelenk. Anschließend untersuchte sie die Decke, die offenbar wie der Boden aus kaltem Metall bestand und sich ebenfalls nicht anheben oder verrutschen ließ.

Langsam überkam sie Panik. Sie hatte als Kind häufig Platzangst gehabt, die sich jetzt wieder breitmachte. Wie lange würde es wohl dauern, bis sie in ihrem Gefängnis erstickte?

Doch zu ihrer Erleichterung ertasteten ihre Hände einen etwa 3 cm breiten Spalt zwischen der Holzwand vor ihr und der rechts von ihr, der auch an beiden Seiten von Holz begrenzt war, soweit sie es ertasten konnte. Das waren keine Wände!

Das konnten höchstens Kisten sein. Aber, was noch viel wichtiger war: Da war ein Spalt!

Ein Spalt, durch den Frischluft kommen konnte… na ja, jedenfalls solange es jenseits dieser Kisten noch Frischluft gab.

Irgendwann hatte sie einmal eine Dokumentation gesehen, wie lange ein Mensch brauchte, um bei einem Kubikmeter Luft eine Kohlenstoffdioxid-Vergiftung zu erleiden. Aber so sehr sie sich auch bemühte, sie konnte sich nicht erinnern.

Dieses Wissen würde ihr wahrscheinlich ohnehin nicht nützen, denn sie wusste ja nicht, wie groß der Raum hinter den Kisten war. – Und überhaupt war sie in Mathe sowieso immer eine Niete gewesen.

Schließlich gab Emily es auf, sich verzweifelt gegen die Kisten um sie herum zu drücken. Mittlerweile war ihr auch noch der verletzte Fuß eingeschlafen und bei dem Bemühen, ihn wach zu schütteln, stieß sie erneut gegen eine der unnachgiebigen Holztafeln und unterdrückte einen Schrei.

Vielleicht würde ein Schrei sie ja auch aus ihrer Lage retten, aber, so überlegte sie, was war, wenn den Schrei derjenige hörte, der sie überhaupt erst in diese Lage gebracht hatte?

Wie war sie eigentlich hierhergeraten?

Wer war >derjenige<, dessen Aufmerksamkeit sie nicht auf sich lenken wollte?

Sie setzte sich so bequem es ging hin und überlegte.

Sie wusste es nicht.

Sie erinnerte sich nur noch daran, wie sie sich mit Nick um diesen verlausten Köter gestritten hatte. Dann hatte sie sich die Leine geschnappt und war widerwillig mit ihm in Richtung Mitterau gegangen, wo sich in ihrer Erinnerung das Tierheim befand. Sie wollte seine Haare nicht auch noch in ihrem Auto haben und außerdem sollte frische Luft ja gegen schlechte Laune helfen.

Im Tierheim hatte sie schon einmal ein Tier abgegeben. Damals war ihr eine Katze in einer vollkommen unbesiedelten Gegend beinahe vors Auto gerannt.

Es war tatsächlich noch, wo sie vermutet hatte, obwohl der Vorfall schon etwa 10 Jahre zurücklag.

Emily war erleichtert in die Sackgasse eingebogen, froh, den Hund endlich loszuwerden.

Sie hatte nicht sonderlich auf ihre Umgebung geachtet. Jetzt, im Nachhinein, konnte sie nicht einmal mit Sicherheit sagen, ob in der Gasse ein Auto gestanden hatte, geschweige denn irgendwelche Passanten zu sehen waren. Sie konnte sich auch nicht erinnern, von jemandem verfolgt worden zu sein. Sie war einfach zu sehr damit beschäftigt gewesen, auf Nick zu schimpfen.

Als sie gerade die Hand nach dem Klingelknopf ausstreckte, hatte sich die Tür schon von innen geöffnet. Eine große, dunkle Gestalt hatte sich auf sie gestürzt und etwas hatte sie an der Stirn getroffen.

Das war alles so schnell gegangen, dass sie noch nicht einmal die Zeit gehabt hatte, zu einem Schrei anzusetzen oder gar über Gegenwehr nachzudenken. Sie hatte nur noch gespürt, wie sich der Dackel losgerissen hatte, und dann war die Welt um sie in Finsternis versunken.

Ein plötzliches Rumpeln hinter den Kisten riss sie aus ihren Gedanken. Ein Lichtstrahl drang durch die Spalte zwischen den Kisten in ihren Verschlag, wurde wieder schwächer, verschwand ganz.

Erneutes Rumpeln. Der Lichtstrahl war wieder da, wurde stärker. Schritte kamen näher. Sie hörte fremden Atem, der sich näherte. Würde sie den Besucher überwältigen können?

Sie hielt es für unwahrscheinlich. Sie war erschöpft, hatte verkrampfte Glieder, einen schmerzenden Knöchel und ihr Magen knurrte vor Hunger. Und bei ihrem Peiniger handelte es sich vermutlich um einen 2-fachen Mörder. Würde er auch vor einem dritten Mord nicht zurückschrecken? Womöglich auch nicht vor dem Mord an einer Polizistin?

Sie beschloss ihr Schicksal nicht herauszufordern und verzog sich – wenn möglich – noch weiter in ihre Ecke.

Kurz vor ihrem Gefängnis blieb der Fremde stehen und machte sich an der Deckenplatte zu schaffen. Einige Gegenstände wurden auf dem Boden daneben abgestellt. Die Deckenplatte hob sich langsam.

In dem Lichtschein, der durch den entstandenen Spalt zu ihr hereindrang, konnte sie die in Lederhandschuhen steckenden Hände des Mannes erkennen, die sich immer weiter unter die schwere Platte schoben.

Sie fröstelte, wagte es aber nicht sich zu bewegen, um ihre Jacke enger zu ziehen.

Es kam ihr vor wie eine halbe Ewigkeit, bis die Platte endlich so weit verschoben war, dass sie den Kopf ihres Entführers erblicken konnte. Dieser steckte in einem schwarzen Motorradhelm, dessen Sonnenvisier heruntergeklappt war.

Der Mann gab sich nun endlich auch mit seinen Bemühungen zufrieden, ließ von der Platte ab und leuchtete mit seiner Taschenlampe in die etwa einen Quadratmeter große Öffnung.

Der Lichtstrahl traf Emily direkt ins Gesicht und so sehr sie auch blinzelte, ihre an die Dunkelheit gewöhnten Augen konnten in dem hellen Licht nichts erkennen.

Sie nahm ihren ganzen Mut zusammen, sah ihm möglichst selbstsicher dorthin, wo sie seine Augen vermutete, und fragte: „Was wollen Sie?"

Doch statt einer Antwort warf er ihr eine Plastikflasche zu, die sie auffing. Erst jetzt bemerkte sie ihren stechenden Durst, öffnete die volle Wasserflasche und trank in gierigen Zügen.

Als sie die Flasche wieder verschloss, hatte er den Lichtstrahl seiner Taschenlampe etwas abgesenkt und so konnte sie mühelos den Gegenstand erkennen, den er in der anderen Hand auf sie gerichtet hielt: Es war ihre Dienstwaffe!

Sie unterdrückte einen Fluch.

„Wo ist der Schlüssel?" Diese Frage war geflüstert, doch sie konnte sie trotzdem verstehen. Außerdem erkannte sie auch einen leicht arroganten Tonfall, der ihr sehr bekannt vorkam und in der Stimme des Mannes wohl immer mitgeklungen haben musste. Und plötzlich wusste sie, wen sie vor sich hatte.

Sie starrte ihn verblüfft an.

Er schien es nicht zu bemerken, sondern fragte stattdessen erneut, diesmal schärfer: „Wo ist der Schlüssel?"

„Ich weiß nicht, wo er ist. Welcher Schlüssel?" Sie hatte sich sehr bemüht, ihre Stimme ruhig und bestimmt klingen zu lassen, doch sie brachte zu ihrer Verärgerung nur ein zitterndes Flüstern zustande.

Der Mann wiederholte seine Frage einige Male. Sein Flüstern wurde immer lauter, immer aggressiver. Sie beteuerte mehrmals, dass sie nichts wusste. Ihr Mut und ihre Hoffnung, dass er ihr glauben würde, verließen sie immer mehr. Ihre Stimme klang immer verzweifelter, immer leiser, bis sie endgültig wegbrach.

Die pure Angst hatte sie gepackt.

Würde Nick sie rechtzeitig finden? Oder war es schon sicher, dass sie die nächste Leiche sein würde, die von Pritsch zerlegt werden würde?

Wie würde er sie ermorden? Auch mit einem Draht, wie die arme, alte, redselige Frau Oberbauer? Oder würde er sie sogar mit ihrer eigenen Dienstwaffe erschießen? Wie würde es Nick wohl ergehen, wenn er sie schließlich finden würde? Wäre sie dann schon verwest und von Maden zerfressen?

Diese und andere Fragen, die ihr durch den Kopf schwirrten, wurden nach und nach von einem einzigen Gedanken überlagert: Sie wollte nicht sterben!

Offenbar war ihr Entführer mittlerweile zu dem Schluss gekommen, dass von ihr nichts Brauchbares zu erfahren war, denn er hörte damit auf, sie nach dem Schlüssel zu befragen. Stattdessen griff er nach einer dünnen Plastikschnur und beugte sich langsam über sie.

Sie wollte schreien, wollte sich wehren. Doch sie war wie erstarrt. War unfähig sich zu rühren, als das kalte Leder seiner Handschuhe ihren Hals streifte.

18.

Die Post (?) bringt allen was

Das Schließen einer Autotüre weckte Nick am nächsten Morgen. Er hörte, dass der Motor gestartet wurde, dann entfernte sich das Geräusch. War das tatsächlich der Wagen seines Nachbarn? Der war doch sonst nicht vor 9 Uhr aus dem Bett zu kriegen.
Nick öffnete die Augen.
Die Uhr über der Wohnzimmertüre zeigte 9 Uhr 30. „Verdammt", entfuhr es Nick. Mit einem Satz sprang er vom Sofa, wobei er sowohl die Fleecedecke als auch eine Fernbedienung und ein fast volles Glas Wein mit sich riss. Der Rotwein ergoss sich über den dunkelgrauen *Ikea*-Teppich und auch der Parkettboden blieb nicht verschont.
Nick trocknete den Holzboden so gut es ging mit einem herumliegenden Socken. Den Teppich ließ er, wie er war. Da konnte man sowieso nichts mehr retten. Schnell hob er das glücklicherweise nicht zerbrochene, jetzt leere Weinglas auf und stellte es zurück auf den Tisch. Mit einem Seufzer bückte er sich unter den Tisch und fischte den Drohbrief hervor, der in der Hitze des Gefechts dort gelandet war.
Fünf Minuten später hatte er sich angezogen. Der Brief steckte wieder in der Innentasche seiner Lederjacke.
Beim Hinausgehen schnappte Nick sich noch ein Stück Brot aus dem Brotkorb, das bereits so hart war, dass er froh war, noch keine Dritten im Mund zu haben.
Kauend schloss er die Haustüre hinter sich ab und sprang auf sein Fahrrad – nur um festzustellen, dass keine Luft mehr im Vorderreifen war.

Um 10:02 Uhr kam Nick verschwitzt und in Gedanken noch immer fluchend in seiner Dienststelle an. Er machte sich nicht die Mühe, sein Rad abzuschließen – vor der Polizei würde es ja wohl doch keiner stehlen – und fuhr sich fahrig mit den Fingern durch die struppigen Haare. Noch immer außer Atem ging er geradewegs ins Verhörzimmer, wobei er auf dem Weg alle, an denen er vorbeikam, mit einem kurzen Nicken begrüßte.

Im Verhörraum saßen bereits Christine und Florian Kreuzberger. Als Nick hereinkam, erhob sich der Wachhabende, tippte sich mit dem Finger an die Uniformmütze und verließ den Raum.

Hofburger nahm den beiden jungen Kreuzbergers gegenüber Platz, nachdem er sie begrüßt hatte. Er stellte das Diktiergerät am Tisch auf >Ein<, nannte Datum, Uhrzeit und Namen der Anwesenden und wandte sich dann an Florian: „Also, Herr Kreuzberger. Was genau war jetzt der Grund, dass Sie gestern so ausgerastet sind?" Florian Kreuzberger sah ihn zerknirscht an.

„Florian, bitte nennen Sie mich Florian. Ich habe mich mit meiner Freundin gestritten." Als er Nicks fragenden Blick sah, fuhr er fort: „Es war, weil ich sie dabei erwischt hab', wie sie mit wem anderen 'rumgeknutscht hat."

Offenbar ging ihm das näher, als er zugeben wollte, denn er bemühte sich sichtlich um Fassung. Als er sich wieder beruhigt hatte, fügte er leise hinzu: „Mit meinem besten Freund."

Nick konnte ihn nur zu gut verstehen. Ihm selbst hatte auch einmal ein guter Freund die Freundin ausgespannt und er hatte nicht anders reagiert als Florian: Er hatte sich betrunken.

Um das Thema zu wechseln, fragte Hofburger: „Christine, du hast mir ja schon gesagt, dass ihr in der Mordnacht bei Freunden gewesen seid... Zusammen?" Er sah Florian an.

Dieser nickte. „Ja... ich war auch mit. War eine echt coole Party. Beim Thomas und der Lola daheim. Die beiden haben ihre Wohnung eingeweiht."

„Wie heißen die beiden mit Nachnamen und wo ist die Wohnung?"

„Thomas Meier und Lolita Hendriks. Die beiden wohnen in der Austraße, gleich neben der Bushaltestelle. Aber ich weiß nicht, wie die genaue Hausnummer ist, ich war da auch nicht mehr ganz nüchtern", antwortete Christine, „Aber wenn Sie wollen, schreibe ich der Lola schnell eine SMS."

Nick nickte und sie holte ihr Handy heraus. In rasender Geschwindigkeit flog ihr Daumen über den Touchscreen und Nick wunderte sich, ob sie die einzelnen Buchstaben überhaupt berührte. Er selbst war zwar auch kein Neandertaler, was sein Handy und dergleichen betraf, aber für das SMS-Schreiben brauchte er mit seinen Fingern trotzdem immer ewig. Wenig später vibrierte das Handy bereits und Christine schob es ihm über den Tisch, nachdem sie die Nachricht geöffnet hatte. Nick notierte sich die genaue Adresse und bedankte sich.

„In Ordnung, das wäre dann alles." Nick erhob sich und nickte zum Einwegspiegel an der Wand. Kurze Zeit später öffnete sich die Tür und ein uniformierter Beamter begleitete die beiden Kreuzbergers nach draußen.

Nick gähnte. Er war noch immer nicht ganz munter, trotz des Stresses in der Früh und obwohl es doch schon fast halb elf war. Er rubbelte mit beiden Händen über sein Gesicht und ging aus dem Verhörraum, den Gang entlang zum Kaffeeautomaten.

Er warf eine Zwei-Euro-Münze ein und stellte geistesabwesend einen Becher in das Fach zum Befüllen. Nach kurzem Überlegen drückte er auf >Espresso<. Er wusste genau, dass er diese Wahl bereuen würden, da das mit Abstand der ungenießbarste Kaffee bei dem Automaten war, aber mit etwas anderem würde er vermutlich nicht munter werden. Während das Wechselgeld im Ausgabeschacht klingelte, begann es im Inneren des Automaten zu zischen und zu dampfen. Als die Geräusche verklungen waren, bückte sich Nick, um zu sehen, ob wirklich nichts mehr nachtropfte, und stutzte:

Zwischen seinem Becher und dem Abtropfgitter lag ein weißer Umschlag. Er nahm seinen Becher und den Brief heraus und betrachtete letzteren. Ein Schauer fuhr über seinen Rücken, als er den Brief umdrehte und neben einigen Kaffeespritzern seinen Namen las – wieder mit Buntstiften und von einem Kind geschrieben.

Nick sah sich um. Es war, bis auf ein paar Kollegen, niemand zu sehen. Ohne seine Umwelt weiter zu beachten, ging Nick so schnell wie möglich in sein Büro, während er unverwandt auf die rote, krakelige Handschrift starrte. In der nächsten Kurve wäre er fast mit einer Frau in Kittelschürze zusammengekracht, die einen Putzwagen vor sich herschob. Er entschuldigte sich abwesend, betrat sein Büro und schloss die Tür hinter sich.

Nick ließ sich in seinen Sessel fallen und fing ein Paar Einweghandschuhe aus seiner Schreibtischlade. Er streifte die Handschuhe über und öffnete den Briefumschlag. Er starrte auf das bereits vertraute Buchstabenmuster, das auf einem zerrissenen Fetzen Papier stand.

Auch dieses Mal ergaben die Buchstaben keinen Sinn. Durch Lena Rosengartner wusste er bereits, wie man den Text entschlüsseln konnte, aber dieses Wissen war nutzlos, solange er keine Ahnung hatte, was das Schlüsselwort war.

Nick seufzte und stand auf.

Er ging hinüber zu Emilys Schreibtisch und öffnete das kleine Beistellkästchen. Im untersten Fach befand sich eine Schuhschachtel, die er herausnahm und auf seinen Tisch stellte. Er öffnete den Deckel und nahm einige Gegenstände heraus. Er öffnete eine kleine Dose, nahm einen Rasierpinsel zur Hand und verteilte etwas Grafitstaub auf dem Zettel. Dann nahm er den Zettel mit einer Pinzette und beutelte den überschüssigen Staub ab. Wie er befürchtet hatte, war kein einziger Fingerabdruck auf der Nachricht zu erkennen. Sicherheitshalber wiederholte er die Prozedur auch bei der Rückseite, aber auch hier blieb sie ergebnislos. Obwohl er genau wusste, dass es ihm nicht viel bringen würde, machte er das Ganze auch beim Briefumschlag. Hier wimmelte es nur so von Fingerabdrücken, aber Nick bezweifelte stark, dass auch nur einer davon vom Verfasser stammte. Seine eigenen Fingerabdrücke waren darauf, das wusste er, aber bestimmt auch die des Kindes, das den Namen geschrieben hatte und vielleicht noch die Fingerabdrücke desjenigen, der den Boten gespielt und vermutlich keine Ahnung gehabt hatte, was der Umschlag enthielt. Es hätte jeder sein können, der den Brief dort deponiert hatte. Denn jeder, ob Angestellter, Putzfrau oder Gast, konnte unbehelligt zum Kaffeeautomaten gelangen.

Sicherheitshalber nahm Nick trotzdem alle Fingerabdrücke in eine Kartei auf, nur um sich später keine Vorwürfe machen zu müssen, es nicht getan zu haben.

Schließlich hielt er es nicht mehr in der Polizeiinspektion aus. Er musste etwas tun, wollte nicht untätig herumsitzen müssen und auf den nächsten Brief warten. Denn dieser würde unweigerlich früher oder später auftauchen. – Die beiden letzten Zettel passten nämlich aufgrund der Risskanten nicht richtig zusammen.

Er beschloss, sich nun endlich auf die Suche nach Emily zu machen. Es bestand zwar noch immer die geringe Chance, dass sie nichts mit diesen seltsamen Briefen zu tun hatte, aber die schwanden mit jedem Moment, den sie nicht im Büro auftauchte. Zumal sie auch auf einen erneuten Anruf nicht reagierte. Vielleicht fand er ja irgendwelche Hinweise, die ihn weiterbringen konnten, ihn zum Beispiel zum Schlüsselwort der Chiffre führten.

Also steckte er sein Handy ein, gürtete seine Dienstwaffe, die er bisher - außer bei den monatlichen Übungen am Schießstand - noch nie gebraucht hatte, steckte die beiden Briefe in die Jacke und nahm diese von der Stuhllehne. Abschließend blickte er sich noch einmal um, um zu sehen, ob er noch etwas vergessen hatte. Sein Blick fiel auf den am Schreibtisch liegenden Notizblock. Den durfte er auf gar keinen Fall vergessen. Das Ding war ihm im Laufe der Jahre zu einer Art ausgelagertem Gehirn geworden. Er schrieb sich so ziemlich alles auf, um seine Gehirnwindungen für die wichtigen Dinge im Leben verwenden zu können und sich nicht um unwichtige Kleinigkeiten kümmern zu müssen. – Nicht, dass er nach dem Aufschreiben jemals wieder einen Blick auf seine Notizen werfen würde. Aber man konnte ja nie wissen!

Beim Hinausgehen wollte er seinen Assistenten noch damit beauftragen, das Alibi der Kreuzbergers zu überprüfen, aber der war – wie meistens – nicht auf seinem Platz. Wo steckte der nur schon wieder?

Mi., 5. 12.
Kreuzberger Junior: Krach mit Freundin
- Alibi okay? Ferdi soll das überprüfen!

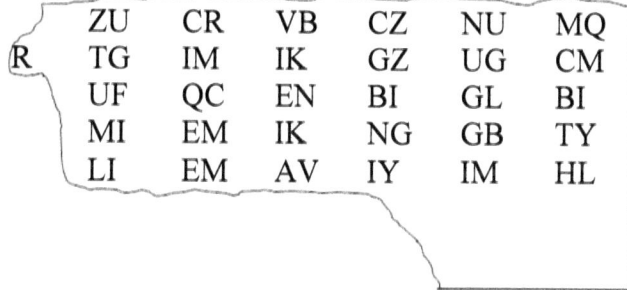

19.

Schnitzeljagd

Langsam wurde aus Nicks leiser Sorge richtige Verzweiflung. Wieso nur hatte er nicht gleich etwas unternommen, als Emily nicht vom Tierheim zurück gekommen war? Was war er nur für ein Polizist, wenn sogar die Verbrechen als Zufälle abtat, die sich direkt vor seiner eigenen Nase abspielten? Natürlich hätte es sich um einen puren Zufall handeln können, dass Emily gerade jetzt wieder eine zickige Phase hatte. Doch wie wahrscheinlich war es, dass mit ihrem Verschwinden auch Drohbriefe auftauchten und sie noch nicht einmal auf Anrufe aus dem Kommissariat reagierte? Als wollte er auf diese Weise die kostbare Zeit wieder einholen, die er nichtsnutzig vertan hatte, trat Nick immer noch kräftiger in die Pedale. Die Suche führte ihn zuerst zu Emilys Wohnung. Er wusste, wo diese war, weil er sie schon einmal für einen Fall von dort abgeholt hatte. Damals hatte ein Sträfling in der Strafanstalt Stein Selbstmord begangen und Nick hatte zur Aufklärung Emily, deren Wohnung gegenüber der Strafanstalt lag, aus dem Bett klingeln müssen. Diese Aktion hatte sie ihm den ganzen Tag lang vorgehalten, weil sie wegen der Betriebsfeier am Vortag so lange aufgeblieben war, wobei er selbst auch nicht früher ins Bett gekommen war.

Ihr Geschimpfe im Ohr klingelte er das erste Mal seit einem Jahr am Eingang des Mehrparteienhauses.

Nichts tat sich.

Innerlich fluchend klingelte er noch ein paar Mal ohne Erfolg und wandte sich dann zur Klingel unterhalb.

Eine verschlafene Stimme meldete sich. Offenbar eine ältere Frau, die er gerade bei einem ziemlich frühen Mittagsschlaf gestört hatte. Er machte sich nicht erst die Mühe, ihr alles zu erklären, sondern rief nur: „Post!" und wurde mit einem Summen eingelassen.

Ohne sich lange orientieren zu müssen, nahm er zwei Stufen auf einmal und eilte in den zweiten Stock hinauf.

Dort klingelte er noch einmal an der Tür, aber auch hier tat sich nichts. Es überraschte ihn nicht, da sich ja auch vorher niemand gemeldet hatte, aber trotzdem überkam ihn Angst.

Emily hatte sich keinen Urlaub genommen, was bei laufenden Ermittlungen ohnehin ungewöhnlich gewesen wäre. Sie war aber auch schon seit fast zwei Tagen nicht mehr im Büro aufgetaucht und meldete sich auch nicht, wenn man sie anrief. Ihr Handy war mittlerweile ausgeschaltet, oder der Akku war leer, weshalb man sie auch nicht orten konnte. Langsam fragte sich Nick: Was, wenn das alles gar nichts mit den Briefen zu tun hatte, sondern ihr etwas anderes zugestoßen war?

Kurz entschlossen zog Nick das kleine Etui hervor, das ihm ein Freund einmal geschenkt hatte, als er erfahren hatte, dass Nick zur Polizei gehen wollte. Daraus förderte er ein seltsam geformtes Stück Draht in der richtigen Größe zu Tage und knackte mit dem Dietrich das Schloss, das sofort aufsprang.

Er wusste, sie würde ihn umbringen, wenn sie plötzlich die Treppe herauf käme, aber seine Sorge um sie war mittlerweile größer als sein schlechtes Gewissen.

Nick ging den Gang entlang zum Wohnzimmer. Rief mehrmals ihren Namen. Sah in die Küche, sogar ins Schlafzimmer und ins Bad. Aber die Wohnung war verlassen, das Bett sorgfältig gemacht und das Geschirr in der Küche gespült und lag zum Abtropfen neben der Abwasch.

Nichts wies darauf hin, dass Emily nicht wie jeden Tag zur Arbeit aufgebrochen war.

Aber Nick war sich nicht wirklich sicher, ob er erleichtert darüber sein sollte, dass er sie nicht verletzt in ihrer Wohnung vorgefunden hatte. Was ihr stattdessen widerfahren sein konnte, war um einiges erschreckender.

Trotz allem gab Nick die Hoffnung nicht auf. Er nahm einen Zettel vom Schreibtisch und hinterließ Emily eine kurze Notiz, bevor er die Wohnung verließ und die Tür sorgfältig hinter sich verschloss.

Wenn du kein Fahndungsfoto von dir in der Zeitung finden willst, dann ruf an!!

Nick

Wieder auf der Straße sprang er auf sein Rad, das er vergessen hatte abzuschließen, und fuhr zurück nach Krems. Wenn er Emily schon nicht bei ihr zu Hause hatte erreichen können, würde er eben dort anfangen zu suchen, wo er sie zuletzt vermutet hatte: beim Tierheim.

Nick hatte keine Ahnung, wo er dieses finden konnte, weil er auf so ziemlich alles Haarige mit vier Beinen allergisch reagierte und auch nie großes Interesse daran gehabt hatte, sich ein haarloses Haustier anzuschaffen.

Da er Ferdi noch immer nichts von seinem Problem erzählen wollte, rief er die erste Person an, die ihm einfiel: seine Mutter.

Es hatte noch keine zweimal geklingelt, als sie auch schon abnahm: „Hallo, mein Schatz! Was macht die Arbeit? Du lässt ja auch nichts von dir hören!"

Nick rollte entnervt mit den Augen.

„Jetzt meld' ich mich ja."

„Du, Nikolaus, du musst mir dann einmal unbedingt helfen, wegen dem Fernseher. Der gibt die ganze Zeit so seltsame Geräusche von sich und dein Vater meint, da sind keine Geräusche, aber ich bin mir ganz sicher und…"

Doch Nick ließ sie gar nicht erst ausreden, sondern versuchte zu beschwichtigen und kam dann zum eigentlichen Grund seines Anrufs: „Ja ja, weißt du, wo das Tierheim ist?"

„Ja, sicher…", Thea Hofburger musste nicht lange überlegen und spielte Navi, bis Nick in die Sackgasse einbog, in der sich sein Ziel befand.

„Sie haben Ihr Ziel erreicht!", scherzte seine Mutter, doch Nick war nicht in der Stimmung, über irgendetwas zu lachen. Er dachte nur, dass sie eindeutig zu oft fernsah.

„Ja, danke." Er lehnte sein Rad an die nächstbeste Hauswand und war gerade dabei, die Tür zum Tierheim aufzumachen, als er etwas sah, das ihm einen Schauder über den Rücken jagte.

Nicks Mutter bemerkte seine seltsame Stimmung und fragte nach: „Nikolaus, was ist eigentlich los? Schatz? Haallooo? …" Doch dieser legte einfach auf.

Er kauerte sich nieder und starrte den Fleck an, der da an der Türschwelle klebte. Er war mittlerweile dunkelrot und sah schon eingetrocknet aus, doch Nick war sich sicher: es war ein Blutfleck.

Als er sich wieder gefangen hatte, wählte er die Nummer der Spurensicherung und bat Cindy, die abhob, zum Tierheim zu kommen. Aber er hatte kaum Hoffnung, dass man hier außer dem Blut noch irgendetwas finden würde. Und daran, dass es nur Tierblut war, glaubte er nicht.

Vorsichtig, um möglichst keine neuen Spuren zu verursachen oder alte zu verwischen, stieß er die Tür auf und nahm die Stufen hinauf in den ersten Stock. Dort hing an der Wand das große bunte Schild des Tierheims, aber auch das konnte weder den trostlosen Gang noch Nicks Stimmung aufmuntern. Er trat durch die zweite Tür und befand sich in einer Art Vorraum.

Die Türe fiel klingelnd hinter ihm ins Schloss, doch niemand erschien. Weiter hinten hörte er Vogelgezwitscher und es roch penetrant nach Tierfutter.

„Hallo?" Nick ging auf die Tür zu, hinter der er das Büro vermutete. Aber dort war niemand. Als er wieder ins Vorzimmer trat, hörte er leises Gemurmel hinter einer weiteren Tür.

Er öffnete diese und sah als Erstes die Rückseite einer Frau um die fünfzig, die sich über eine der Schachteln beugte, die sich in der Kammer stapelten. Nick räusperte sich, einen Nieser unterdrückend.

Die Frau fuhr hoch.

„Entschuldigen Sie! Ich wollte Sie nicht erschrecken, Frau...?"

„Grünbaum."

Sie hatte sich recht schnell wieder beruhigt und reichte ihm die Hand, nachdem sie den gelben Plastikhandschuh abgestreift hatte. Nick ergriff diese und stellte sich mit einem knappen „Hofburger." ebenfalls vor.

Frau Grünbaum begann zu reden und redete und redete in einem fort. – Über Hunderassen, Katzenrassen, Schildkröten und Mäuse. Bis sie endlich zu der Frage kam, welchen Wunsch Nick denn hätte.

Er nutzte ihre Atempause: „Ehrlich gesagt, suche ich kein Haustier, sondern eine... Bekannte. Sie war vorgestern bei Ihnen wegen eines Hund, stimmt das?"

„Hund? Nein, da kann ich mich an nichts erinnern. Eine junge Frau mit einem Kanarienvogel war da und eine andere mit drei Katzen. Süße Dinger, sag' ich Ihnen! Also, ich sag' ja immer..."

Doch Nick unterbrach sie, bevor ihr Redeschwall wieder zu sehr ausarten konnte: „Waren Sie die ganze Zeit über hier? Oder gibt es noch ein anderes Tierheim in der Nähe?"

„Nein, das nächste Tierheim gibt 's, soweit ich weiß, dann erst wieder in Horn. Und noch einmal nein: Ich war nicht dauernd da. Am Montag von zehn bis sechs und heute erst ab zwei, weil ich ja noch bei den armen Schatzis im Zwinger war. Und jetzt muss ich auch gleich wieder geh'n, wenn Sie wirklich kein Tier wollen...?" Sie sah ihn fragend an, aber er schüttelte nur den Kopf, „Weil ich muss noch ein *Cif* kaufen, weil ich keins mehr hab'. Und die Leute wollen sicher kein Haustier, das sie sich aus einem Haus holen müssen, wo ein großer Blutfleck an der Tür pickt. Haben Sie den gesehen? Also diese jungen Leute ..."

Nick spitzte die Ohren.

„Haben Sie gesehen, wie der dorthin gekommen ist?"

Frau Grünbaum überlegte: „Also, direkt nicht, aber wie ich dann noch einmal kurz zurückgekommen bin, weil ich den zweiten Maulkorb vergessen hab', ist so ein Mann direkt hinter der Tür g'standen. Der hat die ganze Zeit nur auf sein Handy gestarrt. Aber unheimlich war der trotzdem. Weil, wissen Sie, der war ganz schwarz." Als sie Nicks Gesichtsausdruck sah, wurde sie ein wenig deutlicher, „Also, nicht wegen der Hautfarbe, die hab' ich ja gar nicht geseh'n, weil der hat so ein Motorraddress angehabt, so ein schwarzes. Und so Stiefel hat er angehabt, wie beim Militär."

„Haben Sie sein Gesicht gesehen? Können Sie den Mann beschreiben?", fragte Nick mit einem Hauch von Hoffnung in der Stimme.

Aber Frau Grünbaum machte diese Hoffnung sofort zunichte: „Nein, wie denn? Der hat doch einen Helm aufgehabt. Ich habe mir noch gedacht ‚Wieso hat der den Helm schon im Haus auf?'. Und außerdem hat der darunter auch noch so ein Sonnenbrillen-ähnliches Ding aufgehabt. Wie heißt denn das noch gleich? ... Ach ja, ein Visier, ein Sonnenvisier. Wie bei einer Ritterrüstung. Da merkt man ja auch nicht, wer drin'steckt, hab ich recht?"

Nick antwortete nicht, sondern ließ die redefreudige Frau mit einem kurzen Dank alleine, um wieder ins Erdgeschoß zu eilen, in dem Cindy mit ihren Kollegen bereits eingetroffen war. Dem Gespräch zu entnehmen war die Aussicht auf verwertbare Spuren gleich Null. Cindy zuckte mit den Achseln, als sie ihn bemerkte, und schüttelte bedauernd den Kopf. Auch sie hatte wenig Hoffnung. Nick wollte sie gerade nach näheren Informationen fragen, als jemand anders Cindy bereits in ein Gespräch verwickelt hatte. Sie schien stinksauer zu sein und so beschloss Nick, sich gleich auf den Weg zurück zum Büro zu machen. Dass es, bis auf das Blut, keine verwertbaren Spuren gab, konnte er sich auch noch später anhören.

Als er auf sein Rad stieg, um zur Krems zu gelangen, kam er nicht weit. Nick fluchte und stieg wieder ab. – Da hatte doch tatsächlich eine Scherbe auf der Fahrbahn gelegen! Wieso passierte so etwas eigentlich immer nur ihm! Er kettete das Rad mit dem platten Reifen an eine Laterne und ging zu Fuß.

Mi., 5. 12.

Tierheim: Täter starrte auf's Handy ... wieso?

Motorradkluft, schwarz

20.

Teufelsspirale

Als Nick sich langsam von dem Tierheim entfernte, hörte er in einiger Entfernung noch immer Cindy Wengens mit einem Kollegen diskutieren. Ihr Kollege, ein älterer Mann nahe der Pension, schwor auf eine eher ältere und konventionellere Art und Weise, die Spuren aufzunehmen. Cindy hingegen war auf dem neuesten Stand der Technik und beherrschte jedes Hightech-Gerät.

Je länger die Diskussion dauerte, desto lauter und beleidigender wurde sie. Nick hörte nur Wörter wie >alter Esel<, >Mittelalter<, >junge Göre< und >Hightech-Zicke<. Da musste er dann doch grinsen.

Als Nick um die Ecke verschwand, wurde auch der Streit immer leiser, bis er bald nichts mehr davon hörte. Nick gingen so viele Gedanken durch den Kopf, dass er schon Angst hatte, dass er etwas vergessen könnte. Schnell nahm er seinen Block heraus und schrieb die Wörter >Vermisstenanzeige<, >Krankenhaus< und >Motorradmann< darauf. Nick stutzte beim letzten Wort selbst und war sich nicht sicher, ob es wohl in einem Duden zu finden wäre.

Aber im Moment war es ihm egal.

Er musste etwas unternehmen.

Er nahm sein Handy aus der Hosentasche und wollte die Telefonnummer von Ferdi wählen, doch in dem Moment, als er auf die grüne Taste drücken wollte, fing sein Handy an zu vibrieren und auf dem Display erschien >Ferdi<. Nick dachte sich, welch ein Zufall, und hob ab.

„Hey, Ferdi, ich wollt' dich in dem Moment anrufen. Ich hab' ein paar Bitten an dich. Hast du einen Zettel bei der Hand und einen Stift? ... Okay ... also ... bereit?"

Ferdi hatte bis jetzt nicht einmal die Chance gehabt, Nick sein Anliegen zu erzählen, doch er wollte seinen Chef nicht unterbrechen und so gab er nur seltsame Brummgeräusche von sich und antwortete mit Ja und Nein.

„Gib' bitte eine Vermisstenanzeige auf ... wegen Emily. Falls dir aufgefallen ist, ist sie seit zwei Tagen spurlos verschwunden. Ich hab' zwar meine Vermutung, was passiert ist, aber die erzähl' ich dir später im Büro. Zweitens, ruf' bitte die Notrufzentrale, die Krankenhäuser sowie das Rote Kreuz an und frag' dort nach Emily. Falls sie einen Unfall oder so gehabt hat, muss sie ja irgendwo aufgetaucht sein. Drittens, schau bitte in unseren Akten nach, ob irgendwer von unseren Verdächtigen den Motorradschein hat. Ich glaub', dass ... und ja Ferdi, Ferdi?" Nick dachte schon, er hätte aufgelegt. Verübeln konnte er es ihm nicht, da er nicht gerade sehr freundlich zu ihm war. Doch dann hörte er ein „Ja, Nick?". Erleichtert sagte Nick: „Ferdi, könntest du auch noch die Alibis der zwei Kreuzbergers überprüfen? Der Zettel dazu liegt auf meinem Schreibtisch, gleich wenn du 'reingehst ganz links. Siehst du ihn?"

„Nick ...", versuchte Ferdi zu Wort zu kommen.

„Hab' ich ihn doch woanders hingelegt? Vielleicht ..."

„Nick", versuchte Ferdi es nun schon energischer, „ich bin nicht im Büro. Ich hab' dich angerufen, weil beim Schweizer eingebrochen worden ist. Er selber, also der Schweizer, ist niedergeschlagen worden. Aber ihm geht es den Umständen entsprechend gut und er ist im Krankenhaus zur Untersuchung. Er hat schon eine Aussage gemacht und gemeint, dass er von einem Mann mit Motorradhelm und -dress überfallen worden ist. Ein Teil der SpuSi ist schon hier, der andere Teil ist auf geheimer

Mission, oder so. Ganz genau kennt sich niemand von ihnen aus. Weißt du, wo die sind?"

Nick musste trotz der üblen Lage schmunzeln. „Ja, bis gleich!" Er nahm den Bus.

Als Nick in der Ringstraße ankam, konnte er sich noch sehr gut an das Gespräch mit dem Herrn Schweizer erinnern und somit auch an die Wohnung.

Er sah schon von weitem das gesuchte Haus. Vor diesem ragten die zwei weißen Wagen der Spurensicherung mit dem amtlichen Kennzeichen bis auf die Straße.

Nick hörte, als er sich näherte, eine sehr bekannte Stimme, die sehr energisch klang. Sie gehörte Cindy, die ihre Diskussion mit ihrem Kollegen offenbar noch immer weiterführte. Anscheinend hatten sie ihn längst überholt.

Nick schmunzelte über den Streit und ging zwischen den Autos hindurch Richtung Eingang. Das Haus sah sehr beeindruckend aus. Es war nach einem bestimmten Stil erbaut, doch Nick fiel die Bezeichnung dazu nicht ein. Der Chefinspektor ging durch die altmodische Holztür, deren beide Flügel weit geöffnet waren. Der Eingangsbereich mit dem Treppenhaus und einer Tür in den Innenhof war mit drei Kinderwägen völlig zugeparkt. Nick konnte sich nun wieder an die Empörung des alten Mannes erinnern und nahm sich vor, in Zukunft etwas dagegen zu unternehmen oder wenigstens dieses Belangen in die richtige Abteilung zu übermitteln.

Nick bewunderte, wie auch schon beim letzten Mal, die hohe verzierte Decke, die man nur in solch alten Gebäuden finden kann. Mühsam quälte er sich nach reichlicher Beobachtung in die obigen Stockwerke. Er fand die Wohnung sofort, da die Tür sperrangelweit geöffnet und er ja schon einmal dagewesen war.

Nick nahm sich aus einer Tasche der SpuSi Einweghandschuhe und zog sie an, damit er ja keine falschen Spuren legte.

Im Vorraum der Wohnung traf er sofort Ferdi.

„Hallo Nick! Wir sind hier schon fast fertig. ... Die Wohnung is' komplett verwüstet und alle Regale sind ohne Rücksicht auf Verluste ausgeräumt worden. Der Täter hat eindeutig etwas gesucht, vermutlich etwas Kleines – er hat alles auseinander genommen."

„Haben wir Hinweise darauf, dass es derselbe Täter ist wie bei den anderen beiden Einbrüchen?"

„Nein, aber bei jedem Einbruch war alles verwüstet, also...", erwiderte Ferdi frustriert.

„Okay, ich werd' mich hier noch umsehen und wir treffen uns um drei Uhr in der Inspektion und besprechen alles Weitere, Herr Kollege!"

Ferdi nickte und machte eine Geste, die aussah, als wollte er salutieren.

Nick wunderte sich nur, ging aber gleich weiter.

Er betrat den ersten Raum. Es war die Küche, in der er schon einmal gesessen hatte. Sie war sehr klein und einfach. Am Boden lagen alle möglichen Koch-Utensilien verstreut herum. Die Schubladen und Regaltüren standen offen. Nick erinnerte sich, dass es bei seinem letzten Besuch überall noch so blitzsauber gewesen war. Nick sah sich um, konnte aber nichts Auffälliges entdecken. Er schlenderte zurück in den Gang, der die Zimmer mit dem Vorzimmer verband. Der Täter hatte kein Versteck ausgelassen. Sogar den Spiegel hatte er abgenommen und die Bilder zerlegt. Neben dem Badezimmer und dem Schlafzimmer gab es noch eine Art Wohnzimmer. Nick betrat den Raum und stutzte. An allen vier Wänden des Zimmers reichten Regale, voll mit Büchern, bis hinauf zur Decke. Die Regale waren aus dunkelbraunem Holz und die Einbände der Bücher sahen sehr edel und alt aus. Nick fühlte sich wie in einer Bibliothek. Er liebte den Geruch von alten Büchern. Als er sich so umsah, entdeckte er ein literarisches Meisterwerk nach dem anderen. Der Herr Doktor dürfte sehr belesen und klug und obendrein ein Liebhaber von alten Büchern sein.

Nick träumte, seit er klein war, von so einem Zimmer in seinem eigenen Haus, von dem er ebenfalls träumte, denn noch wohnte er ja in einer ziemlich engen Wohnung in der Mitterau. Er hatte eigentlich etwas in die Richtung Literatur studieren wollen, doch dann hatte ihn auf einmal das Polizistenleben gepackt und nicht mehr losgelassen.

„Nick! Niihick!" Nick wurde von Ferdi aus seinen Gedanken gerissen. Er hatte überhaupt nicht gemerkt, wie lang er da gestanden hatte, während seine Augen über die Buchtitel gewandert waren.

„Nick, schau mal, was wir gefunden haben! Schaut aus wie …"

Weiter kam Ferdi nicht, denn Nick riss ihm reflexartig das Plastiksäckchen mit dem Zettel aus der Hand und betrachtete es. Mit einem Schlag war er wieder zurück in der Realität und begriff sofort, was das war. In dem Sackerl war der dritte Teil des verschlüsselten Drohbriefes!

„Wo hast du den gefunden?", schrie Nick seinen Kollegen fast schon an.

„Der Zettel ist unter der Fußmatte gelegen. Den hat ein Kollege beim Hinausgehen entdeckt. Wieso? Weißt du, was das ist?"

Und wie Nick das wusste …

Mi., 5. 12.
Vermisstenanzeige
Krankenhaus
Motorradmann
Einbrüche bisher:
Kreuzbergers
Schweizer
Oberbauer
...Zusammenhang?

				XR	IZ				
	UZ	UF	ME	MK	QH				
SI	AV	SI	IS	UF	QC				
GF	ZF	CM	MB	UG	FO	CN	EF	IR	IZ
CL	SQ	PB	QL	AE	QY				

21.

Mein Freund und Helfer...

Was hatte der Herr Schweizer mit diesem Fall zu tun? War er der Entführer? Wonach suchte der Täter? Was war sein nächster Schritt? Wo war Emily? Was bedeuteten diese Zettel?

Diese und viele weitere Fragen gingen Nick durch den Kopf, als von der Ringstraße in die Richtung des Kommissariats ging. Bevor er weggegangen war, hatte er noch Cindy gebeten, sein Fahrrad in der Mitterau aufzulesen und im Wagen der SpuSi zu verstauen – für ihn war dann leider kein Platz mehr gewesen. Neben ihm ging Ferdi, der Nick zuhörte, während dieser ihm die Erlebnisse der letzten Tage erzählte. Der Chefinspektor berichtete seinem Kollegen einfach alles und dieser hörte ruhig zu, ohne Nick zu unterbrechen. Hin und wieder nickte Ferdi oder sagte >okay< oder >aso<.

Als Nick ihm alles erzählt hatte, fiel ihm ein Stein vom Herzen. Es tat ihm so gut, endlich einmal darüber zu reden und eine Meinung dazu zu hören. Auch, wenn das bedeutete, dass bald auf jeden Fall die gesamte Polizeiinspektion davon wissen würde. Aber andererseits: Emily war verschwunden und es war dämlich gewesen zu hoffen, dass niemand etwas davon merken sollte. Wieso auch? Es ging sie schließlich alle etwas an, wenn eine Kollegin vermisst wurde. Vor Erleichterung verzog Nick das Gesicht zu einem Grinsen und konnte es einfach nicht mehr unterdrücken, obwohl die Aussprache Emily keineswegs zurückgebracht hatte. Doch Nick hatte etwas anderes herausgefunden.

Er sah Ferdi an und sah erstmals seinen Kollegen als Freund, und zwar als einen sehr guten, was ihm zuvor nie aufgefallen war.

In der Dienststelle angekommen, ging Nick in sein Büro und Ferdi zu seinem Schreibtisch. Nick hängte seine Jacke auf den dafür vorgesehenen Haken und setzte sich ebenfalls an seinen Platz. Dort lag noch die Zeugenaussage der Kreuzbergers, die sich Ferdi eigentlich abholen sollte. Doch Nick wollte ihn jetzt nicht damit nerven. Schließlich hatte Ferdi für den Moment schon genug Aufgaben von ihm bekommen. Er machte sich einen sehr starken Kaffee und sah dabei, dass es schon halb fünf war. Er hatte die Zeit in Schweizers Wohnung gar nicht beachtet und dann war er auch noch so langsam zurückgegangen. Doch er machte sich keine Vorwürfe. Schließlich wusste er auch nicht, welcher Schritt als Nächstes kam, und heute konnte er so und so nichts Wichtiges mehr machen, außer Ferdi bei seinen Aufgaben zu helfen.

Nick ging auf das Board zu und machte sich Gedanken. Er überlegte sich etliche Theorien, wer der Mörder sein konnte, die er sogleich wieder verwarf und durch neue ersetzte.

Plötzlich ging die Tür auf und schloss sich wieder, Ferdis Stimme erhob sich: „Nick, ich hab' Neuigkeiten! Erstens, die Alibis der Kreuzbergers sind wasserdicht ... das heißt, sie fallen aus deinen Theorien heraus." Ferdi grinste, doch Nick war entsetzt. War es etwa schon allgemein bekannt, was er tat, wenn er abends manchmal stundenlang vor den Notizen auf und ab ging?

„Ich hab' dir zugesehen, wie du mit deinem Kugelschreiber in der Luft herumgefuchtelt hast und abwechselnd auf eine und dann wieder auf eine andere Person gezeigt hast. ... Das machst du immer, wenn du über einen Fall nachdenkst!"

Nick ging verlegen zur Kaffeemaschine und füllte sein Häferl erneut an: „Möchtest du auch einen?" Nickend nahm Ferdi das Angebot an.

Nick ging mit beiden Tassen zu dem Tisch in der Mitte des Raumes.

„Zweitens: Ich hab' die Vermisstenanzeige vor zwei Stunden aufgegeben, aber bis jetzt sind noch keine Hinweise hereingekommen." Ferdi sah sehr betrübt aus, als er das sagte.

„Ich hab' auch alle Krankenhäuser und alles in der Art durchtelefoniert ... und Gott sei Dank, muss man sagen, ist Emily nirgendwo gesehen beziehungsweise eingeliefert worden."

„Eher schade. Sonst müssten wir uns keine Sorgen machen und nicht mit dem Gedanken spielen, dass Emily entführt worden ist, oder sogar ..."

Nick unterbrach sich und verscheuchte den Gedanken, der da kommen wollte, indem er drei Zettel herausnahm. Den neuesten hatte er natürlich zuvor auf Fingerabdrücke geprüft, doch wie bei den anderen beiden war er sozusagen klinisch rein. Er breitete sie sorgfältig auf dem Tisch aus und legte sie so aneinander, dass sie ein Rechteck ergaben. Beziehungsweise ergeben hätten, hätte Nick alle Fetzen erhalten. Doch es war eindeutig ein Rechteck zu erkennen, das offensichtlich geviertelt worden war. Wenn auch etwas ungerade. Erleichtert, dass es wahrscheinlich nur vier Teile und nicht mehr waren, lehnte Nick sich zurück. Doch bevor er etwas sagen konnte, meinte Ferdi: „Drittens, hab' ich bei unseren Verdächtigen nachgesehen, wer den A-Schein hat, und da kommen einige in Frage." Er nahm eine Liste heraus und las vor: „Florian Kreuzberger."

„Den können wir schon ausschließen."
„ Elias Maurer. Ernst Fuchswinkler."
„Wer?", fragte Nick verstört.
„Der andere Anwalt. ... Dann noch Franz Hauer und Franz Rosengartner."
„Die sind auch schon aus dem Rennen beziehungsweise der Rosengartner hat nicht einmal was mit unserem Fall zu tun."
„Aso ... kann man ja nicht wissen. Dann noch ... Freudentaler, Dressel und Hintergartner!" Ferdi faltete seinen Zettel zusammen und legte ihn schön auf seinen Notizenstapel.
„Die Spezis hätte ich eigentlich nicht mehr verdächtigt, aber ja. Kommen sie halt wieder auf meine Liste. Aber eigentlich könnten alle anderen auch in Frage kommen, weil erstens man kein Motorrad braucht, damit man sich eine Ausrüstung kauft. – Könnte ja eine Art Ablenkungsversuch sein. Zweitens haben sicher fast alle den B-Schein und dürfen somit auch mit einem Moped fahren und können auch so eine Ausrüstung besitzen. Das heißt, wir sind so klug wie je zuvor."
Ferdi nickte zustimmend und leicht resigniert.

Die nächsten Stunden waren die beiden Männer damit beschäftigt, die Verschlüsselung zu knacken. Nick erklärte Ferdi das System und danach lasen sich beide die Erklärung auf Wikipedia noch einmal durch. Grübelnd saßen sie bis in die Nacht. Sie machten nur eine kurze Pause zum Abendessen, doch dann saßen sie wieder topmotiviert bei der Sache. Sie waren so eifrig, als gäbe es am Schluss eine Belohnung für denjenigen, der das Rätsel zuerst löste.
Während sie grübelten, floss der Kaffee in Strömen.

Doch egal, welches Schlüsselwort sie nahmen, sie kamen nicht auf die Lösung. Nachdem sie alle Worte durchprobiert hatten, die ihnen zum Fall eingefallen waren, ergänzten sie ihre Liste mit Hilfe eines Wörterbuches und ein wenig Phantasie. Doch auch hier schien sich keine Lösung abzeichnen zu wollen. Egal, welches Wort sie probierten, der Text ergab keinen Sinn. Nicht einmal, wenn man ihn rückwärts las, was Nick in seiner Verzweiflung schließlich ebenfalls bei allen möglichen Worten ausprobierte.

Schließlich, niedergeschlagen, weil sie nicht weiter kamen, meinte Nick zu Ferdi: „Mach Schluss für heute. Ich werde dann auch gehen. Wenn wir Pech haben, ist es gar kein Wort, das wir suchen, sondern nur eine Buchstabenkombination, die wir nicht kennen. Vielleicht steht sie ja auf dem letzten Zettel, oder es ist gar kein Wort mit fünf Buchstaben, sondern länger, oder kürzer. Ich meine, wer weiß, ob er sich überhaupt an die Regeln von Wikipedia gehalten hat?" Nick schaffte es nicht, die aufsteigende Verzweiflung aus seiner Stimme zu verdrängen. Ihm gingen Fragen durch den Kopf: Hätten sie nicht doch Verstärkung holen sollen und einem Experten den Brief zeigen sollen? Wie konnte man so dämlich sein, zu glauben man schaffe es als Laie schneller. Er schüttelte unwillkürlich den Kopf.

Ferdi musterte ihn ebenso niedergeschlagen.

„Mach du aber auch einmal eine Pause." Er lächelte aufmunternd. „Irgendwie werden wir das schon gerade biegen, mit der Emily.", er sah sich suchend um, „Du hast nicht zufällig wo meine Zeitung gesehen, oder? Ich habe sie vorher mit herüber genommen, weil ich nachsehen wollte, ob sie etwas über unseren Fall geschrieben haben."

Nick schaute unter die obersten Zettel auf seinem Schreibtisch und tatsächlich. Er reichte Ferdi die *Kremser Bezirksblätter*, doch er ließ sie nicht los, als der danach griff.

„Ah, super, danke!" Ferdi stutzte, als Nick seinen Griff nicht lockerte. „Was ist denn los?"

Doch Nick erwiderte nichts. Er starrte nur wie versteinert auf das Titelblatt der Zeitung. Schließlich gab er sich einen Ruck und löste seine verkrampften Finger. Er sah Ferdi an, ohne ihn wirklich wahr zu nehmen. In seinen Augen leuchtete ein kleiner Hoffnungsschimmer. Er angelte nach seinem Notizblock, der bei der Suche nach der Zeitung zu Boden gefallen war, und begann erneut mit dem schon vertrauten Matrix-Muster.

Verblüfft betrachtete er das Ergebnis. Er hatte doch tatsächlich das Lösungswort gefunden! Auch Ferdi war jetzt wieder aufgetaut und schaute Nick mit zunehmender Begeisterung über die Schulter. Auf dem Papier nahm in Nicks krakeliger Handschrift der Text langsam Gestalt an.

„Wahnsinn!", meinte Ferdi schließlich, als Nick den Kugelschreiber zur Seite legte. Dieses Wort traf den Nagel ziemlich genau auf den Kopf, wie Nick fand, denn es war wirklich Wahnsinn, wie man nur so dämlich sein konnte! Die ganze Zeit hatte sie die Lösung vor Augen gehabt und waren doch nicht darauf gekommen. Dabei war es doch so einfach gewesen, so naheliegend. Sie hatten wieder und wieder alle Worte, die mit dem Fall zu tun hatten, durchprobiert und hatte dabei das wichtigste außer Acht gelassen. Sie hatten Details dahinter vermutet, dabei war es das Wort, das alle Morde, alle Einbrüche, alle Indizien, die sie in dem Fall hatten, miteinander verband. Das Glied in der Kette, das niemand beachtete, weil es viel zu offensichtlich war.

Erst als Nick die Buchstaben auf der Zeitung gesehen hatte, hatte er erkannt, dass es fünf waren. Noch nie zuvor hatte er sich über diesen Namen Gedanken gemacht, nie hatte er die Namensgebung der Stadt, in der er seit seiner Geburt lebte, auf ihre Buchstabenzusammensetzung hinterfragt.
Krems.
Fünf einfache, unterschiedliche Buchstaben, die so viel bedeuten konnten.

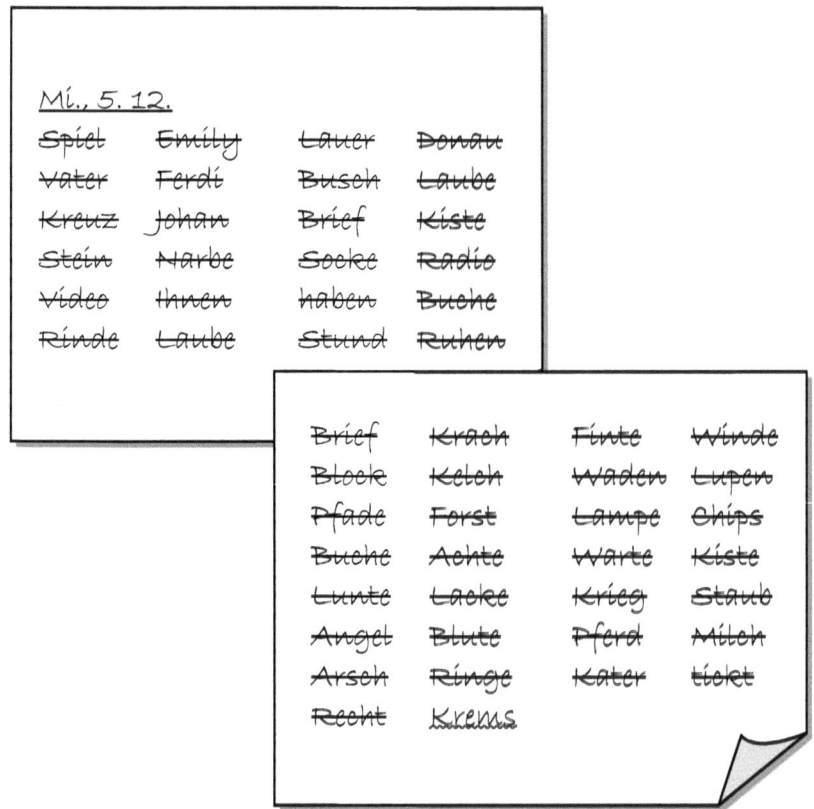

```
K  R  E  M  S
A  B  C  D  F
G  H  I  L  N
O  P  Q  T  U
V  W  X  Y  Z
```

```
KO  MX  ME  NS  IE  ZU
AM  DO  NX  NE  RS  TA  G
DN  EH  ME  NS  IE  DE
IT  IC  HW  EI  SX
BE  NK  OM  ME  NS  IE
UN  DO  HN  EI  HR  EK  OL  LE  GE  NV  ON  DE
RP  OL  IZ  EI  WE  NX  NS  IE  SI  CH  NI  CH
TA  NU  NS  ER  ES  PI  EL  RE  GE  LN  HA  LT
EN  KO  EN  NE  NS  IE  IH  RE  KO  LX  LE  GI
NA  US  DE  RD  ON  AU  FI  SC  HE  NX
DI  EU  HR  TI  CK  TX
```

22.

Die nackte Wahrheit

„Ddddrrrrrr…!"

…

„Ddddrrrrrr…!"

…

Verstört wachte Nick auf und versuchte schlaftrunken den Wecker abzuschalten, der so scheußlich summte. Er drückte auf den dafür vorgesehenen Knopf und drehte sich noch einmal um.

…

„Ddddrrrrrr…!"

…

Verwirrt drehte sich Nick wieder in die Richtung des Weckers. Er versuchte den Wecker in der Dunkelheit zu ertappen. Doch er erwischte alles andere, bloß nicht den Wecker.

Dieses ständige Surren im Zusammenhang mit dieser eigenartigen Dunkelheit machte ihn nervös. Nick überlegte: Hatte er den Schlafmodus am Abend zuvor eingeschaltet? – Nein, das hätte er sich doch gemerkt.

…

„Ddddrrrrrr…!"

…

Nick war zwar extrem müde, aber trotzdem plötzlich hellwach, als er den Wecker in seiner Hand hatte, damit er den Alarm abstellen konnte. Doch es war nicht der Wecker, der dieses Geräusch um 7 Uhr früh verursachte. Es war etwas anderes.

Nick starrte die Leuchtschrift des Weckers an, die erst 4 Uhr 30 anzeigte.

Was war hier los?

...
„Ddddrrrrrr…!"
...
„Ddddrrrrrr…!"
...
„Ddddrrrrrr…!"
...
Wie von einer Tarantel gestochen, sprang Nick auf und betätigte putzmunter den Lichtschalter. Auf Zehenspitzen schlich er in die Richtung, aus der dieses Surren kam.

Er sah es … der Sessel bewegte sich und alles vibrierte. Es musste sein Handy sein, das dieses Geräusch verursachte.

Völlig fertig von dieser Hektik nahm Nick sein Handy und las:

> 6 Anrufe in Abwesenheit … FERDI <

Nick war verwirrt. Was wollte sein Kollege so früh am Morgen? Doch bevor er weitere Überlegungen anstrengen konnte, ertönte dieses lästige Surren wieder.

„Ferdi, weißt du, wie spät es ist?"

Doch Ferdi ging auf diese Frage nicht ein und sagte nur: „Nick, wir haben eine Leiche … weiblich! Sie wurde außerhalb von Krems gefunden. Ein Mann hat sie entdeckt und uns vor einer halben Stunde alarmiert … Ich selbst hab' es auch gerade erst erfahren. Aber die SpuSi und die Cindy fahren jeden Moment weg." Dann zögerte er. „Nick, es sieht nicht gut aus … und der Pritsch meint, du sollst um 5 Uhr 30 Uhr bei ihm in der Patho sein. Er hat nicht genau gesagt, um was es geht, aber ich fürchte …"

„Danke, Ferdi … bis später!" Nick legte auf und ließ sich wieder in sein Bett fallen. Er konnte es nicht glauben … wieso Emily?

WIESO???

Geschockt, panisch sah er hinauf zur Decke. Er war fassungslos. Er war wütend und traurig zugleich.

Alles sprach dafür, dass Emily die dritte Leiche war. Der Drohbrief und ihr Verschwinden. Nick hätte es schon früher jemandem erzählen müssen. Er hätte die Welt auf den Kopf stellen müssen, um alles in Bewegung zu setzen, damit sie in Sicherheit war. Doch das hatte er nun verpasst. Er hat versagt, als Polizist und als Freund. Und nun war es zu spät. Es tat ihm weh, daran zu denken, dass er in Zukunft nie wieder mit Emily zusammenarbeiten konnte.

Wieso nur Emily?

Nick hatte sie gern ... zu gern für eine Kollegin. Und das hatte er ihr noch gern sagen wollen.

Während Nick all diese Gedanken durch den Kopf gingen, zog er sich an und verließ die Wohnung.

Draußen hatte es in der Nacht zu schneien begonnen und Nick musste auch noch zu Fuß gehen, denn sein Rad stand noch immer mit einem kaputten Reifen vor der Polizeiinspektion, wo Cindy es am Vortag abgestellt hatte. Es war mühsam, in der Finsternis durch die zehn Zentimeter Neuschnee zu stapfen. Nick fand, dass das Wetter und das Ereignis genau zusammenpassten.

Um 5 Uhr 30 stand Nick verschwitzt und durchfroren zugleich vor dem Krankenhaus. Er wollte nicht hineingehen, denn dort wartete die Realität.

Er betrachtete das kahle Gebäude von außen. Etliche Lichter brannten, so wie es in einem so großen Gebäude nun einmal war, da immer irgendwo irgendwer munter war. Ob ein Patient, ein Pfleger oder ein Arzt.

Nick ging durch die Pforte, die durch ein Vordach vom Schnee geschützt war. Am Eingang konnte er einen Arzt sehen, der ihn schon erwartete. Der Schneefall war so heftig, dass Nick nicht einmal mehr seine Hand erkennen konnte. Er fühlte sich wie in einer Schneekugel. Alles war idyllisch und klischeehaft und doch irgendwie surreal.

Nick blieb einige Minuten in diesem Schneechaos stehen und streckte den Kopf in die Richtung des Himmels, bis ihn die Realität einholte. Frierend zog er seinen Kopf ein und stapfte in Richtung des Eingangs. Dort wartete der leicht frierende Herr Pritsch ungeduldig auf ihn. Nick konnte in der Dämmerung erkennen, dass er sehr betrübt und müde aussah. Er wusste, dass dies die Bestätigung für seine Vermutung sein musste.

„Hallo Helmut!"

„Hallo, Nick! Es ist tragisch, dass eine so junge Frau sterben musste." Zustimmend ging Nick hinter dem Herrn Doktor her. Der Rest war Schweigen, bis sie im düstersten, kältesten und traurigsten Raum, den Nick kannte, ankamen. Nick mochte den Raum nicht, da er hier immer grausliche Sachen zu sehen bekam und traurige Tatsachen erfuhr. Ihm lief beim Eintreten ein Schauder über den Rücken, sodass er unwillkürlich zusammenzuckte.

In der Mitte des Raumes stand der berüchtigte Tisch, auf dem man durch ein Tuch eindeutig die Gestalt einer Frau erkennen konnte.

Nick bekam einen Kloß im Hals und glaubte, jeden Moment zusammenzubrechen. Er hielt dieses Gefühl nicht aus, einen geliebten Menschen zu verlieren. Dieses Gefühl drückte ihn regelrecht nieder. Er erinnerte sich, als er Emily das erste Mal getroffen hatte. Es war im Büro gewesen. Sie war die >Neue< und Nick hatte ihr die Stadt gezeigt, die Lokale und einfach alles, was sie kennen sollte. Es war eine schöne Zeit gewesen und sie hatten sich von Tag zu Tag besser verstanden und kamen sich auch immer näher. Doch ein Paar wurden sie nie. Dazu hat es nicht gereicht, obwohl es immer geheißen hatte, dass sie das Traumpaar schlechthin waren. Warum hat es eigentlich nicht funktioniert? Nick dachte nach, kam aber zu keiner Erkenntnis. Er wusste nur, dass Emily sich spontan drei Wochen Urlaub genommen hatte. Danach hatte es im Büro so viel zu tun gegeben, dass sie einfach keine Zeit mehr gehabt hatten, etwas gemeinsam zu unternehmen.

Nick fröstelte immer mehr in diesem Raum. Er wollte es schnell hinter sich bringen.

„Hier ... liegt sie?", bekam er nur mit Müh und Not heraus. Nick deutete auf den Tisch vor sich.

„Ja, die anderen liegen in den Gefrierschränken links und rechts. Falls du die noch mal sehen willst?"

Nick wusste, dass diese Art von Scherz nur die Gefühle vom Herrn Doktor verbergen sollten. Denn ihn verband schließlich auch etwas mit Emily.

Der Herr Pritsch tippte etwas in seinen Computer, sodass Nick nur seinen Rücken sehen konnte. „Du kannst ruhig schon die Leiche betrachten.", sagte er mit sachlichem Ton. Es klang kühl.

Nick machte einen Schritt nach vorne in Richtung des Tisches. Er streckte die Hand aus und berührte durch den grünen Stoff den Oberarm der Frau. Ihn schauderte, da die Leiche schon eiskalt war. Er zuckte zurück, doch im selben Moment nahm er seinen ganzen Mut zusammen. Nick griff nach dem Saum des Tuches und nahm es fest in die Hand, als ob es etwas Zerbrechliches wäre.

Innerlich zählte er von 10 herunter.

>*10*<
>*9*<

Nick wurde nervös.

>*8*<
>*7*<

>6<
Er begann zu schwitzen und nahm das Tuch noch fester in die Hand.
>5<
>4<
Ihm lief die Gänsehaut über den Rücken.
>3<
Die pure Angst war ihm förmlich ins Gesicht geschrieben. Er wollte es nicht tun, doch er musste es. Er wollte weder seine tote Kollegin noch seine tote Freundin noch seine ... ja was war sie bloß? ... entkleidet und notdürftig zusammengeflickt vor sich sehen.
>2<
Seine Alarmglocken läuteten und er hatte nur noch Angst vor der Wahrheit. Er hatte lang nicht mehr eine derartige Angst verspürt. Alle Gedanken wurden von diesem einen Gefühl überdeckt.
>1<
Er fühlte sich wie in Trance, da er nicht wusste, was ihn in einer Sekunde erwarten würde.
>0<

Er zog das Tuch bis zu den Achseln herunter. Vor Schreck ging er einen Schritt zurück und ließ das Tuch los. Die Leiche lag mit geschlossenen Augen da. Die Lippen waren bereits blau gefärbt. Die Haare standen zerzaust weg, wodurch sie noch hübscher war. Den Anblick störten einzig die seltsam blaue Gesichtsfarbe und die blutunterlaufenen Augenlider. Dieser Anblick tat Nick besonders weh. Doch obwohl dieser Anblick so grauslich war, entstand auf Nicks Gesicht ein breites Grinsen. Er kannte die Frau zwar, fühlte er sich aber nicht unwohl, da ihm nur ein Gedanke durch den Kopf ging: Es war nicht Emily!!!

Vor ihm auf dem Tisch lag eine Frau, doch es war nicht Emily. Sie hatte zwar die gleiche Figur, doch sie sah ihr nicht einmal ähnlich. Denn Jaqueline Sackeder war das genaue Gegenteil von Emily, sowohl vom Charakter her als auch vom Aussehen.

Er konnte sich das Grinsen einfach nicht verkneifen.

Nick bemerkte überhaupt nicht, dass der Pritsch sich vom Computer abgewandt hatte und nun neben ihm stand. „Wieso grinst du so?"

„Es ist nicht Emily!", äußerte Nick nur glücklich.

„Ja ... wieso dachtest du, es sei Emily?"

Nick erklärte dem Herrn Doktor, während sie in die Cafeteria auf einen Kaffee gingen, die ganze Geschichte. Vom Tod Kreuzbergers angefangen über die Einbruchserie bis hin zu Emilys Verschwinden. Er stellte dem Gerichtsmediziner seine Verdächtigen vor, deren Motive und Alibis. Als Nick gerade über die letzte Leiche berichtete, fiel ihm der Pritsch ins Wort: „Apropos: Unsere letzte Tote ist wahrscheinlich erstickt. Es dürfte ein sehr qualvoller Tod gewesen sein Der Mörder muss sie gefesselt haben. Darauf lassen die Hämatome an den Handgelenken und Knöcheln schließen. Zusätzlich muss der Mörder ihr allen Anzeichen nach irgendetwas in den Mund gesteckt haben, woran sie erstickt ist. Worum es sich dabei handelte, ist mir bis dato noch nicht bekannt, denn es steckt zu weit in der Luftröhre drinnen..."

Nick wurde bei dieser Beschreibung richtig schlecht. Er war froh, dass er heute noch nichts gegessen hatte. Mit vorgehaltener Hand versuchte er dem Herrn Doktor verständlich zu machen, dass er das Thema wechseln sollte. Dieser begriff sofort, denn es passierte in seinem Beruf sehr oft, dass Leute nicht zuhören konnten.

Es trat ein unangenehmes Schweigen ein, das etliche Minuten andauerte, bis der Doktor es brach: „Du dachtest wirklich, die Leiche sei Emily?"

„Ja, das wäre nach den neuesten Vorfällen ja nicht sehr abwegig gewesen. Und es passte alles zusammen … und dann hast du noch so zerstört ausgesehen … und … ach Gott, bin ich froh!" Man sah Nick die Erleichterung an. Er ließ den Kopf in seine Hände sinken.

„Wäre es Emily gewesen, da hätt' ich eindeutig anders reagiert und 'dreingeschaut. Ich wäre am Boden zerstört gewesen, schließlich haben wir ja auch eine Vergangenheit."

Nick verschluckte sich an seinem Kaffee. Das hatte er nicht gewusst, und auch wenn er es geahnt hatte, war diese Offenbarung doch überraschend. Nick fragte interessiert, aber doch einfühlsam nach und schließlich erfuhr er, dass der Helmut und die Emily während des Studiums ein Paar gewesen waren. Sogar für einen längeren Zeitraum. Sie waren zusammen sogar ein Semester im Ausland gewesen, genauer: in Südengland. Es dürfte die erste Beziehung für beide gewesen sein. Doch nach zwei Jahren hatte Helmut seine jetzige Frau kennengelernt. Sie waren am Anfang nur gute Freunde gewesen, doch dann hatte er Emily mit ihr betrogen. Nick hörte heraus, wie sehr es ihm leidtat, denn er hatte Emily nie verletzen wollen. Doch er hatte damals gedacht, die Beziehung sei schon aus, denn Emily war für paar Wochen verschwunden gewesen, ohne sich zu melden. Doch sie selbst war nicht der Meinung gewesen, was ein Beziehungs-Aus betraf.

Nach diesem Ereignis hatten beide Wien verlassen. Emily war nach Innsbruck gezogen und hatte dort die Polizeiausbildung absolviert und Helmut war mit seiner Verlobten nach Linz gegangen. Er hatte sie dort geheiratet und war später mit ihr nach Krems gezogen, wo sie seit etlichen Jahren lebten und mittlerweile zwei Kinder hatten.

   Nick lauschte dieser Geschichte und nun wurde ihm endlich klar, wieso Emily dem >Schnippsler< aus dem Weg ging. Sie hatten eine Vergangenheit.

   Als Nick auf die Uhr sah, war es 7 Uhr. Er hatte die Zeit vollkommen vergessen. Schnell trank er seinen mittlerweile dritten Kaffee aus und verabschiedete sich vom Doktor. Nick wollte nun diesen angebrochenen Tag so gut es ging nützen.

23.

Wie ein Puzzle

Nick schlenderte vom Krankenhaus zum nächsten Bäcker, den er kannte, und kaufte sich dort ein Frühstück: zwei Croissants für sich und zwei für den Ferdi. Dann kaufte er gleich noch ein paar Stangerl. - Man wusste ja nie, was der Tag so bringen würde und überhaupt: bei diesem Wetter...

Gott sei Dank hatte der Schneefall beim Verlassen des Krankenhauses nachgelassen, sodass er wenigstens nicht mehr allzu nass wurde.

Um 8 Uhr kam er im Kommissariat an. So früh war er, soweit er sich erinnern konnte, erst einmal dagewesen, und das war an seinem ersten Arbeitstag.

Er putzte sich am Eingang die Schuhe ab und ging verwundert durch das Büro. Es war noch ziemlich leer, nur vereinzelt sah er Kollegen. Vermutlich kamen seine Kollegen genauso pünktlich wie er. Doch er konnte als Chef in der Abteilung nicht einmal schimpfen, denn er war das Vorbild. Aus seiner Schreibtischlade nahm er einen Ersatzfahrradschlauch, den er für Notfälle dort aufbewahrte, und ging damit zu seinem Fahrrad.

Als er mit der Reparatur fertig war, hängte er seine Jacke in seinem Büro auf und zog seine klobigen Winterschuhe aus. Nick ersetzte diese durch bequeme und warme Hausschuhe und machte sich anschließend Tee. Er hatte sich für heute vorgenommen, seinen Fall noch einmal von Anfang an durchzudenken. Nick wollte das Geschehene richtig durchspielen um auf alle Hinweise eingehen. Dazu hat er den Ferdi um Hilfe gebeten. Zuvor sollte dieser aber noch die Familie der Verstorbenen benachrichtigen und deren Alibi überprüfen. Er setzte sich auf seinen Schreibtischsessel und starrte das Board an. Doch bevor er richtig im Fall versinken konnte, kam der Ferdi schon herein.

Er schien sehr fröhlich zu sein, da er richtig euphorisch und lauthals ein >Wunderschönen guten Morgen, Chef!< durch das Büro schrie. Nick war ziemlich irritiert. Er hatte seinen Kollegen noch nie so fröhlich erlebt und jetzt summte er auch noch *"The winner takes it all"* von *ABBA*.

Entsetzt starrte Nick Ferdi mit offenem Mund an, bis ihm ein „Was is' mit dir los?" über die Lippen bekam. Er verstand nicht, wie er so fröhlich sein konnte. Besonders da Emily noch immer vermisst wurde. Falsche Leiche hin oder her. Ferdi nahm Emilys Sessel und schob ihn neben Nicks. Wie selbstverständlich nahm er sich auch ein Croissant aus dem Sackerl. Als Ferdi es sich neben Nick bequem gemacht und genüsslich in das Croissant gebissen hatte, sagte er mit vollem Mund: „Ich hab' ja schon gehört, dass die Sackeder die Tote is'. Jetzt musst ma's du ja nicht mehr sagen." Der letzte Teil des Satzes klang ungewohnt sarkastisch für Ferdi. Nick schlug sich mit der flachen Hand auf den Kopf. Er wollte Ferdi ja anrufen ... ach Gott! Er hatte den Morgen völlig verdrängt und sich auf den restlichen Tag konzentriert. Nick wurde bewusst, wie mies er als Freund war. Er hat seinen Untergebenen nicht nur vergessen, sondern ihm auch die gesamte Arbeit aufgelastet, wie gemein von ihm.

„Ich weiß, du hast das nicht absichtlich gemacht, schließlich hast du ja ziemlich viel um die Ohren, da kann man so 'was schon leicht vergessen. Gott sei Dank hat 's die erwischt und nicht ... du weißt schon wen. Bin ich erleichtert!"

Und ich erst, dachte sich Nick. Er war froh, so einen guten Freund zu haben, obwohl er von seiner Aussage leicht schockiert war. „Danke, Ferdi!", stieß Nick mit großer Überwindung, seinen Fehler zugeben zu müssen, hervor, bevor er die unangenehme Frage stellte. „Erm... Ferdi ... hast du, du weißt schon ...? "

„...die Arbeit gemacht? Ja Chef, hab' ich. Die Frau Sackeder hatte keine Familienangehörigen. Sie war ein Einzelkind und ihre Eltern sind vor Jahren bei einem Verkehrsunfall gestorben. Ich hab' ihren Freund, den Stölzer, benachrichtigt. Der übrigens auch ein wasserfestes Alibi hat, weil der ist auf Geschäftsreise in Frankreich seit zwei Tagen." Ferdi holte tief Luft und grinste. Anscheinend war er sehr stolz auf sich.

Nick bedankte sich nochmals, bevor er sich seinem Croissant widmete.

Ferdi tat dasselbe. Nur hin und wieder blickte er auf und betrachtete das Board. Nachdem er das erste Gebäck verschlungen hatte, kam er zu Wort: „Also Nick: erste Chance, erste Theorie?" Ferdi grinste und biss in sein zweites Croissant.

Nick stand auf und ging im Büro auf und ab.

„Wir wissen, dass der Herr Kreuzberger am Donnerstag um 19 Uhr spazieren gegangen ist. Er hat den Herrn Hauer getroffen und ist mit ihm in das Wirtshaus der Rosengartners gegangen. Dort haben seine Spezis wegen der Scheidung des Herrn Hintergartner schon gefeiert." Nick machte eine Pause. Er sprach in sehr sachlichem Ton.

„Nach dem Besuch im Wirtshaus waren alle schon ziemlich bedient, außer der Herr Hauer. Er ist dann auch nicht mitgegangen, als die anderen weiter zum nächsten Wirtshaus Richtung Stein gezogen sind. Herr Hauer hat sich nämlich mit seiner Geliebten, der Frau Kreuzberger, getroffen."

Nick stand nun mitten im Raum und sah Ferdi auffordernd an, um ihm die Möglichkeit für Zwischenfragen zu geben.

„Wissen wir, welche Wirtshäuser sie danach besucht haben?", nahm Ferdi die Aufforderung an.

„Nein, es kann sich keiner mehr konkret erinnern und bei der Befragung ist nichts herausgekommen. Das Nächste, was wir wissen, ist, dass sich der Herr Kreuzberger circa um 23 Uhr im Stadtpark befunden hat."

„Er dürfte ziemlich betrunken gewesen sein, das wissen wir von dem Anruf, den die Kollegen bekommen haben." Ferdi versuchte bei dem Spiel mitzuspielen.

„Wir vermuten auch, dass zu der Zeit der Mörder bei ihm war."

„Wissen wir vom Mörder noch etwas? Ich mein': Hat er bestimmte Merkmale?"

„Ja. Er ist größer als 1.60, Rechtshändler und besitzt eine schwarze Motorradausrüstung."

„Viele können wir da nicht ausschließen." Ferdi sah bei der Erkenntnis etwas deprimiert aus und dachte angestrengt nach. Er suchte eifrig nach einer Lösung.

„Zu dem Anruf: Der Mörder dürfte ihm das Handy aus der Hand genommen haben, damit der Kreuzberger erstens nicht zu viel an uns ausplaudert und zweitens, dass er selbst den Kollegen eine plausible Erklärung geben kann wegen dem Anruf. Er wollte, dass wir keinen Verdacht schöpfen. Das hat er schließlich auch geschafft." Resigniert setzte sich Nick wieder zum Tisch.

„Aber der Mörder kann kein Unbekannter für den Herrn Kreuzberger gewesen sein. Sonst hätte er ja nicht gewusst, wo er ihn finden kann", warf Ferdi ein. Nick stimmte zu und dachte an den Bekanntenkreis des Opfers. So kamen nur Kollegen, Freunde, oder die Familie in Frage. Doch dort konnte er schon etliche ausschließen. Abwesend meinte er: „Ich vermute, dass der Mörder danach das Handy genommen und es zertrümmert hat, damit der betrunkene Kreuzberger nicht mehr auf die Gedanken kam, jemanden anzurufen. Vielleicht hat er es mit der Mordwaffe zertrümmert oder ist d'raufgetreten. Aber damit er sicher gehen konnte, dass es nicht mehr funktioniert und wir es auch nicht orten können, hat er das Handy noch in den Brunnen geworfen."

Ferdi fand die Theorie auch plausibel und stimmte zu.

„Das heißt aber auch, dass der Mörder ihm im Park aufgelauert hat."

Bis zu diesem Zeitpunkt waren sie sich einig. Doch nun diskutierten sie, wie die Frau Oberbauer in dieses Konzept passte. Bei dem Mord konnte sie nicht dabei gewesen sein, so spät am Abend, das passte einfach nicht. Sie war auch sicher keine Komplizin und gehörte auch nicht zum Bekanntenkreis.

Nach einer erneuten Kaffeepause hatte Ferdi eine ziemlich gute Idee: „Ich glaub', dass sie nur aus Zufall in den Fall verstrickt war, weil sie in kein anderes Konzept passt."

Nick mochte die Idee.

„Wir wissen, dass der Mörder etwas sucht. Wie wäre es, wenn der Herr Kreuzberger etwas besessen hat, weshalb er umgebracht worden ist? Was es war ... keine Ahnung. Auf jeden Fall hat der Täter es darauf abgesehen. Und die Frau Oberbauer hat es gefunden. Er bringt sie um, nimmt ihr die Handtasche weg, in der der Wohnungsschlüssel und das Portmonee waren, bricht in die Wohnung ein und hat dort alle Zeit der Welt, es zu suchen, weil keiner die Frau Oberbauer vermisst. Doch er findet nichts."

„Und wem hätte die Frau Oberbauer alles anvertraut beziehungsweise alles erzählt...?"

„Dem Schweizer!", rief Nick euphorisch dazwischen. „Nun ist die Frage: Hat der Täter dort etwas gefunden? Und wie passt die Sekretärin dazu?"

„Ich würd' sagen, dass der Täter entweder ein gemeinsamer Freund der Sackeder und des Kreuzberger ist, oder ein Kollege sein muss."

Nick fand die Erklärung einleuchtend. Er erklärte Ferdi noch die Theorie mit Emily. Nick vermutete, dass der Täter über Emily an etwas gelangen wollte und ihn mit dem Brief erpresste oder bedrohte. Doch er hatte ihn verschlüsselt, damit er mit Nick ein Spiel spielen konnte und so noch mehr Zeit hatte, das bestimmte Ding zu suchen. Nick vermutete auch, dass er in der Wohnung des Herrn Schweizer nichts gefunden hatte. Doch das war nur so ein Gefühl in seiner Magengegend. Beunruhigt, da er mit seiner Vermutung auch völlig falsch liegen konnte, trank er seinen Kaffee aus. Es war ein seltsames Gefühl, so im Dunklen zu tappen, und es machte Nick Angst, da Menschenleben auf dem Spiel standen. – Und zwar auch Emilys.

Nick blickte zu Ferdi, der die Brösel des zweiten Croissants von seiner Uniform abputzte. Ihm war schon öfters aufgefallen, dass der etwas ungeschickt und tollpatschig war. Ferdi war etwa einen Kopf kleiner als Nick und der war schon kein Riese. Doch das Alter von Ferdi konnte er nicht genau schätzen. Die Haare waren zwar bereits grau meliert, doch der restliche Körper schien noch recht jung. Nick erkannte auch, dass sich am Kopf des kleinen pummeligen Kollegen eine Glatze bildete. Er beschloss, später in den Akten nachzusehen, da es ihn interessierte.

Als hätte Ferdi gespürt, dass Nick über ihn nachdachte, sah er auf: „Ich könnte es mir anders gar nicht vorstell'n".

Der Hauptkommissar musste sehr irritiert aussehen.

„Ich mein' deine Theorie klingt plausibel und logisch."

Verstehend nickte Nick und stand abrupt auf: „Ich fahr' zu den Kreuzbergers, beziehungsweise ich gehe zu den Kreuzbergers. Zum Radfahren ist das Wetter zu besch … zu schlecht. Magst' mitkommen?"

Ferdi sah auf die Uhr. Es war 9 Uhr 30.

„Ja, warum nicht, darf ich auch Fragen stellen?"

Nick erkannte die Freude in Ferdis Augen. Er sah aus wie ein kleines Kind, das am 24. Dezember den beleuchteten Christbaum sieht.

„Ja sicher, … geh' schon mal vor. Ich komm' gleich nach."

24.

Falscher Zeitpunkt? – Uns egal!

Als Nick neben Ferdi im Auto saß, musterte er ihn noch einmal ganz genau. Ferdi hatte einen Kollegen bestochen, damit er das Auto haben konnte, das er mit ihm teilen musste, um nicht zu Fuß gehen zu müssen. Nick besaß ja keinen Dienstwagen, da er als Chefinspektor mit seinem eigenen Auto fahren konnte. Doch dieses stand seit einer Woche beim Service, >Generalsanierung< nannte Nick es. Eigentlich musste es schon längst fertig sein, überlegte er kurz.

Nick musterte seinen 40-jährigen Kollegen von der Seite. Er hätte Ferdi nie auf dieses Alter geschätzt, doch er wusste auch nicht, ob jünger oder älter. Verwirrt schüttelt er den Kopf, damit er auf andere Gedanken kam.

Das Schütteln des Kopfes half und so tat er es noch einmal und noch einmal.

„Du siehst aus wie ein Wackel-Dackel!", äußerte sich Ferdi amüsiert.

Irritiert, dass es Ferdi gemerkt hatte, und etwas peinlich berührt starrte Nick aus dem Fenster: „Heut scheint es ja ein schöner Tag zu werden!"

Ferdi grinste nur und hielt mit einer Vollbremsung direkt vor dem Haus der Kreuzbergers. Er ließ das Auto neben einem Baum, halb auf die Straße ragend, stehen.

„Du weißt schon, dass du im Halteverbot stehst?" Nick stieg verwirrt aus und schloss die Tür.

„Ja, aber ich bin die Polizei. Im Einsatz." Ferdi nahm ein Schild heraus mit der Aufschrift >POLIZEIEINSATZ< und legte es hinter die Windschutzscheibe. Er schloss zufrieden die Tür und sperrte zu. Nick sah entsetzt zu Ferdi. Er selber hatte noch nie erlebt, dass ein Kollege so etwas tat. Nachdenklich, wieso er sich als Chef immer an die Regeln hielt, ging er neben Ferdi Richtung Eingang. Bewundernd und anerkennend schaute er nun zu seinem Kollegen auf. Er würde sich so etwas nie trauen.

Nick klingelte.

„Tust du das immer? Ich mein, deinen etwas fiesen Trick anwenden?" Nick war noch immer schockiert.

„Nur wenn sich die Gelegenheit anbietet und das geschieht momentan sehr oft", teilte Ferdi mit einem hochzufriedenen Grinsen mit.

Ruckartig wurde die Tür von einem sehr zerzaust aussehenden Florian Kreuzberger geöffnet. Er wirkte verschlafen und seine dunkelbraunen Haare standen in alle Richtungen von seinem Kopf ab. Sehr müde, aber doch lässig stand er in der Tür. Florian trug eine dieser grauen Jogginghosen, die momentan modern waren, und ein weißes, ärmellose Shirt, welches seine Muskeln sehr betonte. Er hing nun mitten in der Tür und starrte die zwei Polizisten an: „Jaaaa, was gibt's?"

„Ist deine Mutter zu Hause, ich würde gern mit ihr sprechen."

„Ja ... die is' ... na ich hab' keine Ahnung..." Er fuhr sich mit seiner Hand durch die Haare, er sah ziemlich fertig aus. „...wird in ihrem Arbeitszimmer sein ... wie immer."

Florian ging einen Schritt auf die Seite und ließ die Polizisten herein. Dann torkelte er leicht den Gang entlang. Nick konnte sich den Kommentar nicht ersparen: „Na, hat's gestern wieder länger gedauert?" Florian blieb stehen, drehte sich um und stieß nur ein „Ha, ha, ha ... is' ja lustig!" in ziemlich fiesem Tonfall aus.

Doch Ferdi hakte nach: „Wenigstens hab' ich dich nicht wieder heimbringen müssen, die Ladung hat mir letztens schon gereicht und gestunken hat's ..."

Florian ging immer schneller zu einer Tür und blieb davor stehen: „Hier is' das Zimmer. Gute Nacht!" Er drehte sich, so schnell es ging, um und schleppte sich die Stiegen hinauf.

„Haben wir's übertrieben?", wollte Ferdi wissen.

„Nein, es sollte ihm eine Lehre sein ... so sind halt Jugendliche. Und wer war in seiner Jugend nicht so?" Mit dieser rhetorischen Frage klopfte Nick an die Tür und öffnete sie, nachdem er das laute „Ja!" von drinnen vernommen hatte.

„Grüß Gott, wir hätten an Sie noch ein, zwei Fragen ... ach Herr Hauer, wie praktisch." Nick war in den Raum eingetreten und hatte nicht nur die Frau Kreuzberger erblickt, sondern auch gleich den Herrn Hauer. Sie saßen beide zerknautscht auf der Couch, leicht ineinander verstrickt und halb aufeinander. Als Nick den Raum betrat, lösten sich die beiden voneinander und sprangen fast gleichzeitig auf, sodass sie mit den Köpfen zusammenstießen. Irritiert schauten sie sich an, bis Frau Kreuzberger hervorstieß: „Ah ... grüß Gott ... der Herr Chefinspektor!"

„Grüß Gott!" Nick gab ihr die Hand und zeigte dann auf Ferdi: „Das ist mein Kollege, Herr Marklinger." Nick verbiss sich ein Schmunzeln. Er schaffte es doch immer wieder, zu den unpassendsten Gelegenheiten aufzutauchen. Um seine leichte Verlegenheit zu überspielen, die sich in den Gesichtern des Paares unübersehbar widerspiegelte, blickte er Ferdi bedeutungsvoll an und dessen peinlich berührter Gesichtsausdruck wechselte in die kindliche Freude eines Schulbuben. Er räusperte sich in einer Lautstärke, die wohl wichtig klingen sollte und setzte zu seiner ersten Frage an: „Krgrm... Also, Frau Kreuzberger, Herr Hauer, wir hätten da noch die eine oder andere Frage an Sie beide." Offenbar merkte er erst jetzt, dass er eben ausschließlich Nicks Worte wiederholt hatte, denn er fuhr in doppelter Geschwindigkeit fort. Nick musste sich wundern, dass er sich nicht verhaspelte.

„Zum einen würden wir gerne von Ihnen wissen, ob Ihnen eine gewisse Frau Jaqueline Sackeder bekannt ist?" Er erntete ein ratloses Schweigen sowie ein anschließendes stummes Kopfschütteln von Herrn Hauer sowie eine ganze Kaskade an Gegenfragen von Frau Kreuzberger: „Ja, natürlich! Ist das nicht die Sekretärin in der Kanzlei? Die, die am Telefon immer so unfreundlich ist? Was hat die denn mit dem Fall zu tun? Wieso fragen Sie mich denn nach ihr? Hat sie etwa...? Hat sie es getan?" Bei ihrer letzten Frage war ihre Stimme deutlich dünner geworden, ob aus Trauer oder Gewohnheit konnte Nick nicht sagen.

„Sie ist heute Morgen tot aufgefunden worden. Ermordet. Wo waren Sie so zwischen 20 Uhr gestern Abend und heute Morgen 4 Uhr?" Diese Zeitangabe war recht breit gespannt, aber das war auch notwendig, denn Nick hatte vor lauter Freude über die Identität der Leiche völlig vergessen, Dr. Pritsch zu fragen, wann denn der ungefähre Todeszeitpunkt gewesen sein musste. Wenn sie nun die gefragte Information für die ganze Nacht bekamen, mussten sie später nur die ausschlaggebende Zeit und das dazugehörige Alibi heraussuchen und brauchten nicht noch einmal von vorne nachzufragen, weil die Zeitspanne nicht passte. Dass der Mord schon früher geschehen war, war ziemlich unwahrscheinlich, denn sonst wäre die Leiche ebenfalls früher entdeckt worden.

Was nun das Alibi dieses Paares hier betraf, so gaben sie sich für den gefragten Zeitraum gegenseitig eines, mit Ausnahme der halben Stunde zwischen 8 Uhr und 8 Uhr 30 Uhr, in der Herr Hauer nach Hause gefahren war, um sich frische Kleidung zu holen, wie er sagte. In dieser Zeit war er wiederum seiner Putzfrau, seinem Nachbarn und dessen Hunden, sowie einem Freund aus Kindertagen begegnet. Und da diese Treffen auf die halbe Stunde verteilt stattgefunden hatten, wäre sich kein Mord mehr dazwischen ausgegangen, sofern seine Alibis bestätigt wurden. Auch Frau Kreuzberger hatte ein wasserdichtes Alibi. Sie hatte nämlich ihren Jüngsten zu einem Freund gefahren, bei dem er anschließend übernachten sollte, und so lange mit dessen Mutter geredet, dass sie sich laut eigener Aussage beeilen musste, wieder nach Hause zu kommen, um Herrn Hauer zu treffen.

Die beiden Polizisten bedankten und verabschiedeten sich. Beim Hinausgehen blieb Nick noch einmal auf der Schwelle stehen und drehte sich um. „Verzeihung! Eine Frage hätte ich dann doch noch: Ich möchte Ihren Sohn nicht noch einmal wecken. Wissen Sie vielleicht, wo Florian vergangene Nacht war? Beziehungsweise: Können Sie mir das auch von Ihrer Tochter sagen oder wo ich sie finden kann?"

„Ja… natürlich." Frau Kreuzberger schien etwas irritiert. Offenbar hatte sie nicht damit gerechnet, dass auch ihre Kinder ein Alibi benötigten. – Taten sie ja auch nicht wirklich, denn Nick war von ihrer Unschuld in dieser Beziehung überzeugt. Aber er war neugierig, womit Florian sich die ganze Nacht um die Ohren geschlagen hatte, auch wenn es ihn ja eigentlich nichts anging.

„Die Christina war am Abend im Kino … warten Sie, der Film hat, glaube ich, um 19 Uhr 30 angefangen … *Zweiohrküken*. Oder war das der erste Teil? Ich weiß es nicht mehr. Auf jeden Fall war sie dort mit zwei Freundinnen. Angelika Lescher und Kathrin Zwiedorfer. Abgeholt hat sie dann Frau Zwiedorfer und übernachtet haben sie auch alle drei bei denen. Der Florian war auf einer Grillparty in Gföhl, wobei die dann doch länger gedauert hat als angenommen, und deshalb ist er erst heute Morgen nach Hause gekommen. Gewesen ist er beim Martin Hager, einem Schulkollegen. War's das, was Sie wissen wollten?" Sie klang leicht gereizt und Nick konnte sie durchaus verstehen. Also verabschiedete er sich erneut und er und Ferdi machten sich auf den Weg zu ihrem nächsten Punkt auf der Liste der möglichen Verdächtigen. Auf dem Weg zum Auto überlegte Nick jedoch, dass es den Kindern von Johannes Kreuzberger auffällig egal schien, dass ihr Vater ermordet worden war. Oder war das einfach nur ihre Art, mit den Verbrechen fertig zu werden?

Do., 6.12.
Alibis: F. Hauer und M. Kreuzberger (wechselseitig), Frau Privicz (Putzfrau), Herr Hager (Freund), Herr Gunthar (Nachbar), Cäsar & Nero (dessen Hunde), Frau Liebwitz (Mutter von Schulkameraden), Angelika Lescher, Kathrin Zwiedorfer, Martin Hager...

25.

Alle verschieden und doch einer wie der andere

Ihre Liste führte sie geradewegs zur Kanzlei Kreuzberger.

Der Empfangsbereich wirkte seltsam leer. Als ob ein Möbelstück fehlte, das ansonsten immer an seinem Platz war, auch wenn es dort manchmal übersehen wurde oder gar störte. Nick bekam sofort ein schlechtes Gewissen dafür, dass er die verstorbene Sekretärin soeben mit einem Einrichtungsgegenstand verglichen hatte. – Wenn auch nur in Gedanken.

Um sich für diese Unfreundlichkeit zu bestrafen, beschloss er im Stillen, diesmal selbst den Part des Verhörs zu übernehmen. Außerdem wollte er Ferdi als seinem Freund dieses Ekel von Anwalt nicht zumuten, auf dessen Türe sie jetzt zusteuerten.

Nick hatte nach einigen Fehlversuchen das Lokal erreicht, das ihm der Anwalt als Alibi genannt hatte. Dort hatte man ihm schließlich auch gesagt, dass der Anwalt tatsächlich dort gewesen war, doch an diesem Tag hatte offenbar ein besonders reger Betrieb geherrscht, weshalb niemand der Angestellten mit hundertprozentiger Sicherheit Maurers durchgehende Anwesenheit bestätigen konnte. Und dieser Zweifel war der Grund, weshalb Nick die Hoffnung noch nicht aufgegeben hatte, den Anwalt doch noch hinter Gitter bringen zu können. Allein schon wegen der Unfreundlichkeit, die er an den Tag legte.

„Was gibt's denn?", herrschte eine Stimme im Büroinneren auf Nicks höfliches Klopfen. Ungerührt von der erwarteten Unfreundlichkeit öffnete Nick die Tür und blickte auf eine blank polierte Glatze, die sich im vorderen Drittel in Falten gelegt hatte. Die darunterliegenden Augen funkelten ihn finster an. Der Anwalt Elias Maurer machte aus seiner Abneigung der Polizei gegenüber keinen Hehl und wie auch schon beim letzten Mal fragte sich Nick, wie dieser Mann ausgerechnet Anwalt hatte werden können. Wo er doch ausgerechnet in diesem Beruf öfters mit dem Gesetz in Berührung kam und somit auch zwangsläufig mit dessen Hütern. Außerdem: Musste man in seinem Beruf nicht auch Pflichtmandate übernehmen, wie beispielsweise das einer Frau? Wie konnte er sich also solche Unfreundlichkeiten ihm und Emily gegenüber leisten?

Doch Nick kam nicht mehr dazu, eine Antwort auf seine Fragen zu finden, denn Maurer schnauzte bereits bissig: „Ich habe nicht den ganzen Tag Zeit! Also was gibt es so Dringendes, dass Sie mich schon wieder stören?"

Nicks professionell freundliches Lächeln verdüsterte sich deutlich. Auch Ferdi, der von Haus aus eine fröhliche Natur hatte, wirkte sauer, weil er so ungnädig empfangen wurde.

Nick überlegte, wie er sein Anliegen formulieren konnte, ohne gleich hinausgeschmissen zu werden. ‚Ich wollte nur einmal schnell vorbeischauen, weil ja einer von Ihnen dreien der Mörder sein muss.' ‚Alle Bekannten haben ein Alibi, Sie auch?' ‚Gestehen Sie endlich, dann sparen wir uns beide Zeit.'

„Schlagen Sie gerade Wurzeln?", wurde Nick erneut aus seinen Gedanken gerissen. Der hatte es aber auch eilig! Er hatte bestimmt keine vollen zwei Sekunden überlegt!

„Können Sie sich das nicht denken?" Emily hatte Recht. Dieser Mann verleitete einen einfach dazu, ihn zu reizen. Nick verkniff sich ein Grinsen. Aus den Augenwinkeln nahm er aber wahr, dass Ferdi seine Gesichtszüge nicht so ganz im Griff hatte, was wiederum Maurer zur Weißglut brachte. Nick konnte später nicht genau sagen, wieso er es auf die Spitze hatte treiben müssen. Immerhin hatte der Anwalt innerhalb kürzester Zeit sowohl sein Geld als auch seinen Chef und seine Sekretärin verloren. Zwar vermutete Nick stark, dass ihm nur Ersteres naheging, doch wer wusste das schon? Schlechtes Gewissen plagte Nick trotzdem keines, als er seinem Gegenüber fest in die Augen sah und darauf wartete, dass dieser ihm entweder von sich aus ein brauchbares Alibi lieferte oder noch besser die Morde gestand.

Doch er enttäuschte Nick: „In Ordnung", setzte er an, sichtlich um Fassung bemüht. „Nein, ich habe niemanden ermordet. Nein, ich habe auch keine Ahnung, wo diese unzuverlässige Person von Sekretärin bleibt. Und nein, Sie sind um nichts besser als Ihre Angestellte." Ach ja, richtig. Das hatte Nick ja schon beinahe vergessen: Maurer hatte ja keine Ahnung, dass ‚diese unzuverlässige Person von Sekretärin' nicht mehr am Leben war, es sei denn, er hatte sie höchstpersönlich beiseitegeschafft und war nur nicht dumm genug, sich gleich im zweiten Satz zu verraten.

Nick seufzte innerlich. „Zum ersten Punkt kann ich Ihnen sagen, dass ich das herausfinden werde. Was den zweiten betrifft, so ist Ihre Sekretärin heute in den frühen Morgenstunden einem Verbrechen zum Opfer gefallen und deswegen hätten wir gerne Ihr Alibi für gestern Nacht zwischen 8 Uhr am Abend und 4 Uhr Früh gehört." Den dritten Punkt überging er, um von Maurers Blicken nicht noch einmal wahlweise erdolcht, erschossen oder erwürgt zu werden. Außerdem hatte er Wichtigeres zu tun, als sich mit diesem Anwalt wegen Nichtigkeiten zu streiten.

„Ich war im Bett", kam es wie aus der Pistole geschossen, was Maurers Glaubwürdigkeit nicht unbedingt förderte. Nick hob eine Augenbraue.

„Ja, es ist möglich, dass jemand schon um 8 ins Bett geht", meinte Maurer spitz.

Nick überdachte diese Aussage und fragte schließlich: „Gibt es dafür einen bestimmten Grund? Oder einen Zeugen?" Bei der zweiten Frage musterte Nick Maurers Miene, die eine deutlich rote Färbung annahm. Hatte er ernsthaft gehofft, diese Frage nicht gestellt zu bekommen? Für so naiv hatte Nick ihn nicht gehalten. Andererseits: War es wirklich naive Dummheit oder eiskalte Berechnung? Hoffte er, Nick mit gespielter Betretenheit von einem Alibi zu überzeugen, das womöglich frei erfunden war? Es gab nur eine Möglichkeit, das herauszufinden.

„Und wie lautet der Name Ihres Alibis?"

„Als Gentleman ist es mir natürlich untersagt, die Identitäten der Damen preiszugeben. Das verbietet mir sowohl der Anstand als auch ihre gesellschaftliche Stellung." Maurer grinste süffisant.

Gentleman?! Nick traute seinen Ohren nicht. Wo war dieser Frauenhasser und Machotyp denn bitteschön ein Gentleman. Wusste der denn überhaupt, wie das geschrieben wurde?

„Ach. Wieder Mandanten von Ihnen?"

„Gewissermaßen."

„Ihnen ist schon klar, dass ein so unfundiertes Alibi vor Gericht als gar keines gehandelt werden kann?"

„Und Ihnen ist klar, dass vor Gericht immer die Unschuldsvermutung gilt und das >Nichtvorhandensein< eines Alibis dem Angeklagten erst einmal bewiesen werden muss und nicht umgekehrt?" Maurer hatte ruhig gesprochen, doch Nick merkte sehr wohl, dass er innerlich schon wieder kochte.

Nick hatte sich offenbar getäuscht in der Annahme, dass Maurer nicht für seinen Beruf geeignet war. Ganz im Gegenteil. Wenn einer das Gesetz für seine Zwecke optimal auslegen konnte, dann er.

Um einer weiteren Konfrontation aus dem Weg zu gehen, stand Nick mit einem Blick zu Ferdi auf und verließ mit einem kurzen „Guten Tag!" das Büro. Ferdi folge ihm auf den Fuß.

Als Nächstes statteten die beiden Ernst Fuchswinkler einen Besuch ab. Der gab sich zuerst verwirrt, dass man ihn schon wieder vernahm, doch dann bemühte er sich sichtlich, bei den beiden Polizisten einen guten Eindruck zu hinterlassen. Nick dachte sich, dass dieser schmierige Typ das absolute Gegenteil von seinem Kollegen war, welchen er jedoch von den beiden weniger mochte, war ihm nicht ganz klar. Maurer war zwar unfreundlich und abgehoben, doch Fuchswinkler war ein Schleimbeutel sondergleichen und machte auf „gut Freund", wo es ging, alle Eigenschaften, die Nick nicht unbedingt schätzte. Er lehnte also, im Gegensatz zu Ferdi, den Kaffee ab, den ihm der Anwalt anbot, und wartete nun auf dessen Antwort zur Frage nach seinem Alibi.

„Nun", Fuchswinkler nahm hinter dem Schreibtisch den beiden Polizisten gegenüber Platz und strich sich mit der flachen Hand über seinen fettigen Scheitel, „ich fürchte, ich habe so ein schlechtes Alibi wie beim letzten Mord. Ich war nämlich zu Hause. Allein. Aber ich werde mich bemühen, dass ich beim nächsten Mal etwas Stichhaltigeres bieten kann." Niemand außer ihm lachte über diese Aussage, die wohl als Witz gemeint war.

Da Herr Fuchswinkler aber auch selbst nicht mehr hinzufügte, sondern nur Sympathie heischend vor sich hin lächelte, erhob sich Nick. Und nachdem er Ferdi noch kurz die Gelegenheit gegeben hatte, seinen Kaffee auszutrinken, verabschiedeten sich beiden vom Anwalt Nummer zwei und traten wieder in den Gang hinaus. Als sich die Tür hinter den beiden geschlossen hatte, schüttelten sie sich gleichzeitig, als ob sie etwas Ekliges von sich abwerfen wollten. Daraufhin sahen sie sich an und prusteten los. Nick versuchte Ferdi zwar mit dem Zeigefinger vor den Lippen daran zu erinnern, dass man sie mit ziemlicher Sicherheit vom Büro aus hören konnte, doch sie konnten sich beide nicht wirklich beherrschen. Also bogen sie um die Ecke, lehnten sich an den unbesetzten Empfangstresen und versuchten sich zu beruhigen. Nach ein bis zwei Minuten hatten sie sich wieder so weit im Griff, dass sie nur noch leise vor sich hin grinsten.

„Oh, und setzen Sie sich doch, meine Herren. Darf ich Ihnen den Stuhl zurechtrücken, Herr Chefinspektor?", imitierte Ferdi Herrn Fuchswinkler mit hochrotem Kopf und sie fingen wieder an zu kichern.

Es schien eine Ewigkeit zu dauern, bis sie sich wieder so weit erholt hatten, dass sie bereit waren, den letzten der drei Anwälte nach seinem Alibi zu befragen.

Lukas Reichelts saß an seinem Schreibtisch über einen Aktenordner gebeugt und sah nur kurz auf, als die beiden Polizisten nach einem kurzen Klopfen eintraten. Sowohl der Schreibtisch als auch einer der Besucherstühle waren übersät mit Akten, Papieren und Ordnern. Nick bedeutete Ferdi sich zu setzen, und er selbst ging mit hinter dem Rücken verschränkten Armen durch das kleine Büro und besah sich das Bücherregal. Neben diversen Gesetzesausgaben und Klientenordnern entdeckte Nick dort auch einen Sammelband von Edgar Allen Poe und fragte sich, wie viel Freizeit man wohl so als Anwalt hatte. Musste er erst den Beruf wechseln, um endlich genügend Zeit zu haben, um all die Romane zu lesen, die er sich für sein Leben vorgenommen hatte? Denn bei den momentanen politischen Debatten schien es, als würde seine spätere Pension zu kurz werden, um das alles zu schaffen.

Nick wurde von Reichelts aus seinen Gedanken gerissen, der nun endlich die Akte schloss, die vor ihm lag, und seinen Besuch ansah.

„Womit kann ich Ihnen helfen, meine Herren. Ich nehme an, Sie sind beruflich hier?" Letzteres sagte er mit einem Blick auf Ferdis Uniform und warf schließlich Nick einen fragenden Blick zu, den er als dessen Vorgesetzten einstufte, weil er in zivil war.

„Worum handelt es sich diesmal? Ich hätte gedacht, ich habe Ihrer reizenden Kollegin bereits alle Fragen beantwortet."

Nick wandte sich vom Bücherregal ab und besah sich stattdessen den Schreibtisch und die daraufliegenden Papiere, bevor sein Blick zu den Zimmerpflanzen wanderte und schließlich an Reichelts' Gesicht hängen blieb.

„Ich gehe davon aus, dass Sie schon von den weiteren Morden gehört haben?"

Es war eine simple Fangfrage, denn der letzte Mord war dank der Verschwiegenheit seiner Kollegen bisher noch nicht bis zu den Medien durchgesickert. Doch Reichelts tappte nicht hinein. Entweder, weil er wirklich nichts wusste, oder weil er ein guter Spieler war.

„Welche Morde meinen Sie denn? Ich weiß nur etwas von einer alten Frau, die die Beichte nicht überlebt hat. ... Man hat sie doch in der Kirche gefunden, nicht wahr?"

Er blickte von einem zum anderen und wieder zurück.

„Nun", meinte schließlich Nick, der Reichelts' Gesicht nicht aus den Augen ließ, „es gab noch einen weiteren Mord. Ihre Sekretärin ist das Opfer." Er wartete kurz, bevor er fortfuhr: „Wo waren Sie also zwischen gestern Abend 8 Uhr und heute Früh 4 Uhr?" Nach kurzem Überlegen setzte er noch hinzu: „Beziehungsweise wo waren

Sie am vergangenen Sonntag zwischen 11 Uhr und 13 Uhr und letzten Donnerstag um etwa 23 Uhr? Ich fürchte, meine Kollegin hat vergessen, Sie bei ihrem Besuch nach Ihrem Alibi zu fragen, und ich denke mir, dass Ihnen in der Zwischenzeit ja eines eingefallen sein müsste."

Nick ärgerte sich noch immer über diese Schlamperei von Emily. Das war ein absolut unnötiger Fehler, den sie sich in ihrem Beruf nicht erlauben sollte. Aber jetzt war es zu spät, sich über solche Dinge aufzuregen, wo doch ganz andere Probleme wichtiger waren.

„Ja, das müssen wir in der Hitze des Gefechts wohl vergessen haben." Reichelts grinste anzüglich und Nicks Augen wurden unmerklich schmäler. Was sollte das denn jetzt bitte heißen? Sollte er Emily jemals wieder finden, würde er ihr höchstpersönlich eine Standpauke halten, die sich gewaschen hatte. Auch, wenn sie sonst eigentlich immer wie zwei gleichwertige Kollegen miteinander umgingen: dass er einen höheren Dienstgrad hatte, musste ja für irgendetwas gut sein. Doch Emily übte eigentlich schon lange genug in ihren Beruf aus, um zu wissen, dass man sich nicht mit möglichen Tatverdächtigen einließ.

Reichelts unterbrach seine Gedanken, nicht ohne sich ein kleines Lächeln zu erlauben. Was für ein abgehobener…

„Also, der Reihe nach. Um elf, sagten Sie, war der erste Mord? Mal überlegen. Da war ich zu Hause und bin noch einmal in aller Ruhe die Akten durchgegangen, die einen Klienten von mir betreffen. Ich hatte am Freitag einen wichtigen Prozess und da musste ich mich noch etwas vorbereiten. Ich habe den Fall gewonnen, das dürfen Sie gerne nachprüfen."

Waren eigentlich alle Anwälte so? Der eine war ein sprichwörtlicher Kotzbrocken, der nächste ein solcher

Schleimer, dass man zu Hause gleich zweimal würde duschen gehen müssen, und der hier redete, als würde er eine Pressekonferenz geben. Hatte Nick es in diesem Fall ausschließlich mit Verrückten zu tun? Und überhaupt: Er hätte nie gedacht, dass Emily ausgerechnet auf solche Typen stand. Gut sah er ja aus, soweit Nick das beurteilen konnte, aber er hätte Emily durchaus zugetraut, dass sie bei Männern auf mehr achtete als nur auf ihr Äußeres.

„Am Sonntag ... wo war ich da ...? Ach ja, richtig! Da war die Geburtstagsfeier meines Großonkels. Fragen Sie mich nicht, wieso alte Leute immer schon am Vormittag anfangen müssen zu feiern, aber sie können meine Verwandten gerne fragen, ob ich auch da war und brav mitgesungen habe bei den unzähligen Geburtstagsständchen."

„Dann bräuchte ich bitte noch Namen und Adressen der Anwesenden?", meldete sich Ferdi zu Wort, vermutlich um auch einmal etwas zu sagen. Er bekam das Versprechen, ein E-Mail mit der Liste zugeschickt zu bekommen.

„Und gestern Abend war ich zu Hause und habe den Abend vor dem Fernseher ausklingen lassen. Netter Krimi im ORF1. Ich bin dann auch recht früh ins Bett, die Woche war ziemlich anstrengend ... kein Wunder, wenn der Chef tot ist. Allein übrigens, wenn Sie das wissen wollen."

Ferdi erhob sich und sah Nick an.

„In Ordnung, das wäre fürs Erste alles. Falls Ihnen noch etwas einfallen sollte, hier ist meine Karte." Nick gab Reichelts seine Visitenkarte und verabschiedete sich. Auf dessen Frage, wieso er denn noch eine zweite brauche, wo er doch schon die seiner bezaubernden Kollegin habe, antwortete Nick nur mit einem verabschiedenden

Gruß und Ferdi folgte ihm mit einem flüchtigen „Auf Wiedersehen".

„Es sind also doch nicht alle verrückt da drinnen. Der Letzte war ja ganz in Ordnung. Netter Typ", meinte Ferdi schließlich, als sie auf der Straße standen.

„Mhm", meinte Nick nur in einem brummigen Tonfall. Offenbar war er mit seinen Gedanken woanders.

Ferdi blieb abrupt stehen und betrachtete Nick schmunzelnd von der Seite.

„Nick, Nick, Nick! Du bist doch nicht etwa in die Emily verknallt, oder?"

Nick sah ihn entrüstet an. „Ich? Wie kommst du denn darauf? So ein Blödsinn!"

Vielleicht hatte er ein wenig zu heftig reagiert, denn Ferdi schmunzelte nun noch viel breiter. „Also doch! Du hättest dich da drinnen sehen müssen! Du wärst dem am liebsten an die Gurgel gegangen, als er diese Andeutungen gemacht hat. Du bist eifersüchtig!" Letzteres sagte er direkt triumphierend und Nick verdrehte die Augen. War Reichelts ihm wirklich nur deshalb unsympathisch gewesen? Wenn ja, musste er sich in Zukunft ebenso zusammenreißen - wie seine Kollegin.

Um das Thema zu wechseln, erzählte er, was ihn gerade beschäftigte:

„Ich weiß jetzt endlich, was mich da drinnen gestört hat! Es ist mir gerade erst eingefallen, was mich die ganze Zeit schon irritiert hat. Ich habe nur nicht gleich erkannt, was es war. Aber jetzt weiß ich es! Ich glaube, ich kenne jetzt den Mörder!"

Doch sein Handy verhinderte die ganze Offenbarung. Es klingelte und Nick nahm mit einem Seufzer ab.

„Ja? Gibt's irgendwelche Neuigkeiten?"

Die gab es, denn Pritsch war inzwischen mit der Obduktion fertig geworden und bat Nick, so bald als möglich zu ihm zu kommen. Er meinte, er hätte etwas gefunden, das Nick mehr interessieren könnte als die Leiche selbst.

Nick und Ferdi fuhren zum Krankenhaus. Während der Fahrt und der anschließenden ewig erscheinenden Parkplatzsuche erklärte Nick Ferdi, was ihm aufgefallen war.

> Do., 6.12.
> Ich weiß, ich weiß,
> was du nicht weißt...

26.

Ein etwas anderer Tod

Pritsch erwartete sie bereits ungeduldig im Eingangsbereich. Während sie nach unten gingen, gab er den beiden eine kurze Zusammenfassung über seine Erkenntnisse: „Der Todeszeitpunkt war in etwa zwischen Mitternacht und halb eins. Sie ist mit einer Art Kabelbinder oder so gefesselt und dann zusammengeschlagen worden." Bei diesen Worten starrte ihn eine ältere Dame mit Stock, an der sie gerade vorbeikamen, mit vor Schreck geweiteten Augen an, doch die drei bemerkten sie gar nicht.

„Gestorben ist sie aber nicht an ihren Verletzungen, sondern sie ist erstickt."

„Erstickt?", fragte Nick verwundert. „Wie das denn? Erwürgt?"

„Nein, nicht erwürgt, sondern erstickt." Mittlerweile waren sie an der schweren Kühlhaustüre angekommen. Pritsch öffnete und sie traten ein. Wieder einmal. Nick hatte schon gehofft, dass er sich langsam daran gewöhnen müsste, doch dem war nicht so. Wie jedes Mal lief ihm ein kalter Schauer über den Rücken – und das lag nicht an der Kühle, die hier herrschte. Aus den Augenwinkeln bemerkte Nick, dass auch Ferdi sich unwohl zu fühlen schien, als sie an die kalte Arbeitsplatte traten. Sie war leer, bis auf das festgeschraubte Mikroskop und ein kleines Plastiksäckchen, nach dem Pritsch jetzt griff und es Nick unter die Nase hielt.

„Daran ist sie erstickt. Es muss ein grausamer Tod gewesen sein. Das Papier ist ihr so tief den Rachen hintergerutscht, dass sie es mit gefesselten Händen unmöglich wieder herausbekommen konnte. Zum Hervorwürgen ist es zu groß. Der Täter muss es ihr in den Mund gestopft haben, in der Annahme, dass wir es finden. Scheußlich, so etwas!" Nick hätte überrascht sein sollen, dass Pritsch einmal mehr von sich gab als die nackten Tatsachen, doch er war zu abgelenkt von dem, was in dem Plastiksackerl war. Es war ein weiterer Teil dieses seltsamen Briefes, nur dieses Mal ohne den Umschlag mit der Kinderhandschrift. Ohne die Augen davon zu lassen, bedankte er sich geistesabwesend beim Pathologen und strich das Papier im Sackerl glatt. Es war mit etwas Blut beschmiert und noch mit anderen Flüssigkeiten, deren Farbe Nick so gut es ging ignorierte, während er sein Notizbuch hervorholte, um den letzten Teil des Briefes zu entschlüsseln.

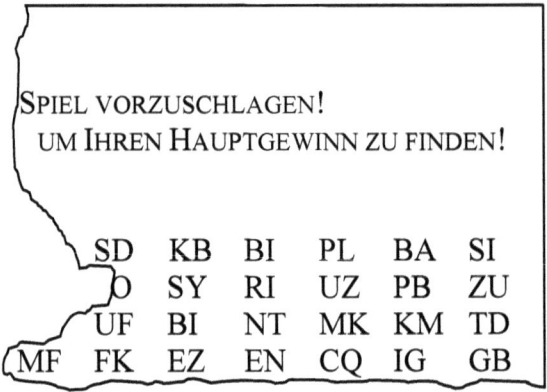

K	R	E	M	S
A	B	C	D	F
G	H	I	L	N
O	P	Q	T	U
V	W	X	Y	Z

KO	MX	ME	NS	IE	ZU	MF	RA	CH	TH	AF	EN
AM	DO	NX	NE	RS	TA	GU	MZ	EH	NU	HR	UN
DN	EH	ME	NS	IE	DE	NS	CH	LU	ES	SE	LM
IT	IC	HW	EI	SX	SD	AS	SX	SI	EI	HN	HA
BE	NK	OM	ME	NS	IE	UN	BE	WA	FX	FN	ET
UN	DO	HN	EI	HR	EK	OL	LE	GE	NV	ON	DE
RP	OL	IZ	EI	W	EN	NS	IE	SI	CH	NI	CH
TA	NU	NS	ER	ES	PI	EL	RE	GE	LN	HA	LT
EN	KO	EN	NE	NS	IE	IH	RE	KO	LX	LE	GI
NA	US	DE	RD	ON	AU	FI	SC	HE	NX		
DI	EU	HR	TI	CK	TX						

27.

Jede Lösung - ein Problem

Nick stand mit zittrigen Händen in der Tür der Pathologie. Er lehnte sich mit dem Rücken gegen den Türstock, während er in seinem Notizbuch aufgeregt herumschmierte. Nick fühlte alles zugleich: Aufregung, Schmerz, Hektik, Not und Entsetzen.

Pritsch und Ferdi standen ein paar Meter abseits. Keiner wusste, was in den kommenden Minuten passieren würde und vor allem was in diesem seltsamen verschlüsselten Brief stand. Sie hielten den Atem an und starrten in Richtung Tür, wo Nick noch immer angespannt herumstand.

In diesem eiskalten Raum herrschte eine Totenstimmung, aber dies lag am allerwenigsten an den Leichen, denn diese sahen noch lebendiger aus, als die vor Anspannung fast sterbenden Männer. Plötzlich wurde die Stille durch ein Geräusch unterbrochen. Es war Nicks Kugelschreiber, der zu Boden gefallen war.

„Frachthafen!", stieß Nick hervor. „Heute um zehn Uhr, sonst ...!"

Ferdi und Pritsch verstanden, was das >sonst< zu bedeuten hatte.

Nick war erleichtert, das Rätsel gelöst zu haben, doch standen nun wieder neue Probleme im Raum.

Welchen Schlüssel meinte denn der Mörder?
Wozu diente der Schlüssel?
Wer hatte ihn?

Und die wichtigste und nervenaufreibendste Frage war, ob Emily und er das Abenteuer gut überstehen würden...

Do., 6. 12.
Auf keinen Fall vergessen:
Waffe, Munition, Funkgerät,
Ohrstöpsel für's Funkgerät
(wo sind die eigentlich?),
Schihaube, Fleecejacke,
Turnschuhe, Verbandszeug,
Hirn

28.

Schattenspiele

Als Nick mit seiner Pistole in der Hand, eng an einen Container gepresst, am Frachthafen stand, wusste er nicht, woran er denken sollte. Sie hatten am Nachmittag einen perfekten Plan ausgearbeitet und alle Wenn und Aber berücksichtigt, doch es konnte immer etwas schiefgehen. Nun war es soweit. Er stand hellwach am Südeingang des Frachthafens hinter dem ersten Container. Es war extrem kalt, fand Nick, doch wahrscheinlich angemessen für Anfang Dezember. Angezogen war Nick ja, als würde er selber eine Bank ausrauben wollen. Er hatte sich viele Schichten übereinander angezogen, da er auf seine Jacke verzichten wollte. Diese machte erfahrungsgemäß zu viel Lärm und war beim Anschleichen auch sehr unpraktisch. So hatte Nick sein schwarzes Fleece wieder herausgekramt, welches er sich vor fünf Jahren gekauft hatte und eigentlich schon wegschmeißen hatte wollen. Er hatte sich von den Schuhen bis zur Haube dunkel angezogen, da er sich so besser in der Dunkelheit verstecken und ungesehen bleiben konnte. Angezogen wie ein Bankräuber und mit seiner schwarzen Haube kam er sich ziemlich dämlich vor. Am liebsten hätte er seine Lieblingshaube aufgesetzt, doch diese hatte einen Neonstreifen und das wäre bei dieser Aktion sehr unpassend gewesen, da er wie eine Leuchtreklame dahergekommen wäre.

Schnell schüttelte Nick den Kopf. Er durfte nicht mit seinen Gedanken abschweifen, sondern musste hochkonzentriert bei der Sache bleiben. Sonst könnte seine Unkonzentriertheit im Extremfall über Leben und Tod entscheiden. Es war schließlich schon gefährlich genug, dass er sich nicht an die Anweisungen aus dem Brief gehalten hatte. Er hatte weder den Schlüssel mit, von dem er immer noch nicht wusste, was er zu bedeuten hatte, noch war er unbewaffnet. Außerdem war es gerade einmal sieben Uhr Abends. Wenn er den Brief richtig gedeutet hatte und Donnerstag zehn Uhr Abends als Zeitpunkt gemeint war, blieben ihm noch knappe drei Stunden, alles zu einem guten Ende zu bringen. Nicht auszudenken, was passiert wäre, wenn zehn Uhr Morgens gemeint gewesen wäre. Doch bisher war es ruhig geblieben und so fühlte Nick sich auf dem richtigen Weg. Allerdings hoffte er inständig, dass der Entführer von Emily nicht auch gerade hier war, denn dann würde es unweigerlich zu einer Konfrontation kommen. Andererseits: war es wahrscheinlich, dass er seine Geisel so kurz vor der Übergabe alleine ließ, obwohl er ihren Aufenthaltsort preisgegeben hatte?

Jetzt, wo Nick so darüber nachdachte, wer hatte eigentlich jemals behauptet, dass das hier wirklich Emilys Aufenthaltsort war? Sicher konnte er auf jeden Fall nicht sein, aber einen Versuch war es allemal wert.

Schnell sprintete Nick zum zweiten Container, nachdem er um die Ecke gelugt hatte. Er presste sich an den Container, von dem er in der Finsternis vermutete, dass er blau war. Der Container sollte nach Spanien gehen und Nick entnahm der Aufschrift, dass er vollgefüllt mit Autoreifen war. Vor Aufregung schlotterten Nicks Knie. Das Einzige, das ihn aufheitern konnte, war der Gedanke, dass Ferdi in der Nähe war. Sie hatten es am Nachmittag lang und breit diskutiert, ob er alleine gehen sollte oder doch zu zweit. Doch sie hatten sich für die zweite Variante entschlossen, obwohl im Brief eindeutig stand, dass Nick alleine kommen sollte. Er tröstete sich mit dem Gedanken, dass der Mörder auch nicht fair spielte.

Schnell huschte er zwischen zwei Containern hindurch und stand nun in einem Meer von Containern. Er war hochkonzentriert, und so brachte ihn Ferdis Funkspruch leicht aus der Fassung. Ferdi kam genau von der anderen Seite des Frachthafens, benutzte also den Nordeingang. Zusammen versuchten sie systematisch den Hafen abzusuchen. Ihre Vermutung war, dass der Täter einen großen Container in der Mitte des Hafens besetzt hatte, doch sie könnten sich auch irren und er war gar nicht am Hafen, sondern spielt nur Spielchen mit ihnen, so wie er es schon seit Wochen machte.

Nicks Herz klopfte immer heftiger, je weiter er in den Hafen vordrang. Er hatte schon die Befürchtung, dass es jeder hören und es ihn verraten konnte, so laut war es. Er presste sich immer stärker gegen die Container, suchte jeden Schatten. Ausgerechnet heute war Vollmond, doch das machte alles nur noch gruseliger. Plötzlich sah er etwas vorbeizischen.

War das ein Schatten?

Nick nahm die Waffe noch fester in die Hand. Er hielt die Luft an und presste sich noch fester an die Wand. Von der Kälte bekam Nick nichts mehr mit, denn er schwitzte vor Aufregung. Doch plötzlich sah er den Schatten noch einmal, diesmal länger. Er sah sehr klein und schmal aus. Vielleicht war es ein Tier, das auf diesem Platz lebte und nur vorbeihuschte. Oder ein Vogel der über ihn hinweg flog.

… Oder es war der Mörder, der auf ihn wartete und ihm auflauerte.

Nick lief die Gänsehaut über den Rücken. Er musste auf die andere Seite, um in die Mitte des Lagerplatzes zu kommen. Doch hier war der Weg etwa zehn Meter breit, wo ihn der Mörder zu hundert Prozent sehen würde.

Dieses Problem hatten sie auch heute Nachmittag schon erkannt und es war eine knifflige Situation. Nick funkte zu Ferdi: „Geh' in den Kreis!" Der Kreis war das Stichwort für das Zentrum des Platzes. Sobald er das gesagt hatte, flitzte er los auf die andere Seite, wo er wieder in den Schatten eintauchte. Er war außer Atem, doch er wunderte sich, wieso Ferdi nicht sofort antwortete.

Hatte ihn der Mörder entdeckt? War er verletzt?

Er funkte noch einmal zu Ferdi: „Befinde mich im Kreis!" Doch auch diesmal kam keine Antwort. Nick bekam es mit der Angst zu tun, fasste jedoch im selben Moment seinen ganzen Mut zusammen und schlich weiter. Nun musste er die Sache geradebiegen. Er schlich mit einem mulmigen Gefühl zwischen zwei Containern hindurch, die annähernd dieselbe Farbe haben mussten. Er hielt seinen Atem an und drückt sich fest an die Wand. Nick hob seine Pistole in die Höhe und konzentrierte sich wieder. Er versuchte die Sorgen um Ferdi beiseite zu schieben. Doch es funktionierte nicht ganz.

Plötzlich sah er den Schatten erneut. Nick zuckte zusammen. Er spürt eine Kälte auf seinem gesamten Körper. Es herrschte eine Totenstille, sodass er sogar versuchte seinen Atem anzuhalten, da er ihn verraten könnte. Er schlich an das Ende des Containers.

Stille.

Sein Herz schlug.

Bum-bum, bum-bum …

Nick konnte nur Container in der Finsternis erkennen.

Bum-bum, bum-bum …

Er fühlte sich einsam, obwohl er wusste, er war nicht allein. Nein, der Mörder war auch da.

Bum-bum, bum-bum …

Sein Herz schlug immer schneller.

Plötzlich hörte er eine Stimme. Es war Ferdis Stimme, die aus dem Funkgerät ertönte. Nick zuckte zusammen. Es war so laut, dass es die Ohrstöpsel völlig überflüssig machte. Vermutlich konnte man ihn gut bis zum Gewerbepark hinüber hören. Nick hätte schreien können vor Ärger. Ferdi teilte ihm mit, dass er in einem Funkloch gewesen war und er sich ebenfalls im Kreis befinde. Nick versuchte sich zu sammeln, denn vor Schreck pochte sein Herz so heftig, dass er Angst hatte, er bekäme einen Herzinfarkt.

Bum-bum, bum-bum...

Er drehte den Regler für die Lautstärke nach unten und wollte gerade weiterschleichen, als es plötzlich gegen einen Container klopfte. Nick fuhr in die Höhe und horchte auf. Was war das? Sein Herz raste. Plötzlich ertönte es noch einmal. Nick sah sich nach allen Seiten um, doch er konnte niemanden sehen. Es musste aus dem Inneren eines Containers kommen. War das Emily oder war das ein mieser Trick des Mörders? Oder war es einfach nur eine Ratte? Nach dem dritten Mal wusste Nick, es war der rechte von den beiden Containern. Er musste das Risiko eingehen, denn sein einziger Gedanke war nur noch: Es musste Emily sein. Mit einem komischen Gefühl im Bauch ging Nick wieder bis zum Eck nach vorne, den Schritt, den er vorher zurückgesprungen war, als Ferdi ihn angefunkt hatte. Er lugte um die Ecke und beeilte sich. Nun musste alles ganz schnell gehen. Nick öffnete den Container und erkannte darin eine zusammengekauerte Gestalt am Boden. Er leuchtete mit der Taschenlampe auf die Person und erkannte Emily. Sie war gefesselt und geknebelt. Nick verwarf jede Vorsicht und stieß das knarrende Containertor weiter auf. Ohne sich noch einmal umzusehen zwängte er sich hinein. Er erschauderte, als er Emily im Schein der Taschenlampe für einen kurzen Moment genauer betrachtete. Ihr Gesicht war blutverkrustet, ihre Lippe aufgeplatzt. Die Haare hingen ihr in dünnen Wirren über die Schultern. Sie selbst sah blass aus und bibberte vor Kälte. Von der einst so starken, selbstsicheren Emily mit den kastanienbraunen Locken und dem hitzigen Temperament war nicht viel übrig geblieben. Wie ein gebrochenes Häufchen Elend lag sie zusammengekauert da und starrte ihn aus blutunterlaufenen Augen an.

Bei diesem Anblick wurde Nick übel. Was hatte dieser Kerl mit seiner liebsten Kollegin angestellt? Wut und Schmerz loderten in ihm auf und er biss die Zähne zusammen, um diese scheußlichsten aller Gefühle zu unterdrücken. Er konnte seinen Blick nicht von Emilys geschundenem Gesicht lassen, als er sich zu ihr hinunter beugte. Mit seinem Gefühlsausbruch hatte er unnötige Sekunden vergeudet und er musste schnell handeln, solange sie noch im Vorteil waren. Mit seinem Taschenmesser schnitt er ihr die Kabelbinder-Fesseln von den Füßen, damit sie laufen konnte und befreite sie zuletzt noch von dem Schal, der als Knebel herhielt und ihr den Mund verstopfte.

Sofort nutzte sie die Chance um etwas zu sagen, oder vielmehr zu zischen: „Na endlich! Was hat denn da bitte so lange gedauert?" Sie war also doch noch da, die alte Emily. Unwillkürlich entglitt Nick trotz der verzwickten Lage ein Grinsen.

„Ich bin auch froh, dich zu sehen!"

Nick hatte eigentlich vor gehabt, mit ihr, so schnell, wie möglich wieder zu verschwinden, doch diese Idealvorstellung gelang ihm nicht. Emily war verletzt und konnte nicht so schnell aus dem Container heraus. Also trug er sie, so gut es ging, hinaus und bog mit ihr schnell in einen Seitengang ein. Doch dort erwartete Nick ein dumpfer

Schlag auf den Kopf. Er stolperte und fiel zu Boden, begraben unter Emily. Der Mann mit der Motorrad-Kluft stand vor ihm. Emily konnte aufgrund ihrer Verletzung und noch immer zusammengebundenen Händen nicht aufstehen und flüchten.

Der Mann nahm Nick die Pistole weg.

„Wo ist der Schlüssel?" Nick, der sich seine Wunde am Kopf rieb, konnte sich im Moment nicht wehren. Gott sei Dank hatte er nicht das Bewusstsein verloren, doch der Schlag hatte gereicht, dass er sich gegen den Raub seiner Pistole nicht wehren konnte.

„Steh auf!" Nick versuchte, sich an den Containern hochzuziehen, doch es gelang nur schwer. Er konnte sich nur wackelig auf den Beinen halten.

„Nimm sie und sperr sie ein!" Nick wollte ihm nicht gehorchen, doch er war zu schwach, um zu widersprechen.

„Wird's jetzt?!" Nick half Emily auf.

„Geht's dir gut?"

„Du sollst nicht reden, sondern machen!" Der Mörder gab Nick einen Stoß, sodass er fast wieder hinfiel, doch er konnte sich gerade noch rechtzeitig halten. Er nahm Emily und half ihr behutsam in den Container. Bevor er die Tür zumachen konnte, sagte Emily noch zu ihm: „Mir geht's gut. Pass auf dich auf, Nick, hörst du? Pass auf!" Nick schloss die Tür. Es tat ihm weh, sie einsperren zu müssen. Doch es blieb ihm nichts anderes über. Als Nick den Container wieder verriegelt hatte, drehte er sich zu seinem Gegner um.

„Wo ist der Schlüssel?"

„Welcher Schlüssel?" Nick versuchte, seine Angst nicht zu zeigen.

„Du weißt genau, welcher Schlüssel, also gib ihn mir!" Nick konnte die Stimme des Mannes genau erkennen, obwohl der die ganze Zeit nur geflüstert hatte.

„Nein ich weiß es nicht und ich hab' auch keine Ahnung, wo er ist."

Der Mann richtete Nicks Pistole auf ihn: „Räum deine Taschen aus, aber sofort!"

Nick bewegte sich nicht und sah ihn nur böse an. „Wird's jetzt?" Er kam mit der Pistole immer näher auf ihn zu. Er entsicherte die Pistole. „Ich zähl bis drei."

„Eins!"

„Zwei!"

Bevor er drei sagen konnte, begann Nick seine Taschen zu entleeren. Er schmiss Taschentücher, die Taschenlampe, seine Handschuhe und ein Taschenmesser auf den Boden.

„Auch die Innentaschen und Hosentaschen!"

Nick holte seine Geldbörse und seine Wohnungsschlüssel hervor und warf sie ebenfalls auf den Boden.

„Dreh dich um!" Nick gehorchte und der Mann tastete seine Taschen ab. Und er fand etwas. „Du kleiner Lügner, du … hier ist er ja!"

Nick konnte es nicht fassen. Hatte er wirklich den Schlüssel eingesteckt, ohne es gemerkt zu haben? Wie kam der Schlüssel in seine Tasche?

Blitzschnell nutzte Nick die Abgelenktheit des Mannes aus und wollte zuschlagen, doch er traf ihn nur schwach. Sein Gegner aber beherrschte auch eine Kampfsportart, das wusste Nick spätestens, als er am Boden lag. Der Mann stieg, als Beweis seiner Überlegenheit auf Nicks Bauch. Wie beim Boxen. Er richtete mit der einen Hand die Pistole auf Nick und in der anderen Hand hielt er einen kleinen Gegenstand, den Schlüssel. Nick musste genauer hinschauen, doch dann musste er sich trotz seiner aussichtslosen Lage ein Lachen verkneifen, denn der Mörder hatte den Schlüssel gefunden, und zwar … den Fahrradschlüssel.

„Steh auf!", befahl er und hob seinen Fuß von Nicks Brustkorb. Nick gehorchte und stand etwas schwerfällig auf. „Rein da!" Er zeigte mit der Pistole auf den Container. Doch bevor Nick den Container öffnete, musste er noch etwas loswerden.

„Eins weiß ich. Egal was Sie hier tun oder tun werden, man wird Sie finden und dort hinbringen, wo sie hingehören, und zwar hinter Gitter, Herr ...!" Doch den Rest konnte Nick nicht mehr sagen, denn er wurde zusammengeschlagen und diesmal so, dass er das Bewusstsein verlor. Wie er später erkannte, hatte dem Mörder seine Rede nicht so imponiert wie ihm.

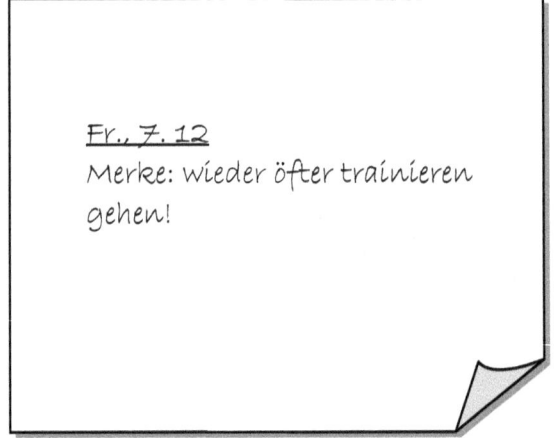

29.

Albtraum, Traum oder Fata Morgana?

Es war noch immer stockdunkel, als Emily die Augen öffnete. Sie hatte eine Weile geschlafen. Ob lang oder kurz konnte sie nicht sagen, denn ihr fehlte jegliches Zeitgefühl.

Bevor sie eingeschlafen war, hatte ER sie noch einmal kurz besucht. Er hatte wieder diese schwarze Motorradkluft getragen. Überflüssig, wie sie dachte, denn sie hatte ihn ja ohnehin längst erkannt. In Filmen hieß es zwar immer, dass man Männer, wenn sie flüsterten, nicht erkennen könne, aber da machte dieser eindeutig etwas falsch. Es war aber wohl besser, wenn er nicht bemerkte, dass sie wusste, mit wem sie es zu tun hatte. Das kannte man ja auch aus Filmen: Solange man ihr Gesicht nicht gesehen hat, brachten sie einen nicht um.

Diesmal war er sogar ganz nett gewesen. Sofern man das in ihrer Situation sagen konnte.

Er hatte ihr den Kabelbinder abgenommen, sie vom Knebel befreit und ihr mit der unbewaffneten Hand eine Wasserflasche und ein Käsestangerl unter die Nase gehalten, das sie gierig verdrückt hatte. Anschließend hatte er sie sogar aus ihrem Gefängnis herausgeführt, zu einer Art Chemie-Klo ein paar Meter weiter. So eines, wie sie auf Campingplätzen oder in Kellerbunkern stehen. Er war dann natürlich nicht so freundlich gewesen, sich zu verzupfen und ihr ihre Privatsphäre zu lassen, aber er war immerhin so freundlich gewesen, die Taschenlampe auszuschalten. So konnte er sie zumindest nicht sehen, denn es war wieder stockdunkel gewesen. Nur leise war es nicht gewesen, weil sie ihn in ihrer Nähe atmen gehört hatte, und das hatte gleich wieder Panik bei ihr ausgelöst. Als sie dann fertig gewesen war, hatte er ihr wieder die Hände gefesselt und sie wieder in ihr Gefängnis hinter den Kisten verfrachten wollen. Aber sie hatte protestiert. Sie hatte auf ihn eingeredet, sie nicht mehr dort einzusperren. Sie hatte mit ihrem verletzten Knöchel argumentiert und wie durch ein Wunder hatte er auf sie gehört.

Sie wunderte sich immer noch, wieso er das getan hatte. Ja, wieso er überhaupt so freundlich zu ihr gewesen war. Oder litt sie etwa jetzt schon unter dem Stockholmsyndrom? Sie betete, dass es nicht so war. Sonst konnte sie sich ja gleich einliefern lassen, wenn sie hier lebend wieder hinaus kam.

Auf jeden Fall war sie jetzt verschnürt wie ein Weihnachtspaket, damit sie nur ja nichts Dummes anstellte, wie er gemeint hatte.

Durch ihren Ausflug auf das Klo hatte sie aber nicht nur die Möglichkeit bekommen, ihre Blase zu leeren und sich auszustrecken, ohne sich den Schädel einzuschlagen. Nein, sie wusste jetzt auch, wo sie war! Oder zumindest vermutete sie es. Sie hatte nämlich die Gelegenheit gehabt, die Wand abzutasten und hatte bemerkt, dass die etwa handbreite Rillen hatte. Und sie kannte nur ein einziges Ding, das ebensolche Rillen hatte: ein Container.

Also war sie entweder am Bahnhof, auf einer Baustelle oder am Hafen. Bahnhof war unwahrscheinlich, weil die Container dort nie lange lagen, bevor sie weitertransportiert wurden, und dann wäre sie schon längst in Ungarn, Deutschland, oder sonst irgendwo. Baustelle ging auch nur dann, wenn dort nichts gearbeitet wurde. Leider fielen Emily auf Anhieb ein paar Baustellen in Krems und Umgebung ein, auf denen seit Jahren nichts weiterging und wo sie noch nie einen einzigen Bauarbeiter gesehen hatte. Und den Hafen konnte sie leider auch nicht ausschließen, weil die Container dort oft eine halbe Ewigkeit zwischengelagert wurden, bevor sie weiter verschifft wurden. Aber immerhin: Sie wusste, sie war in einem Container. In einem dunklen Container. Vielleicht ein blauer? Oder war er grün? So genau hatte sie das im Halbdunklen, wenn ER mit der Taschenlampe da gewesen war, nicht erkennen können.

Mit dem Gefühl, zumindest eine Kleinigkeit herausgefunden zu haben, auch wenn ihr das im Augenblick wenig brachte, versuchte sie, sich ein wenig bequemer hinzulegen, als sie plötzlich etwas hörte, was sie in der Bewegung erstarren ließ. Sie hörte für einen Moment auf zu atmen, um besser hören zu können. So leise wie möglich rutschte sie näher an die Wand heran und lauschte.

Da waren Schritte, ganz klar. Aber was sie aufmerksam gemacht hatte, war eine Stimme gewesen. Ein Flüstern.

„Befinde mich im Kreis!", hatte jemand geflüstert. Der Satz war dämlich genug, aber was Emilys Aufmerksamkeit auf ihn gelenkt hatte, war nicht sein sinnloser Wortlaut, sondern die Stimme, die ihn geflüstert hatte. Das war ganz bestimmt nicht ER gewesen! Da war jemand anders!

Sie überlegte noch, ob sie den Fremden wohl auf sich aufmerksam machen sollte oder ob sie sich oder ihn damit nur in zusätzliche Gefahr brachte, als sie etwas hörte, das sie nicht mehr ignorieren konnte.

„War in einem Funkloch. Bin auch im Kreis."

Es war ein Funkspruch.

Ein seltsamer Funkspruch.

Aber Emily hatte erkannt, von wem er gekommen war: Ferdi!

Sie war gerettet!

Sie nahm ihre ganze Kraft zusammen und schmiss sich mit voller Wucht gegen die Wand. Sie war wieder geknebelt, konnte also nicht rufen. Aber von draußen musste sie trotzdem zu hören sein. Die harte Wand tat verdammt weh, aber Emily biss die Zähne zusammen und schmiss sich erneut dagegen und gleich noch einmal.

Da endlich hörte sie ein Geräusch aus der Richtung der Tür.

Jemand machte sich daran zu schaffen. Hoffentlich hatte ER kein Schloss davor angebracht! Aber nein, mit einem leisen Ächzen ging die Tür auf und Licht flutete herein. Genug, um erkennen zu können, dass es niemand in Motorradkluft war, der dort stand, sondern ein Einbrecher. Zumindest sah er so aus. Auf den ersten Blick. Auf den zweiten konnte Emily aber leider nichts mehr sehen, weil der Mann seine Taschenlampe eingeschaltet hatte und ihr ins Gesicht leuchtete. Hoffentlich sah ihn keiner!

Dem Seufzen zufolge war es Nick, der da auf sie zukam und sie, von ihren Fußfesseln befreite. Als er ihr dann auch den Knebel abnahm, konnte sie nicht anders, als all ihre Wut und Angst an ihm auszulassen.

„Na endlich! Was hat denn da bitte so lange gedauert?"

Sie wollte eigentlich nicht so grob sein, wollte ihn nicht beschimpfen. Aber sie konnte nicht anders. Dabei war sie so überglücklich ihn zu sehen. Hätte sie ihm jedoch ihre Freude über sein Auftauchen verraten, wäre sie bestimmt in Tränen ausgebrochen. So aufgewühlt war sie. Aber sie wollte sich vor ihm keine Blöße geben, auch jetzt nicht. Sie sah bestimmt schrecklich aus, so ungewaschen und fertig, wie sie war. Da wollte sie sich nicht auch noch einen Gefühlsausbruch leisten, der sie schwach wirken ließ. Sie wusste, das war kindisch, aber sie konnte nicht anders.

Nick hingegen schien vollkommen der Herr der Lage zu sein.

„Ich bin auch froh, dich zu sehen!" War das ein Lächeln, das da in seiner Stimme lag?

Er versuchte, sie in die Höhe zu ziehen, doch es gelang ihm nicht. Wie auch? Sie war an Händen und Füßen gefesselt und hatte sich noch dazu den Fuß verstaucht! Also hob er sie wie ein kleines Kind kurzerhand vom Boden auf und trug sie, die Taschenlampe zwischen den Zähnen, aus dem Container. Sie hatte ihren Kopf an seine Brust gepresst und so spürte sie nur einen kalten Windstoß, als etwas an ihrem Ohr vorbeizischte und ihren Retter am Kopf traf.

Die Taschenlampe fiel ihm aus dem Mund und erlosch am Boden. Er selbst taumelte einen Schritt zurück, stürzte ebenfalls und landete sehr unsanft am Asphalt. Emily oben drauf. Der Mann in der Motorradkluft nahm Nicks Dienstwaffe an sich und richtete sie auf sie beide, während Emily sich von Nick herunterrollte, um ihn aufstehen zu lassen. In ihrem Kopf kreisten alle Gedanken durcheinander und der einzige, den sie ergreifen konnte, war der, dass ER jetzt schon zwei Waffen hatte. Das war nicht nur leichtsinnig, das war pure Unfähigkeit! Sie sollten den Beruf wechseln! Alle beide!

„Wo ist der Schlüssel?" Schon wieder dieselbe Frage. Diesmal an Nicks Adresse.

„Steh auf!" Offenbar war auch damit Nick gemeint. Er zog sich mühsam an der glatten Wand des Containers hinauf. Emily hätte ihm gerne geholfen, doch sie selbst konnte ja noch nicht einmal alleine stehen.

„Nimm sie und sperr sie ein!" Man konnte ihm ansehen, dass ihm das nicht gefiel, aber Nick half Emily trotzdem so gut es ging auf die wackligen Beine und trug sie mehr, als dass er sie stützte, langsam, Schritt für Schritt, zurück zum Container, während sie neben ihm her hüpfte.

Der andere wurde langsam ungeduldig, aber Nick erkundigte sich trotzdem, wie es Emily ging. Es war eine sinnlose Frage angesichts der Tatsachen, aber er fragte sie wohl nur, um irgendetwas Aufmunterndes zu hören. Emily tat ihm mit einem Lächeln und einem leichten Nicken den Gefallen.

IHM ging es offenbar zu langsam, denn er stieß Nick in Richtung der Containertüre, woraufhin Nick mit Emily im Arm beinahe wieder hingefallen wäre. Nicht sehr zweckdienlich, sollte man meinen.

Als Nick die Tür hinter ihr verschließen wollte, flüsterte sie noch schnell: „Mir geht's gut. Pass auf dich auf Nick, hörst du? Pass auf!", bevor sie wieder die Dunkelheit empfing.

Draußen hörte sie, wie Nick schon wieder mit der Schlüsselfrage gelöchert wurde. Aber offensichtlich hatte er genauso wenig Ahnung davon wie sie selbst. Oder etwa doch? Emily hörte den anderen triumphieren, gefolgt von einem unterdrückten Schmerzensschrei und einem Stöhnen. Jemand begann erneut, den Container zu öffnen. Nick sagte etwas, das Emily nicht verstehen konnte, und plötzlich rumpelte etwas gegen die Wand.

Erneutes Stöhnen, dann wieder das Geräusch der aufgehenden Containerverriegelung.

Mondlicht, das in die Finsternis drang.

Eine Gestalt, die in den Container gestoßen wurde, bevor es wieder finster wurde.

Emily zog sich zu der am Boden liegenden Gestalt. Nein, es war leider nicht der Mann mit dem Motorradhelm, sondern Nick, der augenscheinlich bewusstlos war. Emily ertastete seinen Kopf, fühlte seinen Atem. Der war ruhig und gleichmäßig. Immerhin.

Sie bettete Nicks Kopf so gut es ging auf ihren Schoß und tastete ihn vorsichtig ab. Da war eine Flüssigkeit, die ihm über das Gesicht rann. Blut. Am meisten davon hatte er auf der Stirne. Da musste er gegen die Containerwand gekracht sein. Emily versuchte die Wunde mit ihren aneinandergefesselten Händen abzutasten, ohne ihm allzu sehr darin herumzufahren. Die Wunde war in etwa so groß wie ihre eigene. Das war beruhigend. Hoffentlich hatte er jetzt nicht auch noch eine Gehirnerschütterung. Das wäre wirklich das Letzte, was sie brauchen konnten. Vorsichtig strich sie ihm die blutverklebten Haare aus der Stirn, als er ein Stöhnen von sich gab. Na, bitte!

„Mir dröhnt der Schädel!", war das Erste, das er von sich gab. „Du hast nicht zufällig ein Aspirin dabei?" An seiner Stimme war zu erkennen, dass er versucht zu lächeln. Es konnte also nicht so schlimm sein.

„Kannst du dich aufsetzen?" Sie wollte wissen, ob er sich auch nichts gebrochen hatte.

Er schien zu überlegen.

„Eigentlich finde ich es so ganz bequem", meinte er, setzte sich aber trotzdem langsam auf. Es war also nichts gebrochen, somit konnten sie ja jetzt auch zu den drängenden Dingen übergehen.

„Wie bist du hergekommen? Was ist in der Zwischenzeit passiert? Wie lang war das überhaupt? Den Mörder habt ihr ja noch nicht, nehme ich an, sonst müsste ich mir ernsthaft Gedanken machen, wer mich sonst alles entführen will." Emily stellte alle Fragen, die ihr auf der Zunge lagen auf einmal, und Nick erzählte.

Er erzählte von seinen Nachforschungen in der Kanzlei kurz nach ihrem Verschwinden, er erzählte von den Briefen, von den Kreuzbergers, seiner Suchaktion nach ihr, vom Einbruch beim Schweizer und bei der Oberbauer. Als er gerade zu dem nächtlichen Anruf und Jacqueline

Sackeder kam und ihr gestehen wollte, welche Sorgen er sich um sie gemacht hatte, hörten sie ein Ruckeln an der Containertüre. Nick verstummte und beide lauschten auf das, was gleich kommen würde.

War ER schon wieder da?

Der Riegel wurde langsam zur Seite geschoben, die Türe ging mit einem leisen Knarren auf. Vor das helle Mondlicht, das hereinschien, drängte sich ein Schatten. Ein Mann, der näherkam. Ein Hüsteln.

„Störe ich?" Es war Ferdi, der die beiden besorgt betrachtete, nachdem er seine Taschenlampe eingeschaltet und in das Innere des Containers gerichtet hatte.

„Ferdi!" Emily wäre dem Kollegen gerne um den Hals gefallen, wäre sie nicht noch genauso unbeweglich wie vor wenigen Minuten. Auch Nick machte aus seinem blutverschmierten ein frohes blutverschmiertes Gesicht.

„Wo warst du denn so lange?"

„Tut mir wirklich leid, dass ich nicht eher gekommen bin!" Ferdi machte ein zerknirschtes Gesicht. „Da ist leider plötzlich irgend so ein Mann aufgetaucht, der sich kurz darüber aufgeregt hat, dass das hier Privatgelände ist und wir hier nix zu suchen haben." Während er den beiden erzählte, wie er den Fremden dann doch noch losgeworden ist – nämlich mit seinem Dienstausweis und der Drohung, ihn wegen Behinderung der Polizei und anderer Straftaten, die sie schon noch finden würden, anzuzeigen – zückte er ein Taschenmesser und befreite Emily von den restlichen Fesseln. Dann half er beiden auf die Beine und sie gingen, sich gegenseitig stützend, zurück zum Wagen. Auf dem Weg dorthin erzählte Ferdi ohne Unterbrechung: „...Und dann habe ich ihn zum Ausgang begleiten müssen, sonst wäre der nie gegangen und ich habe mir gedacht, einen Zivilisten können wir jetzt am allerwenigsten gebrauchen. Und wie ich dann zurückgekommen bin, habe ich nur gesehen, wie er den Schlüssel gefunden und dich dann in den Container gesperrt hat. Was für ein Schlüssel ist das eigentlich, den du ihm da angedreht hast? Auf jeden Fall bin ich ihm dann nach und habe gesehen, dass er sich auf seinem Motorrad verzupft hat. Ich habe mir die Nummer notiert und eine Fahndung nach ihm rausgegeben. Der ist spätestens in ein paar Minuten geschnappt, wenn er seine Maschine nicht schon nach der ersten Kurve abstellt und mit dem Auto weiterfährt. Aber auch dann kommt er nicht weit, wenn er sich nicht eine neue Identität zulegt."

„Jetzt hol' einmal ganz ruhig Luft", unterbrach ihn Emily schließlich amüsiert. Sie waren beim Auto angekommen und Emily zerlegte das Erste-Hilfe-Packerl, um Nick notdürftig zu verbinden und sich selbst gleich mit. Beide waren sie davon überzeugt, dass sie nichts gebrochen und auch keine Gehirnerschütterung hatten und es somit überflüssig wäre, ins Krankenhaus zu fahren. Da konnte Ferdi sich aufregen, was er wollte. Stattdessen brachten sie ihn dazu, sie beide nach Hause zu fahren und dann ebenfalls schlafen zu gehen, denn es war spät geworden, die letzten Stunden waren furchtbar schnell verflogen und der nächste Tag würde ebenfalls lang werden.

Fr., 7. 12.

To do:
- Fahndungsfoto rausgeben
- Erste-Hilfe-Koffer neu befüllen
- Schlösser, die zu einem kleinen Schlüssel passen, suchen

30.

Auf den Hund gekommen

Am nächsten Morgen erwachte Nick mit dem Gefühl, nicht einmal eine halbe Stunde geschlafen zu haben. Es war bereits nach zwei gewesen, als er in seiner Wohnung angekommen war. Er hatte sich hundemüde aus seiner Einbrecher-Verkleidung geschält und erst einmal eine halbe Ewigkeit lange geduscht. Danach war er dann noch müder als zuvor gewesen und als er sich dann endlich ins Bett fallen gelassen hatte, hatte er nicht mehr einschlafen können. Nach einiger Zeit des Wach-Liegens hatte er es sogar mit Schäfchen-Zählen probiert, aber nicht einmal das hatte geholfen. – Bis er dann so gegen 5 Uhr Früh in einen traumlosen Schlaf gefallen war, der alles andere als erholsam gewesen war.

Dementsprechend schlecht gelaunt also schwang er sich an diesem Freitagmorgen aus dem Bett und stöhnte auf. Verspannt war er auch noch. Schlechter konnte der Tag nicht beginnen.

Mürrisch kam er dann eineinhalb Stunden später im Kommissariat an, wo er auf eine strahlende und bestens gelaunte Emily stieß.

„Guten Morgen!", trällerte sie ihm schon bei der Tür entgegen und drückte ihm, noch bevor er sich setzen konnte, einen Becher Kaffee in die Hand. Eigentlich hätte er ja auch gut gelaunt sein sollen, weil sie wieder da war, aber es wollte ihm einfach nicht gelingen, nach dieser Nacht auch nur irgendetwas gut zu finden. Schon gar nicht dieses grässliche Gebräu aus dem Kaffeeautomaten.

„Sie haben ihn noch nicht gefunden, aber die Fahndung auf seinen Namen, sein Motorrad und seine Beschreibung läuft noch. Deshalb habe ich mir inzwischen überlegt, dass wir ja auch nach dem Schlüssel suchen können oder zumindest nach dem, was er aufsperrt. Und weil er ja auf deinen Fahrradschlüssel hereingefallen ist, muss es sich bei dem gesuchten um einen eher kleinen Schlüssel handeln, von dem ER auch keine Ahnung hat, wie er ausschaut. Mit so kleinen Schlüsseln kann man aber weder ein Kellerschließfach aufsperren noch irgendeinen fahrbaren Untersatz und deshalb wird er wohl für einen Tresor oder ein Schließfach sein oder so. Wobei der Tresor dann schon ziemlich alt sein müsste, weil die ja heute alle nur noch mit Zahlenkombinationen versperrt sind. Ich habe also schon einmal eine Liste zusammengestellt, welche Schließfächer mir in Krems so einfallen. Es sind zwar ziemlich viele, aber ich glaube, wir können sowieso ein paar ausschließen." Sie sprudelte weiter, während Nick mit angewidertem Gesichtsausdruck den Kaffee hinunterschluckte und sie betrachtete. Sie hatte ihre Wunde auf der Stirn dezent mit einer Strähne bedeckt, aber sonst sah sie aus wie immer: gesund und lebhaft, nur fast ein bisschen zu aufgedreht. Aber mit der zusammengekauerten blutüberströmten Gestalt am Boden eines Containers hatte sie nichts mehr gemein, worüber Nick dann doch ein wenig lächeln konnte.

„Also, ich glaube, wir können es uns sparen, in der Sporthalle, beim Eislaufplatz oder im Schwimmbad nachzufragen. Sonst kenne ich noch die Schließfächer am Bahnhof, aber die funktionieren mit einer Karte, und die beim *Eurospar* im *Bühlcenter* benötigen zwar einen Schlüssel, aber die sind durchsichtig. Ich glaube also nicht, dass er es auf die abgesehen hat. Sonst gibt's noch die in den ganzen Museen, und das sind viele! Und die in den Schulen. Das sind noch mehr! Kommt man an die eigentlich ran, wenn man kein Schüler ist? Und außerdem haben Banken ja auch Schließfächer. Ich würde vorschlagen, wir fangen mit denen an. Was meinst du? Gib es in Krems eigentlich noch so etwas wie einen Sparverein? Die haben ja auch so etwas wie Schließfächer." Gespannt sah sie Nick an, der sie ungläubig anstarrte. Was war denn heute mit Emily los? Sie war doch sonst nicht so redselig! Offenbar war sie doch nicht so locker, wie sie gerne rüberkommen wollte. Nick nahm sich vor, sie bei nächster Gelegenheit danach zu fragen. Auch wenn sie ihm dafür womöglich den Kopf abreißen würde.

Seufzend stand er auf und betrachtete mit gerunzelter Stirn die handschriftliche Liste, die Emily ihm unter die Nase hielt.

„Also", meinte er nach kurzem Überlegen, „ich bin trotzdem dafür, dass wir zuerst die Tresore abklappern, die dafür in Frage kommen können. Das sind nämlich nicht so viele. Nur der der Kreuzbergers, wenn die einen haben, und ein möglicher Firmensafe, sonst fällt mir eh keiner ein. Das können wir ja schnell zusammen erledigen und dann, würde ich sagen, teilen wir uns auf."

„Einverstanden", meinte Emily schlicht und griff nach ihrer Jacke. Ferdi hatte genug mit der Fahndung zu tun und so machten sie sich alleine und zu Fuß auf den Weg.

Martina Kreuzberger öffnete schon nach dem ersten Klingelton. Sie hatte ihre Daunenjacke an und den rechten Fuß schon im Stiefel, auf dem sie nun umherhüpfte, den zweiten Stiefel noch in der freien Hand.

„Ja? Gibt es Neuigkeiten?" Sie war ganz offensichtlich am Aufbrechen und eher wenig erfreut, dass die Polizei ausgerechnet jetzt bei ihr auftauchte.

„Das auch", bestätigte Emily ihre Frage, „aber zuerst hätten wir noch ein paar kurze Fragen an Sie. Haben Sie einen Tresor im Haus? Oder sonst wo?"

Frau Kreuzberger schien diese Frage zu irritieren.

„Ja ... natürlich. Wieso wollen Sie das denn wissen?"

Emily ging nicht auf ihre Frage ein: „Ist der mit einer Buchstaben- oder Zahlenkombination gesichert oder mit einem gewöhnlichen Schloss?"

Frau Kreuzberger wurde schnippisch: „Ich weiß zwar wirklich nicht, was Sie das angeht, aber mit einer Zahlenkombination. Sechsstellig, wenn Sie das auch wissen wollen." Sie sah die beiden abwartend an, die sich enttäuschte Blicke zuwarfen. „Und wieso genau wollten Sie das jetzt wissen? Was sind das außerdem für Neuigkeiten, von denen Sie vorhin gesprochen haben?"

„Verzeihen Sie, wir suchen nach einem Schloss, das mit einem ziemlich kleinen Schlüssel geöffnet wird und das für den Mörder Ihres Mannes interessant sein dürfte. Fällt Ihnen da zufällig noch etwas ein?"

Sie überlegte. „Nein, tut mir leid. In der Kanzlei gibt es natürlich noch einen Safe, aber ansonsten ... nein, da kann ich Ihnen wirklich nicht helfen."

Emily und Nick bedankten und verabschiedeten sich und gingen hinter einer Horde Schülern mit Eislaufschuhen den Berg wieder hinunter.

„Irgendwie schon unfair. Da wissen wir, wer ihren Mann ermordet hat, und dürfen es ihr trotzdem nicht sagen." Emily starrte nachdenklich auf die dünne Schneedecke zu ihren Füßen.

„Weil wir es noch nicht beweisen können. Nur weil er ein Motorrad samt Lederdress besitzt, heißt das noch lange nicht, dass er auch ein Mörder sein muss. Und dass wir beide seine Stimme erkannt haben, wird uns jeder gute Anwalt als Voreingenommenheit oder sonst etwas auslegen."

„Was heißt da Voreingenommenheit?", regte sich Emily auf, „nie und nimmer hätte ich gedacht, dass ausgerechnet DER ein Mörder ist. Der Maurer ja, okay. Aber nicht ER. Er war mir ehrlich gesagt sogar ziemlich sympathisch. Dabei hat er mich nur um den Finger gewickelt, um an Informationen heranzukommen. Ich könnte mich ohrfeigen! Ich habe mir auch noch gedacht, dass da vielleicht was draus werden könnte, ich dumme Gans." Nick rutschte vor Schreck auf einer kleinen Eisplatte aus, aber Emily bemerkte ihn kaum. „Ich habe noch gehofft, dass er einen Tag oder ein Lokal für das nächste Treffen vorschlägt. Wieder auf einen Kaffee oder so. Hat er aber nicht und jetzt weiß ich ja auch warum. Dieser Arsch!" Emily sah sehr betrübt aus.

„Und mehr ist da nicht gelaufen?", rutschte es aus Nick heraus, bevor er etwas dagegen tun konnte. Eigentlich hatte er nicht nachfragen wollen, aber jetzt war es zu spät. Er konnte es nicht verhindern, rot zu werden.

„Was geht dich denn das schon wieder an?", meinte Emily scherzhaft. Zum Glück nahm sie es ihm nicht wirklich übel, dass er nachgefragt hatte. „Aber wenn es dich beruhigt: Nein, ist es nicht. Auch wenn ich an dem Abend nichts dagegen gehabt hätte, muss ich zugeben. Heute bin ich froh, dass nichts gelaufen ist."

Nick war erleichtert, dass er nur provoziert worden war, ohne dass etwas Wahres dran gewesen war. Auch wenn ihm Emilys Geständnis, dass sie nichts dagegen gehabt hätte, einen leichten Dämpfer verpasste.

„Hast du ihn eigentlich auch an der Stimme erkannt? Meiner Meinung nach hätte er sich die Flüsterei auch sparen können." Emilys Versuch, das Thema möglichst unauffällig zu wechseln, gelang ihr nicht wirklich, aber Nick hatte nichts dagegen und ging darauf ein:

„Ich bin eigentlich auf Lukas Reichelts gekommen, weil er der Einzige unserer Verdächtigen ist, der ganz offensichtlich ein schwarzes Motorraddress besitzt. Es ist nämlich hinter seiner Zimmerpflanze gehängt, als wir ihm einen Besuch abgestattet haben. Und das, obwohl er einer der wenigen von unseren Verdächtigen ist, der keinen A-Schein hat. Außerdem hat er versucht mich zu provozieren. So dämlich war der Maurer zwar auch, aber bei dem war es einfach nur Boshaftigkeit. Beim Reichelts war ich mir da am Anfang nicht sicher, aber jetzt glaube ich, dass das seine Spielernatur ist."

Emily ging schweigend neben ihm her.

Als sie am Pfarrplatz ankamen, entdeckten sie am anderen Ende des Parkplatzes einen alten VW-Käfer, der verlassen auf seine Besitzerin wartete. Emilys Auto hatten sie in den letzten Tagen glatt vergessen. Die überfälligen Strafzetteln stapelten sich auf der Windschutzscheibe, aber ansonsten schien das Auto in Ordnung zu sein. Emily kramte schon in ihrer Handtasche nach dem Schlüssel, um zu testen, ob es auch ansprang, und ging inzwischen darauf zu. Zur selben Zeit kam der Pfarrer Marone aus der Kirche und als er Nick entdeckte, steuerte er schnurstracks auf ihn zu.

„Mein Lieber Herr Chefinspektor! Wie schön, dass ich Sie treffe! Bisher sind Sie ja nicht in die Abendmette gekommen. Aber am Sonntag kommen Sie dann schon, oder?" Nick versuchte, die Flucht zu ergreifen, doch es war zu spät. Der Pfarrer hatte ihn gepackt und zerrte ihn auf dem Weg zurück zur Kirche regelrecht mit sich. „Aber ich wollte ja eigentlich etwas ganz anderes mit Ihnen besprechen. Ich hätte nämlich eigentlich gedacht, dass Sie den Hund der Verstorbenen – Gott, hab' sie selig – ins Tierheim in fachgerechte Obhut geben."

„Nun ja, dass..." Nick versuchte, dem Pfarrer die Umstände zu erklären, ohne zu viel preiszugeben, doch er kam gar nicht dazu.

„Jedenfalls wollte ich vergangenen Montag am Abend gerade die Kirche zusperren, da ist das arme Hunderl direkt vor den Stufen gesessen und hat mich so traurig angeschaut, dass ich ihn mitgenommen hab'. Der hat halt sein Frauerl gesucht, hab' ich mir gedacht. Das ist doch nicht strafbar, oder? Ich kann doch so ein armes Viecherl nicht in der Kälte sitzen lassen. Jesus predigte einst die Nächstenliebe und ich denke, dass man da auch bei seinem vierbeinigen Nächsten anfangen kann, nicht wahr?"

Nick versuchte den Pfarrer zu beschwichtigen, wollte ihm sagen, dass es in diesem Fall nicht wirklich ein Gesetz gab, das das verbot, aber auch diesmal ließ Marone ihn nicht ausreden.

„Und gefüttert hab ich ihn dann. Mit Frankfurtern, weil ich ja kein Hundefutter gehabt habe, aber die hat er einfach verschlungen. Und weil er dann noch immer so einen Hunger gehabt hat, hat er auch noch den Rest von meiner Kardinalschnitte bekommen. Da heißt es immer, dass so Hunde alles fressen und ohne Probleme. Woher soll ich dann bitte wissen, dass der mir einen Durchfall bekommt, wie wenn man ohne Schnapserl nach Somalia fliegt und dort eine Woche lang Eintopf isst. Furchtbar, sage ich Ihnen! Und am nächsten Tag ist dann auch noch meine Haushälterin gekommen. Eine Seele von einer Frau, das gute Roserl." Der Pfarrer legte einen Arm um Nicks Schultern und sah ihm vertrauensvoll in die Augen. „Aber, ich sag's Ihnen. Wie die den Teppich gesehen hat, ist die zur Furie geworden. Also da bin ich dann wirklich froh, dass die in Rom das Zölibat noch nicht abgeschafft haben! Nur ein Glück, dass ich ihr nicht auch noch erzählt habe, dass das von ihrer göttlichen Kardinalschnitte gekommen ist. Da wäre sie nämlich, glaube ich, ein bisschen unchristlich geworden, wenn Sie verstehen, was ich meine. Beruhigt hat sie sich dann erst, als sie dieses Ding gefunden hat. Mitten im Scheißhaufen vom Hunderl. Ich hab' gedacht, ich seh' nicht richtig, wie sie mir das hier unter die Augen gehalten hat." Er nahm seinen Arm wieder von Nicks Schultern, wofür der sehr dankbar war, und hielt ihm einen kleinen silbergrauen Gegenstand unter die Nase.

„Ich hab ihn dann natürlich noch abgewaschen, weil so ganz – der Herr verzeih's – verschissen kann ich Ihnen das Ding ja auch nicht geben. Ich denk' mir halt nur, dass das Hunderl ja der armen Frau – sie ruhe in Frieden – gehört hat und deshalb ja vielleicht auch das, was es so gefressen hat. Und weil ich nicht weiß, wem ich das Ding sonst geben soll, bin ich ganz froh, dass Sie da jetzt vorbeikommen. So, und jetzt habe ich einen Beichttermin. Auf Wiedersehen und kommen Sie am Sonntag in die Messe, es wäre mir eine Freude!"

Mit diesen Worten machte der Pfarrer kehrt und verschwand so schnell, wie er gekommen war. Perplex starrte Nick auf das, was er zuvor noch in die Hand gedrückt bekommen hatte. Es war ein kleiner silbergrauer Schlüssel mit einem eingravierten Symbol: zwei gekreuzte Steckenpferde – das Symbol der *Raiffeisenbanken*.

Sa., 8.12.
Sg. Herr Marone,
aus Dank für Ihre Mithilfe im Fall Kreuzberger finden Sie beiliegend einen Scheck für die Kirchengemeinde. Sehen Sie es als Aufwandsentschädigung für die entstandenen Unkosten und als Lohn für Ihren Beitrag zur Lösung des Falles.
Herzlichst, Bundespolizeistation Krems,
i.V. Nikolaus Hofburger

31.

Gute Gewinner können auch verlieren

„Nun Herr Reichelts! Gestehen Sie endlich den Mord oder besser gesagt den Dreifachmord!"

Nick hatte es satt. Seit nun einer guten halben Stunde versuchte er dem Anwalt ein Geständnis zu entlocken, doch es war mühsamer, als er es vermutet hatte.

„Ich möchte meinen Anwalt sprechen ... das hier ist eine Frechheit ... so etwas lass' ich mir nicht unterschieben!" Der Anwalt sah Nick aufgebracht und sehr zornig an. Er hatte ein tiefrotes Gesicht und war nahe am Platzen, so wie Nick die Geduld ausging.

Doch bevor er etwas sagen konnte, kam Emily in das Büro gehumpelt und sah ihn triumphierend an: „Haben Sie noch immer nicht gestanden?" Sie musterte ihn von oben bis unten, soweit es die Tischplatte erlaubte. „Ich muss schon sagen, es ist sehr ungewohnt, Sie einmal in diesem Licht zu sehen ... Sie sehen ja so menschlich und unschuldig aus ... aber wir wissen, was Sie auf Lager haben, also gestehen Sie nun endlich!" Emily schrie ihn schon fast an.

„Wie soll ich etwas gestehen, was ich nicht verbrochen hab'?"

„Indem Sie die Wahrheit sagen ..."

„Wie soll ich sie denn umgebracht haben ... erzählen Sie es mir, bin sehr gespannt!"

„Wenn Sie wollen", Emily machte einen entschlossenen Schritt in seine Richtung, „Ihren Chef, den Herrn Kreuzberger, haben Sie kaltblütig mit einem Metallgegenstand niedergeschlagen."

„Und was wär' das für ein Gegenstand aus Metall?" Reichelts wurde aufmüpfig.

Emily trat verunsichert zur Seite und Nick ergriff das Wort. „Sie waren klug genug, ihn verschwinden zu lassen."

„Dann können Sie mir überhaupt nichts beweisen!"

„Sie haben ein erstklassiges Motiv!"

„Das wäre …?" Gelangweilt lehnte sich der Anwalt zurück.

„Sie wollten an den Inhalt des Bankschließfachs, denn damit wären Sie reich geworden." Nick hob eine Klarsichthülle in die Höhe. „Denn in diese Wertpapiere hat der Herr Kreuzberger nicht nur sein Geld, sondern auch das Geld der Firma und das der gesamten Angestellten inklusive Ihres investiert. Sie waren also sprichwörtlich pleite." Nick machte eine kunstvolle Pause. „Sie haben sich mit dem Herrn Kreuzberger an jenem 21. November nach der Arbeitszeit gestritten, da Sie ihm auf die Schliche gekommen waren, was er mit Ihrem Geld gemacht hatte. Das Geld der Firma war Ihnen ja nicht so wichtig, da ja die ursprüngliche Idee, das Geld zu veruntreuen, von Ihnen gekommen war. Doch der Herr Kreuzberger hat es hinter Ihrem Rücken mit Ihrem Geld und dem der anderen Angestellten genauso gemacht und wollte das gesamte Geld verschwinden lassen und Ihnen hat er gesagt, das Projekt sei gescheitert."

Nick holte tief Luft, auf einmal war alles eindeutig. Nick konnte es richtig vor seinem inneren Auge sehen, wie alles abgelaufen war. Er steigerte sich so in seine Rede, dass auch die anderen in diesem Raum ihm aufmerksam und gespannt zuhörten. Emily sah ihn mit riesigen Augen an und bewunderte ihn. Nick fühlte sich wie ein Märchenonkel, der den kleinen Kindern Geschichten erzählte.

„Können Sie Ihre dämlichen Theorien beweisen?"

Nick schob dem Angeklagten ein Briefkuvert hin: „Ihr Chef war nicht dumm. Er hat alles dokumentiert, damit er gegen Sie etwas in der Hand hat, falls es hart auf hart geht."

Reichelts nahm den Brief, las ihn und nahm aus dem Kuvert eine Kassette und Papiere heraus.

„Auf der Kassette kann man Sie erkennen, wie Sie ihm Ihren Plan mit dem Geld erklären…"

„Dieser miese … hinterhältige Volltrottel. Vertraut' hab' ich ihm, dass er wenigstens ein bisschen Vernunft besitzt."

„Gestehen Sie nun?"

„Ja … ich hab' das Geld unterschlagen, aber umgebracht hab' ich trotzdem keinen!"

Nick holte tief Luft und setzte fort: „Sie wollten sich rächen, nur haben Sie nicht gewusst, in welchem Safe er die Papiere versteckt hat. So haben Sie Ihrem Chef in der Mordnacht aufgelauert und wollten es ihm entlocken … doch dann kam eins zum anderen und er war tot. Womit haben Sie ihn eigentlich erschlagen? Mit einem Hammer?"

„Ich hab' ihn nicht erschlagen …"

„Doch, dann nützten Sie gleich die Gelegenheit, dass alle durcheinander waren und brachen in das Haus der Kreuzbergers ein, doch ohne Erfolg. Sie wussten nicht, wo der Schlüssel war und wie er genau aussah. Der zweite Verdacht war, dass die Frau Oberbauer ihn gefunden hatte, und so musste sie daran glauben. Sie lauerten ihr in der Kirche auf und erdrosselten sie, nachdem sie behauptet hatte, sie wüsste nichts von einem Schlüssel. Sie nahmen ihre Handtasche mit und durchsuchten danach ihre und die Wohnung des Herrn Schweizer, den Sie auch zusammengeschlagen haben."

Der Anwalt versuchte ihn zu unterbrechen, doch es gelang nicht.

„Auf Ihrer Suche nach dem Schlüssel bekamen Sie aber Probleme, die Sie nicht eingeplant hatten. Ihre Sekretärin, die Frau Sackeder. Hat sie Sie erpresst? Wollte Sie einen Teil der Beute? Diese hat nämlich den Streit mit Ihrem Chef mitbekommen und wusste – oder vermutete zumindest –, dass Sie der Mörder waren, nicht wahr? Doch sie bedachte nicht, dass sie Ihr nächstes Opfer sein könnte, und zwar auf die brutalste Art und Weise, die ich je gesehen habe. ..."

Nick schluckte: „Sie haben Ihre Sekretärin gestopft wie eine Weihnachtsgans ... Sie haben Sie qualvoll ersticken lassen! Welcher Mensch tut so was?!" Nick wollte noch weiterreden, doch Emily hielt ihn zurück. Nick bemerkte erst jetzt, dass er viel zu aufgebracht war und sich schleunigst beruhigen musste.

Reichelts schnaubte empört.

„Ihre Vermutung, dass WIR den Schlüssel hätten, ging ja auch vollkommen in die Hose. Sie entführten meine Kollegin, Frau Lauer."

„Und wie bitte habe ich das Ihrer Meinung nach angestellt?"

„Indem Sie ihr mit einem GPS-Sender aufgelauert haben, den Sie bei Ihrem ersten Zusammentreffen vermutlich in ihrer Tasche oder so versteckt haben. Wir haben eine Zeugin, die bestätigt, dass der Entführer, also Sie, hinter der Tür wartend auf sein Smartphone gestarrt hat. Ich nehme an, das war, um Emilys nächste Schritte zu verfolgen? Haben Sie belauscht, dass wir uns um den Hund gestritten haben? Und außerdem haben Sie dann noch mit mir ein übles Spiel gespielt."

„Ich spiele nie Spiele und Ihre Theorie ist völlig verrückt. Sie suchen nur einen Dummkopf, dem Sie alles anhängen können. Aber nicht mit mir!" Reichelts hatte mittlerweile ein dunkelrotes Gesicht.

Emily setzte wieder ihre triumphierende Miene auf: „Und wie Sie gern spielen." Emily legte einen Zettel vor Nick auf den Tisch. „Sie leiden seit Jahren an Spielsucht. Herr Reichelts, Sie wurden zwar therapiert, doch mittlerweile sind Sie in zahlreichen Casinos in Niederösterreich gesperrt, da Sie enorme Spielschulden haben. Deshalb wollten Sie das Geld unbedingt haben. Sie haben mit uns ein übles Spiel gespielt, haben drei Menschen umgebracht und weitere verletzt. Sind jetzt nicht Sie wieder am Zug?"

Der Anwalt wurde immer wütender und griff nach dem ersten Strohhalm, der sich ihm bot: „Ich habe für jeden einzelnen Mord ein Alibi, das wissen Sie auch. Sie versuchen mir nur etwas unterzujubeln, weil Sie sonst niemanden haben."

Nick unterdrückte ein überlegenes Lächeln.

„Ihr erstes Alibi ist so fadenscheinig, dass es schon fast lächerlich ist. Sie behaupteten, sich die Akten für einen Fall durchgelesen zu haben, bei dem es ohnehin sicher war, dass Sie ihn gewinnen würden, auch ohne vorabendliche Vorbereitung. Was den zweiten Mord betrifft, haben Sie vergessen zu erwähnen, dass die Geburtstagsfeier Ihres Verwandten im Gasthof am Heiligen Markt oben stattgefunden hat, keine zweihundert Meter entfernt von dem verhängnisvollen Beichtstuhl. Es war für Sie ein Leichtes, sich für einen kurzen Augenblick davonzustehlen, um Ihren zweiten Mord zu begehen. Und selbst wenn Sie ein Verwandter dabei beobachtet haben sollte, konnten Sie davon ausgehen, dass er es nicht weiter beachten und vergessen würde. Haben Sie etwa gesehen, dass Frau Oberbauer mit dem Pfarrer sprach, als Sie gerade Ihr Motorrad vor der Kirche parkten, um zur Feier zu kommen? Falls es Sie interessiert: Sie hatte mit ziemlicher Bestimmtheit etwas ganz anderes im Sinn als Sie oder den Schlüssel. Was den dritten Mord betrifft, da sind Sie in ein Fettnäpfchen getreten. Sie hätten nämlich nicht erwähnen sollen, welchen Film Sie gesehen haben."

Bis zu diesem Augenblick hatte sich Reichelts vollkommen ruhig verhalten.

„Was wollen Sie damit sagen?"

„Ich will damit sagen, dass kein Krimi auf ORF 1 gelaufen ist."

Reichelts lachte laut auf, doch es schien gezwungen.

„Natürlich! Dann habe ich mir eben etwas anderes angesehen und einfach angenommen, dass es ein Krimi war, weil es auf diesem Sender jeden Dienstag Krimis gibt."

„Jeden Dienstag, bis auf diesen. Denn vergangenen Dienstag – und das konnten Sie nur wissen, wenn Sie den Fernseher tatsächlich eingeschaltet hätten – wurde zum Anlass der Votivkirchenbesetzung eine Dokumentation zum Thema Immigration in Österreich gezeigt. Eine Programmänderung, die nicht im Fernsehprogramm angekündigt war und die einem eigentlich auffallen müsste, wenn man sich auf einen Krimi gefreut hat."

Reichelts tobte innerlich. Er rutschte nervös am Sessel herum. Nick sah sehr stolz und anerkennend zu Emily und flüsterte ihr ein „Respekt!" zu. Emily sah ihn an und ihr wurde bewusst, dass sie ein ideales Team waren. Sie ergänzten sich gegenseitig und konnten bei einer Schwäche des anderen immer gut einspringen – so wie jetzt. Jeder stand zu seinen Schwächen und Stärken. Im Gegensatz zu Herrn Reichelts, der seine Schwächen nicht akzeptieren konnte. Er konnte einfach kein Spiel verlieren.

Nick redete noch auf ihn ein und präsentierte ihm einen Beweis nach dem anderen. Unter anderem hatte er Ferdi als Zeugen, der Reichelts Stimme am Hafen erkannt hatte.

Nick setzte sich nun hin und atmete tief durch: "Nun - wollen Sie mehr Beweise oder reichen diese?"

Reichelts setzte an und sprang auf. Er sprang förmlich über den Tisch und wollte auf Nick losgehen. Doch er erwischte ihn nur einmal mit der Faust im Gesicht, denn er wurde sofort von zwei Polizisten zurückgerissen und festgehalten. Nick stand leicht taumelnd nach dem Schlag auf, seine Nase blutete und ihm war richtig schlecht. "Ich glaub', das war ein sehr eindeutiges Geständnis. Herr Reichelts, ich verhafte Sie wegen dreifachen Mordes, Einbruch in drei Fällen, Körperverletzung, Entführung mit schwerer Körperverletzung und – das hätte ich ja fast wieder vergessen – Fahren eines Motorrades ohne gültigen Führerschein." Nick verlas ihm seine Rechte und ließ ihn von den Kollegen abführen. Sollte sich nunmehr das Gericht mit ihm herumärgern. Doch bevor Reichelts mit gesenktem Kopf aus dem Raum geführt wurde, sagte Nick noch: "Herr Reichelts, vielleicht interessiert es Sie noch, dass Ihr Spiel im Grunde unnötig war, denn die Aktien waren im Keller und somit die Papiere wertlos ... und den Schlüssel hatten wir nicht, sondern der Hund von der Frau Oberbauer hat ihn gefressen und ein paar Tage lang Verstopfung gehabt."

"Scheiß Köter ...", murmelte Reichelts und wollte zur Tür hinaus. "Stopp, eins noch ... Herr Reichelts, geben Sie mir meinen Fahrradschlüssel wieder, den brauch ich noch für meine nächsten Fälle und wer weiß, wann die *Raika* wieder gratis Fahrradschlösser an ihre Kunden verteilt."

Sa., 8. 12.
- Ersatzschlüssel für's Fahr-
  rad zulegen
- Neuen Notizblock kaufen

32.

Jedes Ende ist ein neuer Anfang

Als die Tür geschlossen wurde und Nick seinen Schlüssel zufrieden in die Hosentasche steckte, spürte er seine blutende Nase. Emily kam zu ihm, nahm das Taschentuch aus seiner Hand, tupfte ihm die Nase behutsam und liebevoll ab und flüsterte ihm ins Ohr:

„Nick ... du hast mir das Leben gerettet."

Nick sah müde, aber glücklich zu ihr auf. In dem Moment wusste er, es war alles richtig. Er ging einen Schritt auf Emily zu. So nah war er ihr bis jetzt noch nie gewesen. Er lehnte sich zu ihr vor und ihre Gesichter waren nur noch Zentimeter voneinander entfernt, als plötzlich die Tür aufging und Ferdi sagte: „Die Frau Burgenauer, also die Frau aus der Putzerei ist aus dem Urlaub zurück. Du hast gesagt, sie sollte sich melden, ist das noch aufrecht?"

„Der Fall ist abgeschlossen ... danke Ferdi!" Er drehte sich wieder zu Emily um. „Jetzt warten neue Abenteuer auf uns." Er strahlte sie mit dem liebevollsten Lächeln an, das Emily je bei ihm gesehen hatte.

Danksagung

Zuallererst möchten wir der Institution danken, die uns erst auf die Idee gebracht hat, einen Krimi zu schreiben: *Vienna Open Lab*. Es handelt sich um ein ziemlich hilfreiches Programm, das Schülern Aufbau, Funktion und Sinn der DNA näherbringen soll. Zu diesem Zweck musste in einer Einheit auch ein Kriminalfall herhalten, um den genetischen Fingerabdruck zu erklären. Da haben wir uns gedacht: Das können wir auch! ...Und haben gleich angefangen zu schreiben.

Dann möchten wir natürlich auch bei unserer Bio-Lehrerin, die uns überhaupt erst dazu genötigt hat, die Artikel von *Vienna Open Lab* zu lesen, bedanken.

Weiters danken wir auch allen Lehrerinnen und Lehrern, die uns freundlicherweise ignoriert haben, als in ihren Stunden die ersten Kapitel unseres Krimis entstanden. ...Die da wären: Psychologie und Philosophie, Bildnerische Erziehung, Religion, Physik und Geographie und Wirtschaftskunde.

Danke auch an Hannah Leinenbach, die etwa die erste Hälfte Korrektur gelesen und gute Tipps beigesteuert hat, und an Mag. Michael Tauber, der den Krimi als Ganzes korrigiert und ebenfalls nützliche Infos und Ratschläge gegeben hat. Und danke an Gabriele Kaiblinger, die die ersten beiden Exemplare dieses Buches binden ließ.

Danke sagen möchten wir auch an alle, die uns während des Schreibens unterstützt haben, als der Krimi schon fertig war, oder die einfach immer für uns da waren und uns in unseren Entscheidungen beigestanden haben: unseren Eltern – Gabriele und Gerhard Kaiblinger, Karin und Michael Tauber – , Alexandra Tauber (das Schwesterherz), Angelika Reschl, Kathrin Zehndorfer, Lena Kuttenberger sowie die Firma *Milka* (Schokolade ist schon eine großartige Erfindung bei Schreibblockaden und Lernproblemen).

Besonders bedanken wir uns bei unseren Familien, die unsere Launen ausgehalten und manche Anflüge von Faulheit geduldet haben.